山纹阅读

山纹，木之纹理。随着年月的绵延，圈圈积淀。

山/纹/阅/读

世情逐云系列

SHIQING ZHUYUN XILIE

冯伟山 著

母亲的故乡

天津出版传媒集团
天津人民出版社

图书在版编目（CIP）数据

母亲的故乡 / 冯伟山著 . -- 天津 : 天津人民出版社 , 2018.1（2025.4 重印）
（世情逐云系列）
ISBN 978-7-201-12457-5

Ⅰ . ①母… Ⅱ . ①冯… Ⅲ . ①中篇小说—小说集—中国—当代②短篇小说—小说集—中国—当代 Ⅳ . ① I247.7

中国版本图书馆 CIP 数据核字 (2017) 第 288873 号

母亲的故乡
MUQIN DE GUXIANG
冯伟山 著

出　　版　天津人民出版社
出 版 人　黄　沛
地　　址　天津市和平区西康路 35 号康岳大厦
邮政编码　300051
网　　址　http：// www.tjrmcbs.com
电子邮箱　tjrmcbs@126.com

责任编辑　张　凯
特约编辑　李　路　吴珊珊
封面设计　金钻传媒
排版设计　西橙工作室

制版印刷　三河市天润建兴印务有限公司
经　　销　新华书店
开　　本　660 × 960 毫米　1/16
印　　张　20
字　　数　232 千字
版次印次　2018 年 1 月第 1 版　2025 年 4 月第 3 次印刷
定　　价　49.80 元

序

"邪恶"的冯伟山

文/谢方儿

冯伟山是山东青州人，我是浙江绍兴人，我们相距近一千公里。我的意思是说，我从没见过冯伟山。当然，冯伟山也没见过我。我们的认识是因为小说，他是写小说的，我也是写小说的。有一种共同的爱好，也就有了相识的缘分。

去年十月底，冯伟山想请我给他的小说集《母亲的故乡》作序。当时，我就胆怯了。因为能出手给别人的书作序的人，一般都是在同行中棋高一着的名家大师。我等无名之辈写序，岂不要弄巧成拙，坏了别人出书的大事。可是，这个冯伟山竟然这么说："你一直是我心中的名家。"听了这舒舒服服的话，结果就是，哥们，你别说了，你的这个序我愿意写了。

其实，对我来说，看稿写字越来越困难了。因为从去年三月份开始，我的视力已经大不如以前了，看人模糊，看字不清。在电脑上看稿打字，只能断断续续。如果作这个序，我必须通读这部18万字的小说集。另外，在我答应冯伟山去年年底前交稿后，突然觉得许多杂事也纷至沓来。特别是我在绍兴职业技术学院开了一门《二十世纪拉丁美洲小说》的选修课，每周二晚上两节课，一共十周，风雨无阻。所以，到了年底，我食言了。

冯伟山是一个有涵养的老实人，他没有催我，也没有联系我。我明白，他的心里是焦急的。或许，他急得反复地想着，现在骗子太多，我不会也被这个谢方儿骗了吧。我上完选修课后，主动联系了冯伟山，说最近准备读《母亲的故乡》了。冯伟山客气地说，不急，书稿交出版社了，估计要年后才能印。他这么一说，我又有拖到年后的理由了。

过年了，应该读一读《母亲的故乡》了。

当今读小说的人已经越来越少，概括起来大约有“三种人”还在读小说，一种是写小说的人，另一种是评论研究小说的人，还有一种就是喜欢读小说的人。我觉得，这种状态没有什么不好，或者说，用不着为小说悲伤，因为能读小说的人不是一般认识字的读者，他们是懂小说的人，他们是有独立思考能力的人，他们是把小说当艺术来欣赏的人。因为每一个小说都是有生命的，就像一个活生生的人，你在读它的时候，你会感觉到它的存在和生动。

《母亲的故乡》这部小说，多数写的都是现实中的小人物、小事件，人物丰满灵动，细节引人入胜，语言平实流畅。读冯伟山的这些小说，绝对不是在读现实，也就是说，他的小说不是在复制现实生活。懂小说的人都喜欢读一些内涵充盈、意境空灵、想象宽广的小说。好小说反映的是“世界的混沌性和文学的非现实感”。冯伟山这部小说集中的《卢村往事》《母亲的故乡》《救赎》《火辣辣的乡村》《卢四玩水》等小说，写的都是20世纪七八十年代的生活，故事贴近现实，人物有血有肉，像张春花、二爷爷、队长卢二、小娥、母亲、小姨、刘美丽、卢四等等这些小说人物，读过给人印象深刻，他们仿佛就在你的身边走动说话，他们争先恐后地告诉你他们的命运走向和结局，以及现实的残酷，生存的不易，内心的挣扎。这些在冯伟山的小说中，反映出来的似乎不再是清澈的现实和单纯的生活，而是给了读者一种文学的非现实感，也就是给读者留下了丰厚的想象空间。

读《母亲的故乡》这部小说集，使我印象深刻的是，冯伟山作为一个小说家，也可以称得上是一个“邪恶的冯伟山”。我这么说冯伟山，明眼人一看就知道，这是套用了著名作家马原说奥康纳的话。马原是这样说的，我把奥康纳定义为“邪恶的奥康纳”，这个也不是我的发明。奥康纳的小说有一股邪气，一股邪恶之气。读过奥康纳小说的人都知道，她最有名的小说是《好人难寻》和《善良的乡下人》。《好人难寻》写了一个越狱的逃犯冷静地杀了一个饶舌、絮叨、讨人厌的老太婆一家五口。奥康纳在《善良的乡下人》中，让一个卖《圣经》的小伙子去惩罚一个聪明、自负，又有残疾的女孩子——欢姐。马原觉得这个奥康纳特别不能容忍啰唆、多话的女人。而她自己也是一个女人。

读过冯伟山小说的人可能不一定认同我的观点，因为他的小说写得朴实，或者说，写得老实，一点看不出他的邪恶之气。我说一个自己的理由吧，因为我依然觉得他的小说里有“邪恶的冯伟山”的影子。

《卢村往事》中的张春花，活得坎坷，活得小心翼翼，活得忍气吞声。可是，冯伟山没有给这个苦命的女人一点阳光，而是让她在“这么和美的日子里，谁也没有想到，张春花竟然死了，死在了爹娘和哥哥的坟上。”《一家亲》中的彭小花和牛伟，他们错了吗？错的是他们的生活。可最后，冯伟山让他们双双客死他乡了。《流年》里的爷爷，是一个一生骄傲的老人，老人死了就死了，结果死了还要让他的耳朵被老鼠咬了。另外，还有《卢四玩水》，卢四这么一个玩水高手，冯伟山定要让他死在玩水里。所以，我不多说了，我在读冯伟山的小说时，也会像马原读奥康纳的小说一样，感叹冯伟山真是一个“邪恶的人”。

如果说写到像张春花、彭小花、牛伟、骄傲的爷爷、玩水的卢四等这些生活中的底层人物，或许我会表达出一种同情和温暖，或者说，显示出一种光亮的结局。但冯伟山没有这么写，也不愿意这么写。小说博大精深，冯伟山是一个有思想的小说家，他在他的小说中对自己的情感深藏不露，用心追求自己的文字能穿透生活的表层，直抵人的心灵深处。

最后，我想说的是，什么时候，我得见见这个“邪恶的冯伟山”，因为，他是我的朋友。

2017年春节于绍兴隔离斋

(谢方儿，中国作家协会会员。)

目录

目录

卢村往事

1

我六岁那年，大弟四岁，二弟两岁，晚上睡觉一家五口就挤在一盘土炕上。两个弟弟睡觉死，我半夜三更总被一种怪怪的声音弄醒，黑暗里我瞪大眼睛仔细去瞅发声的地方，模糊中爹使劲压着娘的身子，爹呼呼喘着粗气，娘更是低声叫着，一阵接着一阵，好像很难受。我有些害怕，忍不住咳嗽了几声，顺便翻了下身。没想到，爹和娘突然安静了。爹从娘的身上滚下来，低声对娘说，大头都六岁了，懂事了。我心里纳闷，我懂啥事呀？但我懂爹说的大头是谁，大头是我的小名。

从那以后，晚上爹就让我跟着二爷爷睡觉了。二爷爷是个老光棍，准确说他是我们卢村第四生产队的饲养员。我们队里有三头老黄牛，一匹马。马也是黄色的，骨架不大，但有劲，拉车从不耍滑，听说是纯种的四川马驹。队里有一间牲口棚，棚边还盖了两间北屋，二爷爷的吃住都在北屋里，挺宽敞。这两间北屋也是四队的会议室，队里要开会或有个什么事也都在这里进行。会议一般都是晚上开，这样不耽搁社员白天干活。人多屋里挤不下时，就到屋外的大枣树下。

这时，二爷爷早就弄好了汽灯，照得如同白昼，人们围成一圈，听队长卢六传达上级指示或关于四队日常生产的安排。卢六爱抽烟，开会时抽得更厉害，手卷的喇叭口纸烟一根接一根叼在嘴上，烟雾也就时时在他的眼前绕来绕去的。此时的他，半眯着眼，嘴巴微微张着，一颗黄龇牙就很自然地暴露在上唇边，样子有些滑稽。队里的小青年就说，队长，你抽烟时的样子真带劲呀。卢六两眼一瞪，说，我带劲？那天底下就没有不带劲的了，你个兔崽子连句奉承话也不会说。人堆里就“嗡”地发出一阵笑。卢六烧饼样的脸上一个眼大，一个眼小，平日里怎么瞅怎么别扭，抽烟时半眯了眼，俩眼一般大，倒真是带劲了。

那时的会真是多，三天一小会，五天一大会，二爷爷住的屋里就没清闲过。每次队里开会，二爷爷一般不参加，因为他参加也白搭，开会的内容基本与他无关。他是个很严重的残疾人，地里的任何活儿他都干不了。他的工作只有一个，就是喂养好三头牛和一匹马。二爷爷是个罗锅子，他的腰身弯得像一只对虾，胸脯和地面基本保持了平行。二爷爷又矮又瘦，走路时要靠一条没膝高的木凳支撑，双手搬着木凳一点点向前挪，权当拐杖，累了就坐在上面。二爷爷的工作就是给牲口添料，几头牲口他也从没牵过，每次收工回来的人都给拴在槽头上，铡草、磨料，包括牲口饮水都有队里出人给弄好。队里显然照顾他，让他干最轻松的活儿，但二爷爷给牲口添完料，还是累得气喘吁吁。

所以，卢六忙着开会时，二爷爷就忙着喂牲口，卢六的会开完了，二爷爷的牲口也喂好了。人们一窝蜂地散去后，他仍然开着门，把屋里的烟味和汗臭味一股脑地放干净，再进屋睡觉。我呢，要是兴致好，就夹在人堆里边玩边听卢六开会，或帮着二爷爷给牲口添料，如果兴致不好，就干脆趴到二爷爷的炕上睡觉。那段时光，我觉得很有意思，比在家里哄弟弟们玩强多了。

那个秋天过得很快，眨眼间秋种就结束了，接着牲口棚前的大枣树叶子也黄了，风一吹，叶子就簌簌往下掉。看来，人闲了，树也该歇下了。

有一天，太阳还老高，卢六就来找二爷爷。那阵儿，二爷爷正坐在木凳上看牛马吃料呢。牛和马很悠闲地吃着，二爷爷望着它们，眼神就像在端详自己的儿女，一脸的慈祥和温馨。卢六说："贾二，晚上有大事，你早把保险灯弄亮了，我要让张春花来这里交代问题。"二爷爷听了，"嗯"了一声，脸上的表情立马变得严肃起来。

二爷爷姓贾，又排行第二，大伙都叫他贾二。爹说二爷爷有大名，但怎么叫也不好听，就像自己的名字，再好听也是"假（贾）的"。爹说这些时，很不忿，话里话外总嫌自己的贾姓不好。有时喝上二两小酒，也会在家里发牢骚，说二爷爷这辈子算是白活了，就那么个残疾身子给侄子挣不来钱财，却挣下了丢人现眼的话柄。

爹说归说，但我不信。二爷爷待我可好了，没事就给我拉呱听，还偷偷给我煮鸡蛋吃呢。

2

天刚擦黑，卢六就来了。推开门见桌子上亮着煤油灯，昏昏黄黄的，一下就火了。

他说：“贾二，不是让你早早点上保险灯吗？你耳朵聋了？你个不中用的家伙！”卢六显然喝酒了，身上有一股刺鼻的酒气，他咧着嘴，一大一小两只眼也越发吓人。

二爷爷赶忙说：“这就点，这就点，我觉得点早了费油呢。”

保险灯点上，二爷爷调好了灯芯，屋里顿时亮堂了不少。卢六点了一支烟，使劲抽了两口，又在屋里来来回回走了几圈。

他说：“这个张春花怎么还不来？贾二，要不你去喊一声。”

二爷爷迟疑了一下，没吭声。

卢六又说：“贾二，我看今天你的耳朵真有毛病了。要不，你明天卷铺盖回家吧！”

二爷爷慌忙答道：“我耳朵好着呢。我这就去喊她。”

二爷爷刚挪到门口，张春花就来了。

卢六朝我和二爷爷一挥手，说：“你俩都出去吧，贾二再把牲口喂一遍，大头就去大枣树那边玩吧。”

我从张春花身边走时，闻到了一股淡淡的雪花膏的香味。我喜欢这气味，忍不住抬头看了她几眼。张春花穿了什么衣裳我忘了，但我看清了她的脸，很白，眼睛也好看，还是双眼皮呢，头上梳着一对齐肩的辫子。那身子不高不矮，不胖不瘦，反正挺耐看的。张春花眉头微皱，嘴唇也紧紧抿着，竟然没有一丝高兴样。

卢六瞅了瞅张春花，咧嘴一笑，说：“你来里面坐好，想好了再告诉我。”

卢六走到门前，顺手把屋门闭严了。好大一会儿，屋里死一般沉静。屋里三天两头不断溜的闹腾，一下子沉静下来，二爷爷也许还不习惯，他显得有些急躁，扶着木凳朝屋门口不停地张望。终于，他听到了屋里卢六拍桌子的声音，又听到了张春花嘤嘤的低啜声。二爷爷更加急躁了，几次挪到门前想进去，但又都挪开了。

他把我叫到跟前，低声说：“大头，你去南边的窗户下听听他们在说啥。”

我偷偷走到窗户下，见糊窗户的旧报纸下边破了一个洞，就踮起脚尖把一只眼对了上去。张春花坐在桌前低着头，手里拿着一块粉红色的小手绢，时不时在眼上擦一下。卢六虎着脸，一手夹着烟，一手伸过去拉张春花的手。张春花抽手躲开了，身子一扭，脸也转到了一边。卢六闹了个没趣，他指着张春花说：“好，你顽固是吧？明天我就上报大队部和公社革委会，把你爹娘还有你弟弟一起绑起来游街，我就不信你们一家的嘴有多硬！”一听游街，我吓了一跳，赶紧缩头跑回去告诉了二爷爷。二爷爷没吱声，他把脑袋昂了昂，似乎也想挺挺胸脯，但他失败了。他弓着腰，趴在木凳上，竟大声咳嗽起来。

不一会儿，屋里传来了凳子倒地的声音，似乎还有撕撕扯扯的声音。二爷爷猛地抬起了头，两眼死死地盯着屋门。突然，张春花“嗷”地大叫了一声，声音很尖，也刺耳。二爷爷几下挪到门口，把门猛地推开了。保险灯的灯芯还在不急不慢地燃着，屋里的角角落落都被黄白的光笼罩着，有一种莫名的阴冷。张春花被卢六按在了二爷爷的土炕上，上衣领口处撕破了一大片，露着白花花的胸口。卢六听到响声，把手从张春花的胸口上收回来，扭头就看到了屋门口的二爷爷。卢六大怒，几步就奔到了二爷爷面前。二爷爷显然害怕了，抬头眼巴巴地看着卢六，解释又像是分辨地说："我、我冷了，要到屋里穿件衣服的。"二爷爷的解释没起任何作用，卢六对着他就是一脚。二爷爷倒在地上，身子缩成了一团儿。

卢六骂了一句："好你个罗锅子！真是活腻歪了！"

他好像还不解气，又朝着二爷爷吐了口唾沫，说："今晚上你就滚出这屋子，爱哪里睡哪里睡去！"见二爷爷躺在地上没动，头也不回地走了。张春花一边理着衣衫和乱发，一边小声哭着，也踉跄着走了。

二爷爷蜷在地上很久才爬起来，我去扶他，他摇了摇头，喘着说："不就是两捆麻吗？再说，到底谁偷的谁心里明白，人家还是个黄花大闺女呢。"

二爷爷的话像是自言自语，我哪听得懂呢，这个耳朵听那个耳朵接着就跑了。但我知道他说的麻是啥东西。

麻在当时的农村是很重要的一种植物。我记事时每个生产队就在自己所属的沟边湾沿或低洼的地块上都种得密密麻麻，风一吹，麻棵子微微晃动，总让我想起电影里隐藏着游击队的青纱帐。当时主要种两种麻，苘麻和红麻。苘麻表皮光滑，植株小些，开黄色小花，结像馒头一样的小果实，里面有白白的籽儿，我们小孩子经常摘着吃。红麻植株高大，表皮上密密地布着一些小刺，开花也好看，五颜六色的。麻棵子长得高高瘦瘦成熟后，队长就吆喝着社员用镰刀破根割了，弄成捆，沉入水湾里浸泡。一个月后，麻秆上的表皮就自动脱落，成了麻。这些麻队里用来拧成小孩胳膊粗的井绳，也拧细些的绳子，封马车拴牲口啥的用着方便。每次拧绳子，卢六总坐在破旧的杌子上，抽着烟，俩眼一睁一闭地瞅着干活的男男女女，唯恐剥好的麻被人藏掖了。那时的东西都金贵，麻也一样。

半夜了，二爷爷还没睡着，也许卢六的一脚真把他踹疼了。他反复嘟哝着一句话："让我搬出这屋子，我去哪里住呀。唉……"过了好一会，他突然对我说，"大头，你记着二爷爷说的一句话，咱队里丢的两捆麻绝对不是张春花她家的人偷的。有人硬把屎盆子往她头上扣，肯定是有目的的。"

二爷爷絮絮叨叨说了很多，我含含糊糊地应着，一会儿就睡着了。

第二天我醒来的时候，天早就大亮了。窗棂上落了几只麻雀，叽叽喳喳地叫着，有些吵。二爷爷弓腰缩头坐在木凳上，正在和卢六说话。

卢六满脸的和气，拍着二爷爷的肩头说："二叔，昨晚我喝醉了，做的事儿不对，你可要多多担待侄子呀。"

二爷爷面带疑惑，慌忙点着头，说："没事，没事，谁不喝点酒呀。"

卢六又说："喂牲口的活儿还是你干，这屋子更是随你住，咱爷们谁和谁呀。只是，只是昨晚的事儿，呵呵，昨晚也没啥事吧？"

二爷爷脸色一下轻松了不少，好像卸下了千斤担，忙说："没啥事，没啥事。"

我突然想笑，觉得大人也和我们孩子一样，一会打，一会和，闹着玩呢。

中午回家吃饭时，我对爹和娘说了昨晚的事儿。爹咬着牙说："你二爷爷这个该死的，就他那本事，自个还顾不过自个来呢，还管闲事，真是不知好歹！"

我说："今早上卢六又去找二爷爷了，说了不少好听的话呢。"

爹有些吃惊，嘴角翘了翘，对娘说："看来卢六这家伙也知道害怕。他祸害了那么多的女人，可哪个敢吱声呢？唉，这个张春花早晚也逃不出卢六的手心。"

3

四队的确丢过两捆麻，是两个多月以前的事儿了。

最先发现丢麻的是卢六。

卢六有早起大解的习惯，很准，天麻麻亮，肚子就搅得他躺不住了。等起来把肚子泄舒服了，他的睡意也没了，就村里村外地瞎溜达。天天如此。队里的牲口棚、菜园子、大片的庄稼地头，就连泡麻的小水湾也是他溜达的范围。溜达一圈回来，天也就亮了，村口鸟鸣狗叫孩子哭，啥都醒了。有早起的见了他就问："队长去哪溜达了？"卢六说："只要是四队的地盘我都溜达了一遍，不看看心里不踏实，谁叫我是队长呢？"问的人就赶忙说："是呀是呀，你真是一个操心的当家人。"瞅着卢六背着手走远了，问的人忍不住嘀咕一句："装啥大尾巴鸟呢。"

那天晚上沥沥拉拉下了一场雨，天麻麻亮卢六起来大解时雨停了。一切照旧，卢六解完手又到处去溜达。据说，他溜达到泡麻的水湾时发现湾边有一些脚印，很凌乱，里面的麻捆子也乱糟糟地浮在水面上。卢六第一反应就是丢麻了，他马上回到自己家门前的歪脖子树下敲起了钟。钟一响，树旁一会儿就围满了四队的人，都不知道发生了啥事。卢六说：“咱队里泡的麻大概丢了，大伙跟我去看看。”来到湾边，卢六让几个年轻人下去清点麻捆子。

工夫不大，有人喊：“队长，水里还有二十一捆呢。”

卢六嘴角掠过一丝冷笑，问旁边的李会计：“这里面当时泡了多少捆？”

李会计说：“二十三捆。”

“没记错？”

“没记错。再说账簿上也记着呢。”

卢六说：“那么咱四队的麻被人偷走了两捆是吧？”

“错不了，是两捆！”周围不少看热闹的也都附和着。

卢六一笑，大声说：“这贼真是大胆！本来想着偷了也就偷了，谅咱也查不出。可是老天爷帮了大忙，下了一夜雨，贼只知道偷麻，却不知道留下了脚印。走！大伙顺着脚印找，我就不信抓不住他！”

听说要抓贼，看热闹的人都兴奋起来，个个跃跃欲试。卢六让李会计在前面带头，顺着雨地上留下的脚印一路搜寻起来。搜着搜着，脚印竟在张富有的门前消失了。大伙面面相觑，这个结果出乎大多数人的意料。

李会计眉头紧锁，问卢六：“张富有那么老实本分的一个人，不可能偷麻吧？”

卢六瞪了李会计一眼，说：“你问我，我问谁呀？那你说谁偷的？”

李会计无端被噎了一下，抻了抻脖子，不吱声了。

张富有是村里数得着的穷户，三间低矮的破屋，院墙是一圈矮矮的篱笆墙，院门是用树枝扎制的柴门，院里院外的好歹隔开，拦个鸡呀鸭的。张富有家的门还没开，但院子里的事儿一眼就能看得清清楚楚。院子里很静，拾掇得井井有条，狗和几只家禽也都在窝里没出来，雨后的院子就显得格外清爽。卢六去推门，里面竟锁了。卢六皱眉瞅了眼屋门，开着，但没见人。

卢六对李会计说："喊门，大声喊！"

李会计身子贴近了篱笆墙，喊起来："张富有，开门！"

喊了几声，一只大黑狗从角落里窜了出来，龇牙咧嘴冲着墙外"汪汪"大叫。卢六弯腰捡起一块砖头，边骂边朝狗砸去。"不识人性的东西，你张狂什么！"狗叫了一声，夹着尾巴朝屋里跑去。一会儿，张富有和老婆徐兰英出来了。张富有披着一件大襟褂子，揉着眼睛，刚在院子里站好，卢六就嚷开了："磨蹭啥？快开门，有急事！"

张富有这才看清墙外围了一圈人，有队长也有会计，大概觉得事情非同一般，赶紧回屋拿了钥匙把门开了。

卢六叼上一支烟，狠狠吸了两口，对张富有说："天都亮了好久了，还死死锁着个门，是心虚吧？"

张富有一脸疑惑："心虚？我心虚啥呀？"

"你就不要装蒜了！实话和你说吧，队里丢了两捆麻，顺着脚印找到你家了，快说藏哪了！"卢六一下变了脸色。

"这……这……队里丢了麻，与我有啥关系呀，昨晚下雨睡得早，一觉到现在，你们要是不来喊门还在睡呢。"张富有急忙解释着。

卢六瞪了张富有一眼，说："你只要承认了，把麻交出来，我保管你没事，也不向大队部报告。"

张富有一脸焦躁，说："队长，我的为人你还不知道？就是借我一百个胆子也不敢偷呀。"

"你的为人我咋知道？再说，你的肚子里有啥管我屁事！我就知道队里丢麻了，现场的脚印进了你家！"卢六说完，朝李会计和看热闹的人一挥手，大声说，"给我搜！"

李会计迟疑着没动，大伙儿也没动。

卢六嘴角稍稍一撇，又说，都卖力点，谁搜出来我给谁记十个工分。

话音刚落，大伙就一窝蜂地满院子散开了。李会计无奈地摇了摇头。一时间，院子里鸡飞狗叫，乱了起来。屋里屋外、墙角旮旯，就连茅房里也去看了，别说两捆麻，就是一根麻也没找到。

卢六见状，厉声问："张富有，你把麻藏哪里了？不会连夜弄到亲戚家了吧？"

张富有和徐兰英正蹲在院子里，一脸的惶惑和不安。听到卢六这么说，张富有惊得一下站了起来，他赔着笑，说："队长，我家没亲戚，就是想藏也没地方藏呀。这个你知道吧？村里的人大都知道呢。"

卢六一时没了话，把烟头猛地摔到地上，又用脚死劲地去搓。

说起张富有，卢六当然很清楚，俩人年龄差不多，怎么说在一个村子里生活也快五十年了。张富有家是外来户，是新中国成立前他父亲那辈从沂蒙山区逃荒过来的。当年，张富有的父辈来到卢村落户时全家就三人，那时张富有三岁，是父亲和叔叔用扁担挑来的。张富有的母亲生他时死于难产，此后他父亲再也没被其他女人青睐过，叔叔三十好几了也单身，日子过得艰难。所以，在沂蒙老家时，一提"三光棍"远近都知道。好在父亲和叔叔都有焗锅焗盆的手艺，好歹混口饭吃。有一年天大旱，当地闹粮荒，张富有的父亲和叔叔只好带着他一路向北逃荒。一根扁担，一头挑着焗锅焗盆的物件，一头拴一箩筐，里头放着三岁的张富有。兄弟俩所有的希望都系在这条扁担上，靠手艺挣个吃喝，一路走走停停，终于来到了卢村。

卢村属青州辖区，地势平坦，土地肥沃，张富有的父亲和叔叔觉得这里是个好地方就留了下来。兄弟俩把张富有当成了宝贝，拼了命地干活养活他。为了让孩子大了过上好日子，就起了个“富有”的名字。事实往往和想的不一样，张富有一天天长成小伙子了，父亲和叔叔也熬成老头了，可他家的日子就是过不好。眼看着张富有又错过了娶亲的最佳年龄，他父亲和叔叔天天着急上火，嘴上都起满了燎泡。

有一天，村里来了一个要饭的女人，蓬头垢面，见人就笑，一笑就露出一嘴白白的牙齿。村里好事的刘阿婆就问她哪来的，她摇头。问她多大了，她摇头。又问她有没有男人，她还是摇头。刘阿婆就叹一口气，说：“你也够可怜的，我看你就留在村里，我给你找个正经男人好好过日子吧？”这次要饭的女人听了，竟点了下头。刘阿婆大喜，就去找张富有的父亲和叔叔商量，老哥俩一合计，觉得不错，就点头同意了。刘阿婆把女人领回家，烧水给她洗了个澡，又帮她梳了头，还换上了女儿出嫁前在家穿的一身干净衣服。没想到，此时的要饭女简直变了样，眉清目秀高鼻梁，活脱脱一个美人坯子。

等刘阿婆把要饭女领给张富有看时，他眼睛都直了，说啥也不相信眼前的女人将是自己的媳妇。张富有父亲和叔叔高兴得不得了，去集上买菜割肉中午招待了刘阿婆和要饭女一顿，在刘阿婆的撮合下，两人当晚就入了洞房。

没想到，在洞房里要饭女竟开口说话了。她说自己叫徐兰英，是个姑娘，江苏人，父母在一场瘟疫中双双死去，自己再没亲人，就一路要饭到了这里。张富有听了，简直心花怒放，觉得天底下最好的美事都让自己摊上了。他紧紧抱着徐兰英，发誓要爱她一辈子，一定让她过上好日子。

往后的事儿似乎就顺理成章了。儿子张春山出生了，女儿张春花也出生了。再往后，父亲和叔叔也相继去世了。而现在，儿子和女儿都长大成人了。

张富有的家史，卢六自然如数家珍，两口子都近乎孤儿，上哪里去攀一门亲戚呀。但卢六还是不甘心，他阴着脸说："没弄亲戚家，那你藏到野外什么地方了？"

这时，儿子张春山和女儿张春花也出来了。张春山长得高高瘦瘦，戴着一副近视镜，很文雅的一个小伙子。他说："六叔，你就相信俺爹吧，他不会偷队里的麻的。"

卢六嘿嘿一笑，说："真不知道你个高中生是怎么读的书，你说没偷就没偷？脑子进水了吧？"一句话，把张春山噎了个脸红脖子粗，扭身回到屋里再也没出来。

卢六又点了一支烟，慢慢吐着烟圈，说："你们不说也白搭，证明不了你们不是坏分子！"

卢六故意把"坏分子"说得很慢，语气也重了不少。话一说完，卢六发现很多人脸上的神情在变，特别是张富有两口子，脸色都煞白了。"坏分子"这个罪名一旦成立，那么批斗、游街等一系列的事儿会接踵而来。

卢六觉察到了张富有的惊慌，心里一乐，大声问："招不招？"

"没……没藏……也……也没……偷，招……招啥呀？"张富有急得用手不停地抓挠自己的头发，好久说不出一句囫囵话。

徐兰英怯怯地看着卢六，干脆抹起了眼泪。

张春花走到娘跟前，拉了她一把，说："别哭，咱又没偷，咱不怕！"她又转向卢六说："六叔，做人要凭良心。俗话说'捉贼捉赃'，你说我爹偷了队里的麻，可麻呢？总得有个证据吧？"

卢六上下打量了几眼张春花，皮笑肉不笑地说："有志气！至于证据肯定会有的，你等着，慢慢来。"

卢六猛吸了几口烟，把通红的烟头一下扔到了大黑狗身上。大黑狗正和徐兰英并排蹲在地上发呆呢，冷不丁祸从天降，被烫得"嗷"一声窜出老远。

众人大笑起来。卢六扭头走了。

4

卢六兄弟六个，他是老小。五个哥哥都长得高大，有蛮力。到了卢六这里，简直不像一个娘生的，长得干巴不说，个子也矮，还一只眼大，一只眼小，仗着五个哥哥撑腰，从小就爱打架斗殴。大了不但没收敛，反而脾气暴躁，出手更狠了，背地里大伙都叫他"六坏"。

卢村是个一千四五百人的大村子，卢、杜、张、李、贾、丁等七八个姓氏的人住在一起，但卢姓居多，几乎占了全村人的一半。卢姓家族人丁兴旺，但大都老实厚道，就连几个辈分高的"老人"也丝毫没有大族的傲气，处处与人和善。但卢六不同，他觉得辈分算个啥呀，除了自己的亲爹亲爷爷，谁的拳头硬谁就说了算。

卢六横归横，也有怕的人。村里的支书、大队长、会计、保管他都怕，不服你就试试，说不定立马就找个事由绑了你游街，毕竟人家权势在那。除了村干部，按说生产队的队长也是不好惹的，可四队的队长姓丁，在村里家族很小，没多大的势力。这样一来，他不但管不了卢六，还常常被卢六折腾得够呛。丁队长满肚子是气，也只好忍着。

这时候，公社革委会对村里的领导班子重新进行了调整，杜光有被任命为支书。杜光有是村里的复员军人，身上有枪伤，更有战功，为人还算本分。当时村里重新分队选队长时他让卢六当了四队的队长，他之所以这样做，当然有他的想法。卢六再横，对村支书还是不敢造次的，让他当队长，队里不光少了一个捣蛋的人，还能把一个生产队的人管得服服帖帖。这样一来，自己就省不少心。当然，杜光有还有一个私心，就是想把卢六拢在自己身边。他心里清楚，自己虽是支书，但家族势力远远不及卢六，把卢六拉住了，成为自己的臂膀，自己的腰杆就会更硬。但这些卢六是想不到的，他对杜光有充满了知遇之恩。卢六觉得杜光有比自己的亲爹好多了，爹到死也没说自己一句好话，还总后悔自己下生时没趁早给掐死了。

公社革委会这次不光任命了杜光有当村支书，还任命了卢进发当大队长。卢进发长得粗壮，也黑，像座铁塔。在一次全公社秋季的水库大会战中，他一人一天用独轮车推了近百个土方，创下了公社会战多年来的个人记录。革委会的几个领导读了《工地战报》上对卢进发的报道，都很高兴，觉得这才是建设“四个现代化”的排头兵，这样的人应该大力宣传和重用。

一天，卢进发正在大干，突然被人喊到了工地指挥部。指挥部里坐着几个工地上的头面人物，正在陪一个干部模样的人聊天，那人瘦高个儿，边聊天边用搪瓷缸子喝着大叶茶。见卢进发进来，他赶忙站了起来，伸手说：“你是卢进发吧？”

“是，我是卢进发。”卢进发边回答边伸手，当看见自己满手的泥土时，又慌忙抽了回来，在裤子上来回地擦。

“不用擦，劳动人民的本色嘛。”那人边笑边说，一伸手就捉住了卢进发的手，使劲握了几下。当他看到卢进发光着膀子时，忍不住向外面望了一眼。天已深秋，水库堤坝上的白杨树叶子被风一吹，正“哗啦啦”落着。

“冷不冷？”

“不冷，浑身冒汗呢。”卢进发两片厚嘴唇一分，笑了。

“好样的。真是铁人呀！你咋有这么多的劲头呢？”那人拍了拍卢进发的肩膀，由衷地赞道。

“哪里呀，我就想把水库修得结结实实，多蓄水，到时庄稼都能喝饱水，多打粮食多分粮，让大家都过上好日子。”卢进发的一番话把那人感动得不行，让卢进发坐下，又问了他一些家庭生活的事儿。

卢进发眼看三十岁了，光棍一根，还是个孤儿。十几年前，父亲在生产队的一次开山爆石中，被飞起的石块击中头部当场身亡。母亲和他艰难度日，终有一天，家里断粮，母亲说要去邻村要点饭吃，结果一去再也没回来。卢进发没有兄弟姐妹，就靠自己在生产队干点力所能及的活儿挣点工分度日，但大多时候还是靠左邻右舍接济，一天天，竟然熬成了一个壮小伙。卢进发生性倔强，但干活绝对是一把好手，从不会使奸耍滑。挺好的一个小伙，就因为穷，把媳妇给耽搁了。

几天后，卢进发做梦也没想到迎来了他一生中最最辉煌的日子。在水库大会战的现场，公社革委会的领导当着数千人的面当场宣布他火线入党。卢进发当时就懵了，用手掐了胸脯又掐耳朵，都生疼生疼的，才确认不是做梦。从那天起，他知道了那天找他谈话的瘦高个儿是公社革委会的主任，叫任翔升，是从县里调来的。据说，任主任来头不小，曾参加过抗美援朝，也立过多次战功。

从那，卢进发的干劲更大了。在他的带动下，卢村那年派出的会战人员都铆足了劲，全心投入劳动中，都盼望着能和卢进发一样来个“领导谈话”或“火线入党”。可直到会战结束，别说卢村那些人，就是全工地上的人也没有一个再有卢进发那样的运气。但卢村的人赢得了会战中唯一一面锦旗，卢村也一下子成为全公社的“红旗村”。锦旗是大红的底色，上面有“干劲冲天”四个金字，整齐地挂在大队办公室的正墙上，让每个看到的人都心怀敬意。

其实，真正让人心怀敬意或者说嫉妒的还是卢进发。他不光名气大震被支书当成了“座上宾”，家里还来了一个又一个给自己保媒的，这让卢进发始料未及。直到自家的破门槛快被踩平时，他才应允了邻村的一桩婚事。姑娘叫孙玉萍，刚满二十岁，身材娇小，但长得明眸皓齿，很清爽。孙玉萍爱笑，看卢进发时手总在玩弄辫子梢，但眼睛几乎不眨，满含柔情，每次都把五大三粗的卢进发看得浑身冒汗。两人看了几次，眼看就要拉拉手的时候，媒人来传话，说女方希望年前就把喜事办了，免得年后忙上加忙。卢进发自然愿意，但苦于手里没钱。媒人说：“人家不要彩礼，图的是你这个人，只要待玉萍好就行。”卢进发连连点头，喜得嘴都闭不上了。

腊月二十，忙活了好几天的卢进发终于把新娘娶进了家。晚上关门睡觉时，突然飘起了雪，很大，一会就白了地。新娘子孙玉萍铺好床，等着卢进发睡觉时却不见了人。孙玉萍走到屋门口，轻轻喊了一声，卢进发应了，说在院子里扫雪呢，让她先睡。孙玉萍躺在炕上，哪里睡得着呀，满脑子都是卢进发健壮的身体，这样的小伙子上哪去找呀。孙玉萍越想越高兴，她盼着卢进发快快进屋来。可等了好久也没动静，她趴在窗户上仔细向外瞧，一片模糊，但院子里传来有节奏的“唰唰”声，估计卢进发还在扫雪。孙玉萍想喊他，告诉他雪一直在下不用扫的，这样啥时能扫完呢？再说，今晚是洞房初夜呢。她突然觉得脸一下烧了起来，想了想又和衣躺下了。她觉得洞房花烛夜，新娘的衣服是要新郎一件件给剥掉才不枉了女孩变女人的这一遭。这时，孙玉萍的脑子里再一次装满了卢进发的影子，忽大忽小，忽远忽近，既真实又模糊。

不知不觉间，孙玉萍竟睡着了。

5

眨眼就到了冬天，大田里早没了其他季节的绿色，一片枯黄，显得颓废不已。天冷，地块也冻上了，生产队里没了活干，卢六便三天两头组织社员开会，贯彻和学习上级路线。于是，二爷爷的住处便时时充斥着一种酸不拉儿的混合气味儿。卢六不光白天开集体会，晚上也召集个别人开会，说是加强思想政治教育。晚上开会的大多是女的，有妇女也有大姑娘。偶尔也有男的，我就见过张富有去过一次。那是张春花哭着走后的几天，卢六把他叫去教育了很久，那次门是大开着的，卢六的声音很大，我和二爷爷在门外听得很清，几乎是呵斥，好像还是和队里丢失的两捆麻有关。张富有低着头，屁也没敢放一个，走时缩头弓腰，拐过牲口棚的墙角时，我和二爷爷竟听到他“哇”一声哭了。

和队里的女社员开会时，二爷爷似乎有了经验，忙着点了保险灯，把罩子也擦得锃亮。没想到，卢六却说两个人开会值得点保险灯吗？集体的财产也是财产呀，节约一点吧。二爷爷觉得卢六真是难琢磨，那次和张春花也是两个人开会却非要点保险灯。二爷爷慌忙换了油灯，屋里顿时变得昏暗起来。

这个时候，二爷爷和我照例被支到外面慢慢等。二爷爷挪着身子没事找事地给牲口添点饲料，我就围着大枣树跑着转圈，尽量让身上热起来。冬夜是漫长而无聊的，有时我和二爷爷一等就是两三个小时。卢六的会结束时，总会乐呵呵地对二爷爷说，进来吧，铺乱了，你自己收拾收拾。次数多了，我逐渐看出了一点苗头，来开会的女人大多很高兴，走时精神焕发，看来卢六的政治教育发挥了绝对作用。

一次，卢六又要单独开妇女会，二爷爷就说：“大头，外面天冷，我送你回家睡吧。”

我说：“我不回去，爹嫌我碍眼，不让我回炕上睡了。”

二爷爷一笑，说：“你爹胡咧咧，现在不碍眼了，过了这个年你又要有个弟弟或妹妹了。”

我有些不解，赖着不走。

二爷爷说：“天明了你再来玩，要不天冷会把你冻坏的。”

二爷爷送我回家时，我才注意到娘的肚子突然很大了，走路一扭一扭的，很笨拙。我爬到炕上和二头三头闹腾起来，二爷爷弓着腰站在炕前，和爹说起了话。但爹对二爷爷不是很热乎，说话也有一搭没一搭的，好像二爷爷亏欠了他什么。二爷爷比爹只大了七岁，但这并不影响是爹的小叔叔，并且是货真价实的亲小叔叔。但我很少听爹喊过他小叔，听得最多的就是“你该死的二爷爷”。

二爷爷为啥就该死呢？爹说话真难听。

娘对二爷爷还不错，给他冲了一碗红糖水，又扶他在炕沿上坐好，东扯葫芦西扯瓢地拉起了家常。拉着拉着，娘就扯到了张富有一家人身上。

娘说：“队里丢的两捆麻虽然在张富有家里没搜到，也没啥证据，但卢六已经咬上他了，想挣脱都难。我听人说了，卢六是想报复张富有。”

“报复？没根据的事儿你少胡咧咧，当心卢六撕了你的嘴！”爹瞅了娘一眼，有些生气地说。

“咱不是在家说嘛，又没外人。”娘顿了一下，继续说，“卢六托人去张富有家说媒，想让张春花给自己的傻儿子当媳妇。没想到张富有两口子没给他丝毫念想，当场就回绝了，说闺女已经有对象了。说媒的去跟卢六回话时，卢六正在院子里蹲着抽烟，听了后站起来竟一脚把旁边的大水缸踹倒了。这不，没几天队里就丢麻了，并且脚印偏偏就去了张富有家。你们说，这事儿蹊跷不？”

“蹊跷不蹊跷与咱没关系，卢六的傻儿子想娶七仙女与咱也没关系，这事你再也不许说了！”爹又瞅了娘一眼，有点急。

娘说：“你个胆小鬼，他还能吃了你？”

爹说：“不用吃，光钝刀子割就够受的了。看到张富有一家了吧？张富有和儿子两个棒劳力，老子被安排到地头撵鸡（偶有社员家的鸡跑出来糟蹋庄稼），儿子被安排到坡地放牛，两人一天还挣不了人家一个棒劳力半天的工分。老婆和闺女更没正经活儿，还常常让在家歇着。你说，这半年下来，他一家连吃个半饱的口粮也挣不来。卢六可不是好惹的，张富有不承认偷麻，就这么一直折腾他一家，要是承认了，就成了坏分子，日子就更没法过了。怎么说，这次张富有一家也逃不出卢六的手心了。”

娘听了，咬了咬嘴唇，说：“天杀的卢六，他坏，老天爷就让他摊了个傻儿子，报应呢。”

爹朝地上狠狠吐了一口唾沫，说：“看看，我的话算是白说了。人家报应不报应，关你屁事呢！”

二爷爷静静地听着，一会看看爹，一会瞅瞅娘，一句话也不说。

6

张春花有了对象是真的，叫陈有计，邻村的。他俩是初中同学，小伙子在大西北当兵。没当兵前俩人就彼此有好感，陈有计还偷偷约张春花见过一次面，并送了一块粉红手绢给她。小伙子当兵后，两人也通过好几次信，都或多或少表白了自己的意见。张春花说自己年龄还小，等陈有计当兵回来再说，虽没直接说愿意，但应该没反感，只是含蓄了些。而陈有计的表白就彻底多了，说自己这辈子非张春花不娶，即使自己在部队提了干也不反悔。张春花读着信，感动得热泪直流，觉得这辈子能有这么个人爱真是有福气。既然这样，张春花就把自己谈恋爱的事儿和父母说了，张富有两口子自然高兴，认为闺女能找个当兵的最好，自己的腰杆也许能硬点。

这当口，卢六托人来提媒，张富有两口子嘴上没说，但心里很生气。就那么个流着哈喇子，六分心眼的傻儿子也好意思来提媒，简直是把我们张家看扁了。张春花虽不是大户人家的闺女，但要模样有模样，要身段有身段，干活又勤快，在十里八村也是数得着的好姑娘。生气归生气，张富有两口子一点也没露在脸上，对媒人说，事儿是好事，可我家春花捞不着这个福气了，她已经有了对象。

这件事，也许是张富有和卢六之间的导火索，也许是偶然。反正，张富有家从此再也没有安宁过。先是成了队里偷麻的嫌疑人，再是一家人在生产队干活时被无端晾起来，就连张春花一个大姑娘也不放过，好几次以“政治教育”的名义被叫到二爷爷的住处单独开会。卢六的阴谋虽没得逞，但张春花的身心显然受了很大伤害，晚上噩梦连连，白天见了卢六就两腿发软。

张春花又一次“享受”单独开会的通知是卢六直接下到她家的。

那天，卢六中午喝酒喝多了，傍晚时还觉得脑袋涨得厉害，就去村外溜达了一圈。回来时他也不知哪根神经突然就兴奋了，脚步一拐，就进了张富有的院子。院子里的大黑狗见是卢六，刚咧开的嘴巴立马又闭上了，它一耷拉头，竟夹着尾巴躲开了。卢六心里一阵大笑，迈步进了北屋。张富有一家正在吃饭，黑乎乎的小饭桌上除了几碗稀粥，还有一碟咸菜条。见是卢六，一家人慌忙站起来，给他让座寒暄。

卢六打着酒嗝，说：“不坐了，我来给张春花下个通知，晚上去饲养室开会。”

张富有心里一颤，试探着说：“孩子小，又黑灯瞎火的，要不让她娘陪她去吧？”

“干脆你们一家都陪着吧！就这觉悟，再开十次会也不行！张富有我告诉你，本想明年开春给你们一家都安排些好活儿，多挣些口粮，放你们一马，可你们一家的态度我很不满意。若再这样不开窍，你偷麻的事儿我就交大队部和公社革委会管了，到时可别怪我没告诉你！”卢六突然火了，粗门大嗓地嚷起来。

张春花慢吞吞地喝着粥，一言不发，眼里含满了泪。

徐兰英在张富有腰上捏了一把，赔着笑说：“我不去，我不去，晚上还要纳鞋底呢。”

卢六“嗯”了一声，背着手走了。

张富有和徐兰英送到院门外，目送着卢六走远。此时，天上飘起了雪花，天空骤然变得昏暗起来。风也跟着来了，不大，却尖。

张富有抹了把脸上的雪花，突然骂了一句：“猪狗不如的东西！”

7

张春花来的时候围着围巾，穿的也比较臃肿，身上一片雪白。

二爷爷有些吃惊：“说你怎么来了？”

“队长让我来开会。”张春花淡淡地说。

“这大雪天的开什么会呀？你身后的墙上有毛巾，自己打打雪吧。”二爷爷抬头看了眼张春花，脸上有了一种复杂的表情。

“哎哟，春花来得早呀，我先口头表扬一下。”门一开，卢六披着大衣闯了进来。看得出他挺高兴，几步走到炕前，随手把大衣扔在了乱糟糟的炕面上。

卢六拍了拍张春花的肩头，说："你思想进步挺快的，就这个态度，我看着就高兴。来，炕沿上坐吧，暖和。"

张春花站着没动。

卢六瞪了二爷爷一眼，说："要开会了，你咋还不出去？"

二爷爷扶着凳子，说："我知道，我换顶棉帽就出去，顺便串个门子。"

二爷爷走后，卢六拽着张春花的手让她和自己坐在了一条长凳上。卢六说："你这么年轻，后面还有很多好事等着你呢。你父母多不容易呀，你就不想让他们往后活得舒坦一些？还有你弟弟，堂堂的高中毕业生，可不照旧在队里放牛？很多事儿，我就不细说了，你心里清楚。"卢六边说边把张春花往自己身边拉。张春花拧着身子使劲挣着，一脸的不快。

卢六嘿嘿一笑，说："我实话告诉你吧，只要你答应了我，你家偷麻的事儿我可以不再追究，永不提起。另外，队里的好活儿你可以随意选，保管干着轻省又多挣工分。"

张春花还是死劲地挣着身子，说："我不愿意！"

卢六猛地站起来，拍了下桌子，说："张春花，你太不知好歹了！这队里的大姑娘小媳妇我想玩谁就玩谁，还没有一个像你这样的。你瞅瞅，张小燕、李大林家的、二妞、贾大屁股等等，我是玩了她们，可她们对我却很感激。为啥？我没有亏待她们呀。队里的粮食蔬菜啥的，她们可以随便拿，我就装没看见。出工时她们可以偷懒，但工分我还是给她们最高的。"

卢六说得唾沫横飞，也丝毫没打动张春花的心。她缩在长凳的一头，一言不发。

卢六瞅了瞅张春花，突然笑了，低声说："春花，我能看上你，是你的福气呀。不用说在咱四队，就是整个卢村，我说话也是有分量的，就是杜支书也要让我三分呢。这样吧，咱俩的事儿就一次，完了我找杜书记说说，让你去村卫生室抓药咋样？"

张春花这次哭了，她说："六叔，我哪里也不想去。我还小，再说也有对象了，你就放过我吧。"

"放过你？好，我放过你。"卢六说着，走到张春花身边，猛地把她抱了起来。

张春花还没弄清怎么回事，就被卢六压到了炕沿上。卢六伸手去解她的腰带，张春花边挣扎，边死死捂着腰带扣。此时的卢六，像一只疯狗，一刻不停地缠着张春花。卢六一手去褪张春花的棉裤。褪不动，他这才看清张春花的裤腰上系了好几条腰带，虽说是布条子做成的，却结实，红的绿的黑的好几种颜色的布条，把她的裤腰扎了个严严实实，且都打着死结。看来，张春花是有备而来。她仍在使劲地挣着，嘴里说着"我要喊人了，我要喊人了"。身子却不自觉地滑到了炕沿下。

卢六喘着粗气，再次抱起张春花把她扔到了炕的角落里。重重的身子一下砸到我的身上，我"哇"的一声大哭起来。我的哭声把卢六和张春花都吓了一跳，张春花下意识地用手去捂胸口，卢六干脆从炕上跳到了屋地上。等我哭着从炕角的被窝里钻出来，卢六也清醒了，想也没想，过去就扇了我一个耳光。火辣辣的疼痛让我的哭声更大了。我爬下炕，边哭边朝着窗外一个劲地喊着二爷爷。耳朵里隐隐听到窗外响了一下，不一会，屋门开了，二爷爷扶着凳子挪了进来。

我像见到了救星，哭着跑了过去。

二爷爷说：“怎么了？大头。”

我还没开口，卢六就气急败坏地接上了：“怎么了？谁让你把个兔崽子弄炕上了？吓我一跳！”

二爷爷忙说：“大头天黑就睡着了，我也没在意。都是我的错，我的错。”

卢六黑着脸，一大一小两只眼更加吓人了。

张春花趁机整了整衣衫，围巾也没顾得围就走了。

8

春暖花开，张富有家迎来了两件喜事。

一个是张春花和陈有计的亲事定下来了。陈有计探亲回来，和父母商量了一下，借探亲的机会顺便把两人的亲事定了。定亲时没有请客，只是男女双方的人在一起聚了聚。炒了几个家常菜，一壶散酒，边吃边喝边聊，乐乐呵呵就把亲事定妥了，并初步想着秋后就把婚事办了。那天，张富有一家四口全被陈有计接到了家里。吃过饭，喝茶的工夫，陈有计当着双方父母的面再一次表了态。说他喜欢张春花，这辈子非她不娶，一定会好好待她。张富有两口子望着高大英俊的未来女婿，是一百个高兴。

再一个是张春山最要好的高中同学突然找到他，说自己的叔叔现在是县供销社的副主任，单位对外要招几个工人，但必须是高中毕业，自己已经报名了。如张春山愿意，他可以从中帮忙，但时间很紧，半个月内就必须把全部材料交上去待审。

这个消息，绝对是天大的喜事。走出农村到城里，当个体面的工人，这是大多数农村人做梦都不敢想的。这样的事情农村也有，但名额少得可怜，还要有村里推荐，能侥幸得到推荐的也全部是村干部自己家或亲戚家的孩子。但他们上班的地方大多是公社里的一些单位，能去县里的供销社，简直是打着灯笼也难找。张富有很明白，就凭自己家的条件孩子要想去城里上个班，恐怕要等到猴年马月。儿子张春山自小性格内向，少言寡语，即使再有学问，如没有这个绝好的机会，一辈子恐怕只能与土坷垃打交道。到头来，怕是连媳妇也难娶到手。儿子能进城，这个绝对是全村的轰动性新闻，到时不知有多少人嫉妒得眼珠子都要掉出来。张富有心里忍不住笑起来，到时自己也是村里的头面人物了。嘿嘿。

这个事，不光张富有觉得好，一家人都觉得好。张春山更是高兴得不行，催着父亲去找杜书记写介绍信和盖公章。张富有也觉得事不宜迟，要趁热打铁，就买了两盒香烟，又拎了自己家攒的二十个鸡蛋，天刚擦黑就去了杜光有的家。

杜光有正在家里吃饭。张富有说明来意，他听了，连说了好几声大好事，就低头喝起了碗里的稀粥。

张富有说："杜支书，既然是大好事，您就帮帮忙给写个介绍信盖个公章吧。我家春山一辈子也忘不了您的。"

杜光有放下碗，舔了下嘴唇，说："这么好的机会，我肯定帮你，但你要和卢六说说，他不放春山走，我也没办法。"

张富有听了，心里咯噔一下，说："您是支书，就一句话的事儿，您还做不了卢六的主？"

"按说村里的大小事我一个人完全说了算，但最好发扬一下民主。况且卢六和一般人不同，我要是私自放春山走了，怕是他和我没完，要是撂挑子不干了，你们四队的一摊子乱事还不愁死我？再说，我也耳听到一些关于你偷麻的事儿，虽然不确定，但这事多多少少对你一家是个不好的影响。村里出具证明，你们一家的政治状况是否清白，这个卢六最有发言权。对了，大队长卢进发那里你也要去说一声，到时我通知他们开个碰头会，相信没人难为你。”

张富有说啥也没想到杜光有这么软包，半路又弄出个卢六。看来自己想得简单了，觉得名额又不是村里的，也不用村里推荐，村里只是出具一张儿子是本村村民，全家政治清白，村里同意去县供销社招工的证明就行。眼瞅着简单事变得复杂了，张富有心里焦躁万分。

“杜支书，那两捆麻的事儿您不会相信我偷的吧？我家三辈人在卢村五十年里从没拿过人家一根柴草，不用说偷队里的东西。再说了，偷不偷也不能仅凭嘴一说吧？”张富有说着，眼圈竟红了。

杜光有说：“好了，孩子的这个事，不大也不小，为了妥当，你还是去卢六和大队长那里跑一趟，免得节外生枝。只要他俩那里通了，我这里绝对没问题。”

杜光有都说到这个份上了，张富有也不好再说，只好走了。

张富有一夜未眠。

第二天一早，徐兰英狠狠心捉了一只老母鸡，让张富有带到了卢六家。卢六听张富有说完，哈哈笑了。笑声很放肆，弄得张富有心里一阵阵发毛。

卢六说：“这个可是咱卢村天大的事儿。春山是个好孩子，懂事又有文化，我就知道他早晚是个公家人，哪能天天放牛呢。”

张富有听卢六话里有活口，就高兴起来，说："他六叔，您就抬抬手，给春山一条大路吧，他一辈子忘不了您的。"

"他忘不了我？听你话的意思，你们两口子和春花就忘了我？"

"哪里，哪里呀，我们一家都忘不了您，您是我们一家的大恩人呢。"张富有笑着，满脸的巴结样子。

卢六揉了揉眼，说："这事好办。只是你偷麻的事儿还没弄清楚，村里的证明怕是不好开呀。"

张富有一听又扯到了这事上，立马就蔫了："这……这个，这个事不能凭嘴一说吧？"

卢六看了眼地上捆着腿的老母鸡，说："好，这事我放你一马，暂且放一边。只是你一家人的思想，政治上还不过关，要一个一个教育学习，估计年底就差不多了。"

到年底就啥也晚了，这次招工手续必须半月内办完。张富有低着头，小声嘀咕着。

卢六又一次笑了。他说："要不就来个快的，今晚就让你家春花参加思想政治学习，她要是觉悟高，我保证你们一家五天内全部通过。"

卢六说完，两只眼盯着张富有的脸一言不发。他嘴角在笑，里面满是鄙夷和胜算。此时，他觉得张富有就是一只蚂蚁，你再怎么有耐力，能爬出我的手心吗？

张富有没有说话，他觉得心里有无数小虫在咬，又痒又痛。

回到家，一家人都在等着消息呢。张富有一声长叹，眼泪怎么也忍不住了，漫过一脸的沟坎，滚落下来。张富有把卢六的意思说了，什么参加思想政治学习，大家都心知肚明，无非是想玩弄占有春花而已。凭卢六的德行，春山要想拿到村里的介绍信，春花这次是在劫难逃的。前几年，队里刘万里的妹妹被卢六看上了，多次没得手，卢六就设法折腾刘万里一家。最后，他妹妹瞅着没了奔头，就爬火车去了东北。临走撂下一句话，卢六一天不死，她就一天不回卢村。性子那么刚烈的一个女子，还是逼得只身去了远方，一个女孩子能走这一步，心里的苦楚可想而知。

张富有看了看春山，说："要不咱不去供销社上班了，爹没本事，卢六那关咱过不了。"

张春山的眼光在妹妹脸上扫了一下，又很快收了回来。他低了头，没说话，看来有些不舍。

张春花脸红红的，两眼愣愣地望着窗外，一脸的悲愤。

9

眨眼，一个星期过去了。张春花待在家里门也不出，除了呆呆地坐着，就是蒙着被子睡觉。张春山也神情恍惚，一副心事重重的样子。期间，张富有找过卢进发，他想也没想就答应了。孙玉萍也非常痛快，说："乡里乡亲的，谁用不着谁呀，放心吧，我家进发不会说一个不字的。"卢进发夫妻俩的一番话，把张富有感动得不行。他不停地说着，好人有好报，好人一定会有好报的。

其实，张富有心里明白，卢六这关不过，说啥也白搭。可卢六这关，只有女儿张春花才能打通，可要打通就要付出自己的身体呀。儿子的前程重要，但女儿的贞洁也很重要。儿子和女儿，就是自己的手心和手背，哪个也是自己的肉啊。况且，女儿是无辜的，让她去干这些丢人的勾当，我当爹的还算个人吗？张富有打定主意，儿子招工的事儿他不再过问，过不了几天，时间一超，这事也就过去了，权当没发生过。

第十天上午，张春山的同学又来了，他说事情基本办妥，只要村里的手续一交，去县供销社上班就是铁板钉钉的事儿了。还说，这些天去叔叔家走关系的人都快排成队了。张春山点点头，说快了，手续马上就好。

这天吃过晚饭，就要睡觉时，张春山突然给妹妹张春花跪下了。他不说一句话，就是哭，却无声，眼泪一串接一串。这个举动，让全家人大吃一惊。

张富有说："春山，起来！你跪着妹妹，我心里比你打我的脸还难受呢。"

张春山不起来，反而用手狠劲地抽打起自己的脸来。徐兰英见状，扑过去抱住儿子哭起来。张富有铁青着脸，坐着，再也说不出一句话来。

良久，张春花过去拉起了哥哥。她一字一句地说："我成全你。这是妹妹的命呀，我不怪你。"

张春花说完，拿起桌上的镜子，照着，用手慢慢地拢了拢头发，转身走进了夜色中。

"喵呜——喵呜"，墙外有几只叫春的野猫，声音凄厉，叫得人心慌。

过了几天，张春山揣着村里写好的介绍信去了城里。又过了几天，张春山穿得整整齐齐，拎着一个装了生活用品的网兜出现在村里的大街上。有人问："春山，穿得这么好，上衣口袋里还插了钢笔，要去哪里呀？"

"去城里。我在县供销社上班呢。"张春山大声回答。

10

这年八月，卢村的秋粮大丰收，高粱似火，谷子如金，玉米赛棒槌，田野里到处散发着沁人的馨香。四队的庄稼更是长得全村拔了尖，秋收动员大会上杜支书专门点名表扬了卢六，这让他精神倍增。

今年的年景的确不错，大家都沉浸在丰收的喜悦中。

前几天陈有计来信了，说自己已经请好假，马上就要回去了，希望这个月就把喜事办了。自己盼了这么久的事情，说来就来了，想想自己也将成为一个新娘子，羞答答地坐在喜床上，张春花不由得高兴起来。但仅仅一瞬间，她就感到了隐隐的忧伤。

陈有计回来了，还是高大英俊，帽子上的五角星和衣领上的红领章配着一身新军装显得他格外精神。小伙子办事干练，还是把双方父母和家人叫到一起聚了聚，并对婚事说了自己的意见。他说："现在很多城里人都时兴旅游结婚，一对新人坐车到外面旅游一圈就把婚结了，既开阔了眼界，家里又节省了不少钱财和时间，我觉得很不错。要不，我和春花也学学城里人，来个旅游结婚吧。"两家人都说好，春花也没意见，这事儿就定下了。至于何时结婚，陈有计的父亲表了态，说："孩子的头脑其实比我的要好很多，他们定个日子就可以，但儿子结婚毕竟一辈子一回，我这当爹的说啥也要做回主。现在是八月，再找一个双日子就行了，双月双日挺吉祥，到时鞭炮一响，两个年轻人出发就是。"大家都说好。他挠了挠头皮，又说："今天是八月初九，我看就定八月十六吧。十五一家人过个团圆节，十六再结婚，再好不过了。"

陈有计说："明天我和春花去公社把记登了，结婚证拿到手就是合法夫妻了。至于哪天旅游结婚，就是个形式了。"张春花羞得小脸红红的，偷偷掐了陈有计一把。

公社民政所管结婚登记的是个中年女人，胖胖的。她看了陈有计带来的介绍信，又抬头看了看两人，笑着说："小伙英俊，姑娘漂亮，真般配呀。"

陈有计也一笑，急忙从裤兜里抓了一把糖递过去，说："谢谢了，您吃糖。"

"啪"一声，胖女人在结婚证上盖完最后一个大红公章，递给陈有计，说："好了，祝你俩白头到老。"

没想到，办理结婚登记这么顺利，原想半天办完的事儿十几分钟就好了。陈有计很高兴，对张春花说："咱俩从现在开始就是合法夫妻了。"张春花红着脸，点了下头。

陈有计又说："天还早，要不咱俩去西岭林场看看吧。当年上学时，记得有一年春天老师还带我们去栽过洋槐树苗呢。"

张春花说："是呀，我记得那天下小雨了，回家的路上我还摔了一跤呢。"

"那咱赶快去，看看你摔跤时磕出的坑还在不在？"

"去你的，就会贫嘴。"张春花噘着嘴一笑。

陈有计骑着一辆"国防"牌自行车，是借的舅舅家的，舅舅是村里的会计，当时托了好多人才买到了这辆车，还是个二手。但在当时已经很了不起了，舅舅天天都用布头蘸着蓖麻油擦得锃亮，前端详了后端详，爱惜不已。

陈有计慢慢蹬着车子，张春花坐在后座上，规规矩矩的，俩人边走边小声说着话。突然，陈有计把车子蹬得飞快，然后猛一刹闸，张春花整个上半身就一下贴在了他的后背上，慌乱中两手竟死死抱住了陈有计的腰。她闻到了一股特别的气息，很野性，夹杂着微微的汗味儿，搅得她的心“怦怦”乱跳起来。陈有计说：“抱紧点，当心摔下去。”然后，哈哈大笑起来。张春花这才明白陈有计是故意让她抱腰的，就用手轻轻捶着他的后背，说：“叫你坏，叫你坏！”

一路说说笑笑，很快就来到了西岭林场。这处林场始建于20世纪50年代，原来就是一处秃山，绵延十余公里，山体土石参半，上级领导本着“改造荒山，绿化祖国”的雄心壮志，一代代不懈努力，终于成了一座绿树葱茏、植被丰富的林场。在林场的小路上，陈有计推着自行车在前走，张春花在后面跟着，边走边聊，聊了很多，涉及的内容也五花八门。陈有计还聊了自己的部队生活，这让张春花听着很新奇，觉得部队真是个大熔炉，是个出好钢的地方。聊累了，也走累了。陈有计说：“咱坐路边歇歇吧。”张春花答应了一声，就坐在了一块石头上。陈有计支好车子，紧挨着张春花坐下了。

陈有计看着张春花笑了笑，然后一把抓起她的手，说：“让我看看干活磨出老茧了没有？”

张春花笑着说：“当然有了。”

陈有计轻轻摩挲着她的手。说实话，张春花的手还算白嫩，十指如葱，很美。陈有计忍不住俯下嘴巴亲了一口。张春花的脸“唰”一下就红了，她抬头看陈有计时，陈有计的一双眼睛也刚好在看她，四目相望，竟满是柔情。只一瞬间，陈有计就把张春花拥在了怀里，她还没弄清怎么回事，陈有计的嘴巴就压在了她的嘴巴上，两人一下滚到了石头下的乱草丛中。

11

1973年的农历八月十一上午是个很特别的日子，弟弟四头来到了人间，我在娘的怀里看到他时，他闭着眼冲我一个劲地哭。我觉得他十分讨厌时，爹回家说公社里来公安员了，骑着挎斗摩托在二爷爷的屋子里审人呢。我撒腿就跑，刚拐过牲口棚，就被一个公安员拦住了，不让进。那里围了一圈看热闹的人，大多是孩子，杜支书和卢六、张春花都在。怪的是，张春花的对象陈有计也在，一身新军装，上衣外还扎了一条军用皮带，挺威风的。听大人说，公社里最有名的公安冯三平也来了。冯三平能亲自来卢村办案，肯定不是一件小事。

大家议论纷纷，有说队里丢了重要东西的，有说外村死了一个人，估计是卢村的人杀的，等等。直到中午，才有一条貌似确切的消息传了出来。

原来，卢村发生了一桩通奸案，持续时间近一年。准确说奸妇是张春花，奸夫是卢六，可公安讯问时，张春花又说出了两个奸夫，竟是支书杜光有和大队长卢进发，公安冯三平正在逐一调查核实。报案人竟然是陈有计，理由是破坏军婚罪。这个消息让全村人大吃一惊，谁都不会相信张春花那么文静的一个姑娘竟然和这么多男人有过苟且之事。吃惊之余，人们又费尽心思地到处搜集这个信息的一些细节。原来，陈有计和张春花一时冲动亲热后，竟没有见红，就问张春花怎么回事。张春花只哭不说话，陈有计就安慰她，说：

“没事，咱俩都登记了，你以前有啥事我也不嫌，但你要说实话。你对自己的男人都不说实话，以后怎么在一起过日子呢。你说了，我不会对任何人说，过几天我们还照样旅游结婚。”张春花看陈有计说得真诚，就对他说了事情的经过，当然是为了哥哥能顺利招工，大权在人家手里，也是被逼无奈的。说完，张春花放声大哭。

陈有计听了，好久没说话。过了一会，突然仰天大笑起来，听了却是苦笑，很悲壮的意思。他说：“你为了哥哥，就没想想我，我一个堂堂的军官，难道为你戴一辈子绿帽子？”张春花这才知道，陈有计在部队已经提干了，只是故意没说而已。

张春花哭着说：“我错了，对不起你，我再也不了，有计你就原谅我吧。”

“我在部队一直追求上进，心里容不下这些龌龊事。原谅你可以，但那个王八蛋能原谅吗？让他逍遥法外就是纵容犯罪！这个事我要是不过问，我一辈子会憋死的。”

陈有计推起自行车就走，头也不回。张春花神情呆滞地跟了几步，就一头倒下了。

据说，陈有计没有回家，直接去了公社革委会找领导反映了情况。说卢村四队队长卢六以报复、胁迫等手段与张春花发生奸情，时间长达一年。期间，张春花虽未和自己登记，但已经定亲，早就是名义上的夫妻，要求革委会以破坏军婚罪对卢六惩处。即使构不成破坏军婚罪，卢六的行为也构成了犯罪。陈有计还说，革委会如果处理不好，他就回部队汇报情况，让部队的人来处理。革委会的领导听了，自然十分重视。说：“你先回去等着，我们开会研究一下，明天一早就派人去卢村调查。”

陈有计回到家就蒙着被子躺下了，其实，他哪里睡得着，满脑子都是张春花和卢六乱来的情景。他憋得难受，忍不住大喊了一声，眼泪也下来了。父母不知发生了什么事，慌忙来问，陈有计一句话不说。

傍晚时分，张富有没见女儿回家，也牵挂着来陈家问问。一问，才知道了事情的原委。张富有自然心知肚明，觉得有愧于陈家，啥也没说，就回家叫上老婆去了西岭林场。找着张春花时，她早就昏迷不醒了。老两口背着她，跌跌撞撞好歹回了家，开水浸红糖又加了姜末，一勺勺喂下去，张春花总算醒了过来。醒来后先是大哭，然后用头使劲地撞墙角，被张富有两口子拉住后，又挣着身子去针线簸箩找剪刀，看来真是不想活了。

张富有两口子吓得不轻，也没办法，只好陪着一个劲地掉泪。张富有说："都怪我，都怪我，是爹没本事呀。"徐兰英见女儿死心已有，怕以后再出差错，就"扑通"给女儿跪下了。说："如果你寻了短见，娘也就不活了。"张富有也说："这事本来是为了你哥好，你死了，你娘也死了，我和你哥活着还有啥意思呢？早知如此，让你哥放一辈子牛也不去招那个工呀。事情已经这样了，说啥也晚了，我们一定要活下去，只有活着，才有希望呀。"见爹娘都哭得一塌糊涂，张春花心如刀绞，"唉"了一声，又昏了过去。

第二天，张春花醒来时天已半晌，杜支书来喊她去二爷爷的住处，说有急事。张富有见杜支书竟也一脸愁色，知道他心情不好，就没问啥事。张富有朝老婆使了个眼色，让她陪着女儿去一趟。去了才知道，公社上的公安来了，就是为自己的事儿。张春花一下想起了自己受的委屈，卢六一直就是个千刀万剐的货色，可一向沉稳正直的支书杜光有呢？大大咧咧也很豪爽的大队长卢进发呢？没想到给哥哥开介绍信办招工手续时，卢六那关通过后，他俩又支支吾吾，就是不点头，到最后也只好“献身”才得以通过。看来，天下的男人没一个好东西！张春花一不做二不休，一咬牙，就把卢六、杜光有、卢进发都说了。

这下乱套了，一个村的领导班子立马就垮了。消息传到公社革委会，任翔升主任呆了，他说啥也不相信自己一手提拔的人才会是这样，他陷入了深深的自责中，并公开检讨了自己工作中的不足。

我记得很清楚，那天卢六、杜光有、卢进发三个人是用麻绳绑的，捆成了粽子样，耷拉着头，塞进摩托挎斗准备带走时，却发生了两件事。

先是卢进发的老婆孙玉萍哭着来喊冤，说自己的丈夫绝对不会和张春花有事，肯定遭了诬陷，因为卢进发在男女事上不行。

人群里一片唏嘘，有人开始嘀咕，说怪不得孙玉萍的肚子一直不见大呢，原来卢进发是个草包呀。大家一阵哄笑，孙玉萍又羞又气，扭头走了。

孙玉萍刚走，卢六却大叫起来。说他要举报另一个通奸人，争取宽大处理。卢六的话令在场的人都吃惊不小。

冯三平忍不住问：“谁？”

卢六眼一瞪，冲着牲口棚里弓腰添料的二爷爷说：“是他——贾二！”

看到卢六瞪眼挺胸的样子，我想起了电影里的汉奸在鬼子面前指认八路的样子。我就在心里骂卢六，汉奸！大汉奸！

二爷爷被一个五大三粗的公安拽过来时，冯三平一愣，自语了一句："不可能吧？"

一直站在一边的陈有计脸色变成了酱茄子，他走到张春花面前，指着二爷爷咬着牙说："真没想到，你这么贱，贱得猪狗不如！你把你祖宗的脸都丢没了！"他抬手抡向张春花时，手在半空突然停住了。"呸！"他朝地上啐了一口唾沫，拨开人群走了。

12

拽二爷爷的公安一松手，二爷爷失去了"拐棍"，竟"扑通"倒了。看着二爷爷在地上手刨脚蹬地起不来，冯三平说把他弄到凳子上。二爷爷坐在凳子上，身子颤巍巍的，腰也更弯了，还一个劲地咳嗽。

冯三平冷冷地说，贾二，你自己招吧。如果顽固的话，让我查出来就罪加一等了！

见冯三平要亲自审讯二爷爷，看热闹的人都来了兴致，瞪眼的、抻脖的，向前挤的，一时间乱作一团。

说起冯三平，卢村的人并不陌生，他几年前在村里半天就破获了一起盗窃案，手法之高明，让人拍手叫绝，称他为神探。

那年冬天，村六队的仓库里丢了一麻袋黄豆。仓库的大门没撬，就是撬开了一扇窗，窗下的一包黄豆不见了。那晚下了一场小雪，从现场模糊的脚印看是一人所为，但仓库里面窗口下的地面上没漏一颗黄豆，也没留一个脚印，也就是说偷盗者是从外面一次把整包黄豆偷走的，而仅从一扇窗子的地方连提带拽地弄出一包黄豆谈何容易。一包黄豆至少180斤，谁能偷得走呢？村里的干部挨户排查了一天，脑汁都想干了也没弄出个所以然，只好上报了公社革委会。那次来人就是冯三平，穿便装，骑着自行车悄悄来的。他来时早就没了第一现场，在大队部只听干部们说了一下当时的情况，就有了破案方法。

他对村支书说，去喇叭上下个通知，就说县里体育队来招人，不论年龄大小，只要有力气的都可来试试。如果能让体育队选中，那可就是祖坟上冒青烟了，不光能转成一工一农，一天三顿吃白馍馍，还发工资呢。

喇叭上吆喝了几遍后，就三三两两有人来碰运气了。在大队部的院子里，冯三平早让人做好了一个举重用的“杠铃”。一根两米左右的木棍，胳膊粗细，一头绑了一块八九十斤的条石。来的人就让他举，谁能举起来谁就合格。一时间，来举重的人越来越多，但大多还没举，只瞅了两眼条石就放弃了。乱糟糟折腾了半天，别说有人举起来，就是连把杠铃拎离地面的也没几个。冯三平眼看着计划就要落空，想鸣金收兵时，村里的丁大壮来了。三十啷当岁，名不副实，精瘦，但结实，个子不高不矮，俩眼珠子乌黑有神，看起人来极具穿透力。他走到支书跟前，说：“县体育队来招人不是假的吧？”

支书一指冯三平，说：“体育队的队长都来了，能假？”

丁大壮看了看冯三平，又指了指地上的杠铃，说：“举起这个东西来真能成一工一农，还能吃馒头，发工资？”

冯三平觉得有戏，就故意激他，说：“假不了。可这东西不好举呀，就你这身板我看还是回去吧。”

丁大壮没说话，紧了紧腰带，过去一把就攥住了木棍，一用力，杠铃就提到了胸部，随即右腿跨前一步，“嗨”一声，杠铃就到了肩部。他脸憋得通红，胳膊举了两举却没伸开，身子晃了晃，杠铃一下落到了面前的地上。尽管没有举起来，但围观的人还是一片叫好。

丁大壮挠了挠耳朵，不好意思地说：“饿，有些饿了，一天没吃东西了。”

冯三平说：“给他弄点吃的。”

一会儿，村里的文书把准备招待冯三平的馒头拿来了四个。丁大壮也没推让，几口就吞下了肚。他抹了把嘴唇，伸了伸胳膊，又一把攥住了杠铃的木柄。还是那几个动作，简直是一气呵成，杠铃竟稳稳地举了起来。

四周掌声一片，谁也没有想到这干巴小子竟有如此神力。冯三平也鼓起了掌，待掌声停下来。他立马变了脸，大声对旁边的民兵连长说：“把丁大壮绑了！”

等丁大壮明白过来，啥都晚了，他承认了偷黄豆的事实，并带冯三平他们到三里地外的一座废桥下找到了那包黄豆。就这样，六队的黄豆失窃案成功告破。

见冯三平两眼死死地盯着自己，二爷爷胸一挺，说：“我没干！是卢六诬陷报复我！”

“为什么诬陷报复你？”

“以前他在我的住处好几次就想欺负张春花，都让我搅黄了，他就一直想报复我。”二爷爷又挺了挺胸，还伸手指了下卢六。

卢六说：“你个罗锅子，满嘴放狗屁呢！麦收前在村前的桑地里你奸污了张春花，我亲眼看到的。”

人群里发出了一片惊叹声，大概都没料到二爷爷在男女事儿上竟会如此神勇。

二爷爷扶着凳子站了起来，指着卢六骂道："你个祸害，挨千刀的。你血口喷人！"

卢六气得浑身发抖，说啥也没想到平日里那么猥琐软弱的二爷爷会这么骂他，要不是全身被麻绳绑了个结实，我估计他会一脚把二爷爷踹翻的。

冯三平静静地观察了一下，问张春花："贾二欺负你了吗？"

此时的张春花早就无地自容，以泪遮面，脑袋更是一片空白，犹如僵尸。隐隐听到有人在问，就不自主地点了一下头。

卢六大声对冯三平说："她点头了，点头了，我没骗你吧？把罗锅子一块带走！"

二爷爷脸色一下暗了下来。

冯三平又问了一句："张春花，贾二欺负你了吗？"

这次张春花居然摇了摇头。又问了一遍，还是摇头。再问，就既不摇头也不点头了。

卢六急得大叫："张春花，你倒是说话呀！"

二爷爷扶着凳子站着，也许生气了，也许身子虚弱了，身子摇摇晃晃的，几欲倒下。

冯三平走过来，一把就把二爷爷提了起来，离地半米有余。二爷爷佝偻着身子如一片败叶在冯三平的摆弄中抖了几下，又飘回了地上。二爷爷瞪着一对小眼睛，很无辜也很坚定地看着冯三平。

冯三平哈哈大笑，说："就这个小身体，还严重残疾，送他个女人怕是也对付不了，不用说人家还不愿意。"他轻轻拍了下二爷爷的肩膀，"没事了，回去喂你的牲口吧。"

卢六不服，还在大叫。

二爷爷说："既然卢六举报我，我也举报他，去年我们四队丢的两捆麻就是他偷的，我亲眼看到的。他却一直嫁祸张富有，好从中胁迫，欺负张春花。”

果然，民兵连长带人在卢六家的猪圈隔壁里搜到了两捆麻，用手轻轻一折，麻皮就断了，已经没了丝毫的韧性。

消息带到审讯现场，很多人都觉得太意外了。徐兰英疯了一般，跑到卢六跟前，照着他的胳膊就是一口。然后一下坐在地上，呜呜大哭。

13

很快，卢村轰动一时的“张春花通奸案”就尘埃落定了。我那时小，也弄不清都定了什么罪，反正听说卢六判了两年徒刑，杜光有和卢进发都判了一年徒刑，好像还丢了党票。张春花出于胁迫，被逼无奈，被教育了一番就放了。陈有计和张春花的婚事自然黄了，两人办完离婚手续后，分别的一瞬间，张春花猛地扑到陈有计的怀里号啕大哭。

陈有计心里也酸酸的，说：“忘掉我吧，祝你找到一个真正疼你的男人。”

再往后，卢村发生了很多事情。

杜光有出狱后，一直老老实实地当他的社员，农村实行了责任制后，一家人就去了县城，他和老婆卖服装，不几年就富了。

卢进发出狱后，老婆一直和他吵闹，一次在家喝闷酒时竟死了。医生诊断后，说死于心梗。

卢六出狱后，在村里颜面尽失，再也没了往日的威风，整日郁郁寡欢，不到一年竟疯了，变得傻头傻脑。成天领着他的傻儿子满大街溜达，俩人以哥儿们相称，玩得不亦乐乎。

张春山经过自己不懈努力，从职工到科员、副主任，再到主任，并结婚生子。农村责任制后竟成了乡镇书记，最后又进城当了一个大局的副局长。

张春花虽然和多人有染，但都知道她不是那种真正的坏女人，并且长的也漂亮，以至于上门说媒的人就没断过。但她谁也不嫁，铁了心要一个人过一辈子。

农村实行责任制时，我十四五岁了，好像上初二。一夜之间，所谓的集体就土崩瓦解了，啥东西也都分到了个人手里，我们四队的牲口棚和二爷爷住的屋子也被人分走了。二爷爷没地方住，只好让我帮着把铺盖弄到了家里。爹很不情愿，嘴里一个劲地埋怨，意思是二爷爷一辈子没给自己添补上钱财，老了却要来家里占窝。二爷爷不说话，静静地坐在北屋的门槛上发呆。

我说："让二爷爷和我一个铺，我俩通腿，好些年俺爷俩都没通腿了。"

爹没好气地说："就知道通腿！那要通到啥时候呢？二头、三头、四头也都大了，过不了几年就都要分床了。你看看咱这屋，这么多人挤一起是要熬虾酱呀。"

爹说的也是实情，但二爷爷总不能睡大街吧。爹嘟哝归嘟哝，临睡觉时他也不好说啥了。

这年暑假，和二爷爷单独相处的时间多了许多。我发现他总在自己的枕头底下翻腾一个小布包，打开，看看，再包上，放枕头底下。过不了半天，他就再把小布包打开包上地弄上一阵子，每次都神神秘秘的。有一次，他又打开时，我忍不住过去瞧了，原来是十几块"袁大头"。我有些吃惊，二爷爷怎么会有这些值钱的东西？他捡的还是偷的呢？二爷爷见是我，嘴一咧，算是笑了。他的牙没有几颗了，我这才猛然发觉二爷爷真的老了。

他说："大头，这些银圆是二爷爷攒的，好多年了一直没舍得花。现在，我想送给一个人。"

"送人？给谁？"我嘴上装糊涂，但我隐隐觉得他要送给我，因为二爷爷待我最好。

"张春花。"

"张春花？"我一下懵了。

"对，是张春花。"

"给她，凭啥呀？"我大惑不解。

"嘿嘿，嘿嘿。"二爷爷尴尬地笑着，嘴张了几次又闭上了。看来，有难言之隐。

"你说，凭啥呀？"我又问了一句。

"她……她是我……我的女人呢。"二爷爷说完，嘴角浮出了一丝自豪和得意。

"是你的女人？嗨，你真会开玩笑。"

"真的。她是我的女人。"二爷爷说完，把布包包好装进口袋里，扶着凳子一步步挪了出去。

事后，听人说，二爷爷出去后到了离张春花住处不远的一个街口，他要等着她。张春花每天只要出门，这个街口是她的必经之地。那时，张春花已经快四十岁了，张富有两口子命也的确不好，过早地去世了，过多的伤心苦难和非凡的经历，让她看上去比实际年龄要老许多。哥哥张春山几次来接她进城，可她就是不去，说一个人挺好，清净，没事就到爹娘的坟上看看，陪他们说说话。看她决心已定，张春山也不好再说，只好留些钱物回去。

一个女人住一座空空的宅院，少不了凄凉和落寂。开始，张春花半夜了也无睡意，披衣静静地靠在床头想心事，当然想得最多的还是自己的命运。这时会不自觉地想到陈有计，那么优秀的一个小伙子，听说现在是正团级干部了，如果没有那些事儿，自己现在该是多么的荣光呀。唉！都怪自己没福呀。泪水一次次模糊了她的双眼。时间久了，也就习惯了。

然而，一些男人的纠缠却又上场了，且愈演愈烈。当然，这些男人不是光棍就是鳏夫，穿着邋遢，言语更是粗鲁。碰到张春花就说些下三烂的话，有的还想套近乎，趁机动手动脚的，充满了挑逗。张春花哪里看得上这种货色呢，关键是觉得受到了莫大的侮辱，她遇到这种无赖时，不是不理，就是破口大骂。被骂得灰溜溜的男人逃走时，总忘不了回一句：充什么好货！

也有貌似正经的男人找过她，无非是口头关心一下，说什么你吃了吗？有啥困难尽管说呀，咱庄里庄乡的谁和谁呀，等等。张春花刚刚被感动了，对方就说，要不今晚给我留下门，我去给你送袋面粉吧？张春花明白，送自己面粉是真的，但想占有自己也是真的，难道我是个交换的物品？去你的！张春花扭身就走，以后再也不和他说一句话。随着时代的发展，人们物质条件大大提高了，给她送钱送物的男人太多了，但张春花谁的东西也不要，当然，谁也别想从她身上赚丁点儿便宜。时间一长，那些满肚子红花绿毛的男人渐渐对她失去了兴趣，只好把进攻重点放在其他女人身上了。也有胆大不甘心的，晚上就爬墙进去，在院子里敲张春花的窗户。

张春花问：“谁？”

“我。想死你了。”窗外的人柔声柔气地回答。

“哦。那你等等，我给你开窗户。”

窗外的人就高兴得不行，把脸紧紧贴在窗户上等着打开。突然，窗户猛地开了，一盆热水劈头盖脸就浇了下来。外面的人一声惨叫，眨眼就不见了影子。

张春花真是个烈女。人们对她的形象渐渐有了好感，理解她的人也越来越多了。二爷爷也许就算一个，你理解她，可她理解你吗？

的确如我所料。

那天，二爷爷终于等到了张春花。她穿得挺素净，眼睛红红的，听人说她那天去父母的坟上了。走到二爷爷的跟前时，二爷爷两眼放光，拿着小布包，说春花，给你个东西收着。

张春花理也没理，甚至连看他一眼都没有，就过去了。

二爷爷扶着凳子在后面快走了几步，说银圆，我攒的银圆。都给你！

在街口乘凉的一些人都笑了，说二爷爷真是人老心不老，都多大年龄了咋还打张春花的主意呢。也许笑声激怒了张春花，她转身走到二爷爷面前，劈手就把布包打在了地上。布包本是敞开的，散落在地的银圆“咕噜噜”到处乱滚。

张春花挺胸走了，一街口的人却惊呆了。这个罗锅子，有真家伙呢！据说，那时候银行就收这种“袁大头”，80元一块。

14

二爷爷不经意间露了富，并不是一件好事。

先是村里的几个老寡妇有事没事地找二爷爷套近乎，更有甚者，竟说要嫁给他。我听了都觉得好笑，十块二十块的银圆，至于吗？那可是一个人一辈子的最后归宿呀。二爷爷头脑没发热，好像也没被那些老寡妇的女色俘虏，依然坚持要把银圆送给张春花。

更可笑的是孙玉萍。在卢进发死后，很快就从外地招了一个年轻人，过起了日子。那个年轻人姓赵，村里人都喊他小赵。

小赵和孙玉萍生了三个孩子，孙玉萍坚持让孩子都姓卢，说要对得起卢进发的在天之灵。人们就暗地里嘀咕，说孩子都是人家生出来的，你装啥清纯呢？小赵对于农活一无是处，也不热心。这么些年了，日子还在原地踏步，连孩子上学都供不起了。

也许他家的日子的确难挨了，孙玉萍竟也打起了二爷爷的主意。孙玉萍和那些老寡妇不同，她是快枪快马，立竿见影。二爷爷一人在树下乘凉时，她找到他，说："我想和你玩玩。"

二爷爷说："玩玩可以，可……可是银圆都给张春花了。"

"张春花张春花，你就知道张春花！她个狐狸精，她害惨了我家卢进发，也把你个罗锅子弄迷糊了！"孙玉萍大骂一通，气得一下把二爷爷推了个四仰八叉，走了。

其实，二爷爷的银圆还在，一直藏在口袋里。

对于二爷爷的银圆，爹的表现相当激烈，说自己最困难的时候也没拿出来接济一下，现在吃着住着侄子的却要送给张春花，这人脑袋是不是也残疾了呀？爹再怎么发牢骚，二爷爷就是不吭一声，十几块银圆更是随时带在身上，形影不离。

爹的牢骚越来越大，再后来就直接点名让二爷爷出去住，去哪里都行，只要他看不见就行。二爷爷进退两难时，事情有了转机。村里下了一个通知，说乡上新建了敬老院，凡是五保户老人都可以入住，吃喝拉撒都有人管。只要村里有符合条件又愿意去的，抓紧来办公室报名。这个消息让二爷爷高兴万分。他说："大头，你去趟村委办公室帮我报上名。"我答应一声，就去了村委。村两委的几个干部都在，都在忙着整理材料。这时的村两委班子经过数次调整，人员都相当务实能干。给二爷爷办理报名事宜时，办公室里的几个来咨询的五保户老人聊着聊着就聊起了二爷爷。

一个白胡子老人说："你二爷爷是个好人呢。能干，善良，新中国成立前可是咱村里数得着的富户呢。"

"富户？就他那身体，靠啥富起来的呢？"我很吃惊。

"这个你就不知了。你二爷爷十五六岁的时候身体可不是这样的，一表人才呢。"

"哦。那他一定是得了重病，最后弄得人残财空了。"

"这样说你二爷爷可就没良心了。当年你老爷爷靠做生意和精打细算攒下了一笔钱，在村里置下了大片的树园子和一座不大不小的酒坊，可你老爷爷突染风寒去世了。你爷爷那时已经成家，就和小他近二十岁的弟弟分了家，他要了酒坊，弟弟要了树园子。他这个弟弟就是你二爷爷，那时也就十二三岁。你爷爷好赌，没几年就把一座酒坊输没了，还欠下了不少赌债，看着天天有人上门讨债，弄得家里乱糟糟的，你二爷爷就把自己园子里的大树卖了给哥哥还债。债还得差不多时，园子里的树也卖得差不多了。有天晚上，你爷爷炒了几个菜，和你二爷爷喝酒，说要感谢他。可你二爷爷喝完酒后肚子翻绞，疼得他大喊大叫，亏了四邻请来良医，才救下了一条命，但身体却慢慢残了。

“事后，都说是你爷爷酒里下毒，想药死他吞了家产。你二爷爷说不可能，说他俩是一奶同胞的亲兄弟呢。他让人把园子里稍大一点的树都砍了，换钱盖了三间北屋，把你爷爷一家人都接了进去。那时你爹已经六七岁了，这些事他应该记得很清楚。新中国成立后，你爷爷哥俩已经穷得不行了，却因祸得福，划成分时都成了贫农，就安心过起了日子。可不久你爷爷就死了，你二爷爷就把你爹当成了亲儿子，你爹娶媳妇也是他操办的呢。对了，你家的房子就是你二爷爷当年盖的房子，都大半百年了，还牢固着呢。”

一屋子的人听了都唏嘘不已。我心里却在想着二爷爷的一言一行，那么微不足道，那么与世无争，竟然有这么丰富的经历和博大的胸怀。我突然觉得二爷爷异常高大起来。

老人又说：“我说的都是实话，是我亲眼所见呀。我今天之所以要说，是觉得你二爷爷一辈子不容易，你爹要好好待他呀。”

我说：“爹不管，我大了也会管，让二爷爷好好活着。”

15 σ

二爷爷住进敬老院后，我每个星期天都会去看他。他坐在木凳上和我聊天，聊得最多的居然是爹。他说：“你爹从小被我惯坏了，我比他大七岁，我是把他当弟弟看的呢。没想到大了性格和你爷爷一样，好吃懒做，把钱物看得太重，他这辈子也就这样了。多亏咱贾家有了你们兄弟四个，一定要多学文化，长大了做个对社会有用的人。”二爷爷顿了顿，又说，“这个社会太好了，要不我怎么可能坐在这里和你说话呢？可惜你爷爷没赶上，要不他也会很开心的。”

我答应着，突然觉得二爷爷有些反常，他怎么说出这么有水平，并且拽文的话呢。

二爷爷说：“人老了，怎么就突然对自己的家人格外亲了呢？”

我说：“人老了，容易怀旧。再说了，一家人当然亲呀。”

看二爷爷高兴，我就对他说了我听来的那些旧事，问他是不是真的。

二爷爷面色凝重，说：“真的。当然是真的了。”

“你对我爹那么好，他为什么不对你好呢？”

二爷爷笑了，说：“当年你爹看上了一个姑娘，要死要活的，我好不容易托了媒人去提，谈得差不多时，那姑娘偶然见到了我，回去说啥也不干了。说怕以后生个孩子遗传，随我的丑样。你爹急得不行，一个劲解释说我是他叔叔，不是他爹。人家就说，你叔叔和你爹不是一股子血脉呀？除非你叔叔不是你爷爷的种。你看看，就这么个事儿，你爹记我一辈子，整天爱答不理的。”

我也笑了，说：“爹也真是的，小心眼。也亏了没成，要不，就不会有我，咱爷俩就不会在一起聊天了。”

笑过以后，二爷爷很认真地问我最近见过张春花没有？

我摇头，然后说：“我听村里人说张春花的哥哥张春山得癌症死了，大家都说那么大的官，又年轻，死了真是可惜了。”

“是吗？”二爷爷很吃惊，说他们一家太没福气了，都寿限不长，这就是命，谁也躲不了。

瞅着要日落西山了，二爷爷说：“要不你现在回去替我找找她，把这些银圆送给她。”

我说：“算了，人家不要，你又何苦自讨没趣呢？”

“不行，这点银圆多少是我的一点心意，这么多年了，我一直觉得对不起她呀。”

“你对得起她了。那年你举报了卢六，让她一家洗脱了偷麻的罪名，她要感谢你才对呀。”

“不是，是我对不起她。”二爷爷弓腰低头，突然有了一种悔罪状。

看二爷爷有些伤心，我就答应试一试。

终于在一个星期天的下午，我碰到了张春花。我说了二爷爷的意思，并把包着银圆的布包递给她。没想到，张春花还是那个态度，接也不接，对我冷冷地说：“回去告诉你二爷爷，他没有对不起我，我家也不欠他的情，我俩谁也不认识谁，只是走路时碰面了而已。”

我把张春花的话原原本本传给了二爷爷。他听了，长叹一声，说：“她还是不原谅我。”

16

几场春雨秋风，岁月不经意间又滑过了几载。卢村依然，乡事依然。

我上大一时患了贫血，脑袋发晕，浑身乏力，校医建议我回家增加营养，保守治疗。我回来时正值初夏，暖风和煦，满眼的绿色，到处充满着一种蓬勃的生机。

这么和美的日子里，谁也没有想到，张春花竟然死了，死在了爹娘和哥哥的坟上。最先发现的是村里一个放羊的老人，他放羊时看见张春花在爹娘的坟上拔那些疯长的野草，也许是想亲人了，他见张春花趴在了坟上哭，就没在意。可老半天了，张春花还趴在那哭，就想过去劝劝她。谁知，劝她不吭声，一拉竟不动了，就吓得赶紧跑回去喊人。村里的医生也来了，测了脉搏，看了瞳孔，说早死了，是得了严重的脑出血。

村里的干部联系了城里的嫂子家。嫂子和侄子赶来时，张春花的遗体早被送到了乡卫生院的太平间。村里有个习俗，死在外面的人不能在家里发丧，要不下辈人会不发达。张春花的嫂子勉强哭了几声，她的侄子连眼圈也没红，就打电话让殡仪馆来车把他姑姑的尸体拉走了。张春花家没有亲戚，自己也没有孩子，所以告别场面就显得简单匆忙了一些。大家不禁感慨，人就是一草木，熬不了多少风霜的。

我把张春花的死讯告诉二爷爷时，他哭了，哭得顿足捶胸。他说：“人真是生死无常，我以为我先死呢，没想到她却先走了。她才四十五岁，四十五岁呀！”

我觉得二爷爷太没谱了，张春花死了，你哭的哪出呢？

哭够了，二爷爷说：“大头，你替二爷爷办件大事吧。”

“大事？”

“对。你去城里找找张春花的侄子，就说我求他的，只要他愿意，我出三千元把她姑姑的骨灰接回来，葬在我的几分责任田里，那样离她的父母和哥哥近些，也许能说几句悄悄话呢。你告诉他，说我一定把坟修得大大的，让他姑姑安安静静地睡个好觉。”

我简直懵了，第一个念头是二爷爷疯了！

“为啥？给我个理由！”

“她是我的女人呢。真的，她是我的女人呢。”二爷爷喃喃着，老泪纵横。

二爷爷说：“那年卢六盯上张春花时，我也一直暗中盯着卢六，尽量把他的坏事搅黄。没想到，张春山要去县供销社招工，有求于卢六，张春花尽管一百个不愿意，也只好献身帮哥了。他们的第一次是在村前的桑地里发生的，我是暗暗跟踪发现的。卢六办完事从张春花身上下来时，我看见她的下身淌了不少血呢。卢六很得意，竟又上去办了一次。张春花没说话，两眼都是泪，她用纸擦了下身准备提裤子时，我一下出现在了他们面前，他们都吓坏了。卢六说只要我不说出去，我想要啥他给我啥。我说，我就要张春花。卢六抽了我一耳光，骂我混蛋，让我滚。我扭头扶着凳子就走，但卢六还是拦住了我，答应了我的要求。我做梦也没想到，我能要了张春花。她皮肤那么白，又那么滑，嗨嗨，真是好呢……”

我彻底服了，二爷爷也是颗风流种子呢，只是没找到合适的土壤而已。

二爷爷的思绪从回忆中又回到了眼前，他说：“我真是猪狗不如呀，可……可当时浑身的冲动没法控制呀。是我对不起张春花，让她受辱了。”

我见到张春花的侄子时，是在他的学校里。十六七岁的样子，打扮得挺酷，一脸城里人的傲气。我说明了来意，并让他和妈妈商量一下。他说：“不用商量，我家的事儿自爸爸去世后一直由我做主。你来得正好，我正为这事犯愁呢，姑姑没嫁人，又是女的，怎么说她也不能进祖坟，去南山的公墓吧，价格又高得吓人，这不，她的骨灰还在殡仪馆的寄存室里呢。要不，你就搬走？”

要不是亲眼所见，打死我也不会相信这么世故的话竟出自一个少年之口。

可刚刚几分钟，他又变卦了，说：“现在物价飞涨，三千元就把我姑姑卖了，也太便宜了吧？”

我说：“不是卖，是替你给姑姑找一个好的住处，也算是回家吧。”

他说：“我听说姑姑生前作风不好，给我祖上丢了大脸呢。这次再让你二爷爷给葬了，人家会怎么说呢？再说，姑姑要是活着，她肯定看不上你二爷爷那个罗锅子的。”

我无言以对，谁叫咱来求人家呢。

他又说：“就五千元吧，我也顾不了那么多了，谁叫她生前丢人现眼呢！”

五千元的价钱，二爷爷眉头都没皱一下。他说：“大头，多年前我在咱家院子里的大楸树旁埋了一个瓦罐，里面有八十块银圆，是我当年卖树攒的钱。你刨出来，拿六十块到银行兑成现金，把张春花的骨灰接回来。剩下的二十块，你们兄弟四个一人五块，虽然不多，可也是二爷爷的一片心意呀，留个念想吧。”

二爷爷找人帮着把张春花的骨灰安葬好，筑了一个大大的坟包，又请人刻了一块青石墓碑，上面就一行字：好姑娘张春花之墓。一切弄好后，还放了一挂大红的鞭炮。鞭炮声把爹引了过来，他大发雷霆，骂二爷爷的脑袋被驴踢了，安葬一个丢人现眼的女人肯定病得不轻！

二爷爷瞪着眼，说："闭上你的臭嘴！地是我的责任田，钱也没用你出一分，你操的哪份子闲心呢？滚！"

这么多年，我是第一次见他顶撞爹，还说了脏字，可见他真是太看重这件事了。爹被噎得够呛，赌气走了。

二爷爷气顺了不少，低声说："大头，以后我死了，你记着一定要把我葬在这座坟的旁边呀。我没福气娶她，但我有责任保护她，千万不能让她再受委屈了。"

我使劲点了点头，说："放心。"

母亲的故乡

1

母亲准备回趟老家，走前的几天里心情一直不错。小舅家的儿子要结婚了，当姑的没有不去的道理，何况也有五六年没有回去了。母亲年轻时跟着父亲随军，后来就在五百公里外的一座城市安了家。自此，母亲回趟娘家便成了奢侈的事儿。上次大舅家的女儿出嫁，母亲却怎么也挪不开身，就给大舅多寄了点钱，好歹把事儿圆过去了。

母亲坐了火车坐汽车，来到大舅家时，娘家的许多人以及左邻右舍都围上来嘘寒问暖，那种浓浓的亲情和乡情，让母亲倍感温馨，满身的疲惫瞬间跑没了踪影。但小姨没有过来，甚至连眼皮也没抬，她在院子里的一张小桌旁忙着给几棵芹菜择叶子。小姨的婆家离舅家很近，就几里路，这几天她一直过来帮着干点杂活。小姨是母亲姊妹四个中最小的一个，没啥文化，但干农活绝对是一把好手。她要强，性子也急，啥事都想压人一头，小姨夫更是被她管得服服帖帖。随着两个孩子渐渐长大，家里的开销大起来，小姨家的经济立马就出现了危机。这时，小姨才突然觉得光指望土坷垃里刨食不行，该放丈夫出去捞钱了，但此时的小姨夫在她多年的管理下早已没了丝毫闯劲儿，畏头缩脑，做啥也难成样子了。于是，小姨家的日子越过越糟，她的脾气也越来越暴，还时不时地发点无名火。

等大伙寒暄完了，母亲才走到小姨身边，悄悄和她商量给侄子多少喜钱合适。小姨头也没抬，边干活边说，多少都行。母亲就伸了四个手指，说："咱都不是大款，多少有那个意思就行了。"小姨没吭声，起身去一边倒垃圾了。母亲看小姨忙得不行，就打了个招呼，先去账房把礼钱上了。

谁知就是这点礼钱，却让母亲和小姨起了矛盾，还拌了嘴。

表弟的婚礼结束后，很多瞧热闹的大人孩子都涌进洞房看新媳妇去了。母亲怕吵，就在账房和一个邻居大哥聊天，聊天的空里就随手翻了一下桌上的礼簿，却发现小姨上了六百元。当时母亲愣了一下，觉得小姨是不是当时看错了她的手势，把四当成六了。母亲想找小姨问问，要是她领会错了，母亲会补上二百，也凑个六百，一样的姑姑，不能再让侄子领会错了。本来，母亲之所以上四百元，是想照顾一下小姨的面子，她条件不好，多了吃不消。我家的条件虽不是很好，但父亲和母亲都是领工资的，日子比两个舅舅和小姨还是要好很多。她这次来，兜里还揣了几千块钱，想婚礼结束，帮忙的管事的都散去，一家人坐一起时，再给两个舅舅和小姨一人一千元，多少表达一下自己的心意。兄弟姊妹，可是打断骨头连着筋呢。

母亲找到小姨，笑着问了礼钱的事儿。小姨说得很干脆："我就是愿意上六百元。"

母亲脸上的笑突然就僵住了，说："为啥？"

小姨嘴一撇："为啥？上次侄女出嫁时你不是也没和我商量，一下就给大哥打来了五百元吗？让我为难了好久，我可是狠着心卖了一只小山羊呢。"

原来如此！母亲有些歉意，说："侄女给我打了几次电话，希望我能看着她出嫁，可我当时实在挪不开身，对她有愧，就多寄了一点点儿。其实，你完全不用那样的，又不是外人，你的家境都清楚，有那个心意就行了。"

母亲说完，小姨的火气一点没减，反而大了："大姑是亲的，小姑就不是亲的了？不就是几百块钱吗，我丢不起那个脸！"

母亲说："上次怨我想得不周到，可这次我可是当着你的面商量的，你再这样，就不应该了。"

"你做了应该，我做了凭啥就不应该了？"小姨竟扭头走了。

母亲那个气呀，没想到小姨这么执拗，比小时候还要任性。芝麻大的事儿，值得较真吗？她真想去账房再把礼钱重新上一次，上一千，甚至两千都行，不就是较个真吗！但仅仅一瞬间，母亲就改变了主意，她轻轻摇了下头，笑了。自己可是五十多岁的老姐了，还和小孩子一样玩"过家家"呀。

傍晚，洞房里灯光摇曳，热闹极了，左邻右舍的年轻人都跑来闹腾新郎新娘了，让表弟的婚礼再一次掀起高潮。院子里暂时静了下来。吃过饭，母亲和两个弟弟还有弟媳也终于坐到了东厢房里拉起了家常。拉着拉着，就说到了明天的事情上。小舅喝了点酒，显然有些激动，说："明天我们兄弟姊妹几个陪孩子一起去给爹娘上上坟吧，咱家这可是多年来第一次添人口呢。"母亲和大舅都点头赞同，说应该去瞧瞧他们了。

小舅又说："可妹妹（指小姨）下午走时说她心口疼，胃也胀得厉害，明天不一定能去给爹娘上坟了。唉，咱兄弟姊妹四个凑一堆还真不容易，缺了她怎么和爹娘说呢？"

母亲一笑："实话实说呀，就说她和姐姐闹矛盾了，使小性子呢。"

母亲的话，让一屋子的人疑惑不已。母亲就把白天发生的事儿讲了一遍。母亲"唉"了一声，说："妹妹也是四十多的人了，怎么还和小孩子一样呢。这样的性格，怎么和邻里还有家人相处呢？"

大舅说："她人不坏，就是任性，但近几年办事的确和以前不大一样了，也许是生活压力太大，心理稍稍受了点刺激吧。"

小舅边点头边说："对！她从小就好强，啥也不服输，可现在的日子一塌糊涂，心里一直窝着火呢。过两天，也许啥事也没了。她做的是不对，可我们还是要原谅她，谁叫她是咱的妹妹呢。"

大家你一言我一语，都劝母亲消消气，不要和小姨一般见识。

母亲淡淡地说："爹娘没了，世上最亲的人就是兄弟姊妹了，我嘴上说归说，但心里早就原谅她了。"

2

第二天一早，母亲就和两个舅母忙着收拾上坟的用品。香烛、红纸、一大包袱黄表纸叠成的金元宝，还有四个碟子的祭品，有鱼有肉有水果，还有姥爷爱喝的白酒，姥娘爱吃的薄荷糖。收拾妥当，早饭做好，表弟和媳妇才总算起了床。

吃过早饭，母亲对小舅说："给妹妹打个电话，让她一起去上坟，就说姐姐给她赔不是了。"

电话打了过去，小姨在那边支吾了好一阵，总算同意了。

等小姨赶过来，太阳已经升在半空了，一家六人提着祭品向姥爷姥娘的墓地走去。表弟媳妇走在中间，身材娉婷，一身火红的裙装，映红了不少村人的眼睛。去墓地，要穿过村子，到村东临河的一片田地上。走到村子中央时，母亲被一个晒太阳的老太太认了出来。

老太太说："要不是你的兄弟姊妹们跟着，我说啥也不敢认你了。看看，才眨眼的工夫，你也出嫁快三十年了。还记得小时候你去村南的池塘里救你妹妹的事儿吧？"

母亲显然没了印象，摇了摇头。

"你妹妹调皮，去池塘边玩水滑了下去，你在一旁疯了般就跳了下去，可水马上就没到了你的脖子，幸亏我从旁边路过，就把你俩拽了上来。那时我就常说，老卢家的大闺女真是勇敢，为救妹妹眼也不眨呢。"老太太边说边挥舞着双臂，动作有些夸张。

母亲攥着她的手，一个劲地说着谢谢。小姨站在一旁，眼睛也红了。再走，总有人和母亲搭话，他们大都是同龄人，见了格外亲热。他们和母亲聊着，都是些童年、少年，抑或青年时的点滴往事，他们笑着、唏嘘着，感叹着时光的飞逝。一路走走停停，母亲目光所及的地方，譬如一棵大树、一堵土墙、一方池塘，几乎都能唤起她数十年前的回忆，琐琐碎碎，遥远而亲切。

姥爷和姥娘的墓地在舅舅家的责任田里，他们生前在这里洒下了无数汗水，也收获了无限希望。附近是一条小河，夏湍冬缓，千百年来绕卢村而流。这块栖息地，是姥爷自己看好的，现在他和姥娘就静静地躺在两堆黄土下。坟上长满了杂草，碧青碧青的，其间零星开着一些不知名的野花，散着悠悠的香。

大舅绕坟走了一圈，说：“这该死的草，总也拔不完！”说着弯腰就拔。

母亲说：“这草这么绿，看着喜人呢，就让它们陪着爹娘吧。”

大舅“嗯”了一声，和小舅一起给坟头上压了红纸，又动手在坟前摆上了祭品，等点燃了三炷香，才招呼所有人跪在了坟前。大舅说：“爹，娘，你们的孙子昨天已经娶媳妇了，今天我们兄弟姊妹四个领着您的孙子和孙媳妇来看你们了。你们放心吧，我们生活得很好，今天也顺便给你们送钱来了，你们想买啥就买啥，千万不要委屈自己呀。”大舅说话的工夫，母亲和小姨他们就把“金元宝”点上了，火苗蹿起来，母亲他们满脸虔诚，用树枝轻轻拨弄着那些元宝，希望燃烧得更充分，据说元宝烧得越干净，姥爷和姥娘收到得就越多。坟前到处飞舞着细细的纸灰，忽上忽下，忽左忽右，像一群翩翩起舞的黑蝴蝶，很美。

这时，小舅开口了：“爹呀，娘呀，咱老卢家添人口了，这可是多年未有的大喜事呀，一年后你们就该抱重孙子了。你们放心吧，咱老卢家会子孙不断的！”说完，他两眼通红，看样子有些激动，竟“咚咚咚”磕了三个响头。大舅瞅了他一眼，脸色一暗，也磕了三个头，起身到一边抽烟去了。

上完坟，小舅到大舅身边蹭烟抽。大舅说：“你是老卢家的功臣和脊梁，我算个啥呀，别为一支烟糟践了自己的身份呀。”

小舅弄了个大红脸，说：“你什么意思呀？”

“什么意思？老卢家要没了你，不就断根了嘛！”大舅的头梗着，脖子上凸了一条筋。

小舅这才知道自己多话了。大舅就一个女儿，也远嫁了。当年政府安排二胎时，大舅母却因病切除了子宫，刚才说什么“子孙不断”的话，肯定戳到他的疼处了。

“这……我……我就是随便一说嘛，你千万别往心里去。”小舅灵活，连忙赔起了不是。

见大舅冷冷地坐在一边不说话，母亲有些着急，嘴张了几次又闭上了。过了一会，她幽幽地说：“你们都回家吧，我要和爹娘说个悄悄话。”

母亲是兄弟姊妹中的大姐，两个舅舅还算听话，闷头往回走，走了几步，大舅示意侄子和侄媳妇先走，自己却停住了。小舅和小姨不知发生了什么事，也停住了，都回头朝母亲张望。这时的母亲几乎是趴在了坟堆的野草中，肩头抖动，已经哭出了声。舅舅和小姨有些意外，又都回到了母亲身边。

母亲还在哭，哭了一阵又开始自言自语了。她趴在坟上的样子很迫切，双臂张开着，像在和姥爷和姥娘做着拥抱：“爹，娘，你们受了一辈子累，那时虽然苦，可我们一家人多么幸福呀。想想那时的我们，虽然穿旧衣，有时还吃不饱，但无忧无虑，心里敞亮，兄弟姊妹间和睦，那种血浓于水的亲情给座金山也不换呀。你们享福去了，我们却成了没爹没娘的孩子，你们走时再三嘱咐我们兄弟姊妹要抱成一团儿，可我没有那个能力呀，他们都有自己的心思了，肚子里早就盛不下兄弟姊妹们的一言一行了，我、我愧对你们呀。如果时光能倒转，我还想回到小时候，给你们捶背，帮你们做饭，领弟弟妹妹满田野里放风筝、逮蚂蚱……”

母亲唠叨了很多，舅舅和小姨大概也被带进了往日的回忆中。突然，大舅和小舅抱在一起，竟哭得一塌糊涂。小姨也满脸泪花，一个劲地去拽母亲，喃喃着说自己错了。

母亲站起来，泪眼婆娑地望着姥爷姥娘的坟头，心里竟有了些许欣慰。不管怎么说，这座坟头还是把大家的心拢在了一起。母亲想起了小时候，姥爷领着他们一起放风筝。看着风筝在空中自由自在地飞翔，姥爷说：“你们快快长吧，大了也和风筝一样到更高更远的天地去闯荡一番，等你们累了或者我想你们了，就在家里拽拽手里的线，你们就都回来了，哈哈！”姥爷爽朗地笑着，一脸的自豪……

事后，母亲又住了几天，没事就在村子里转悠，睹物思情，她清楚这里才是自己的根儿，那种质朴的亲切感已经完完全全又融入她的血液中了。要回去了，母亲竟有了以前从没有过的不舍。走时，一大家人总算欢欢乐乐地吃了个团圆饭，母亲很知足。饭后，她从贴身的内衣口袋里掏出了三千块钱，给两个舅舅和小姨一人一千。舅舅们推让了一下，就接了。小姨却说什么也不接，说自己满肚子小心眼，不配。母亲说：“啥配不配的，谁叫咱是亲兄弟姊妹呢，何况这点钱是给家里的外甥和外甥女的，让他们买点学习用品，记着还有个大姨就行了。”小姨咬了下嘴唇，“哇”一声哭开了。

3

一年后，母亲却再次提出要回趟老家看看，很迫切，没有半点商量的余地。她说晚上常梦到家乡的山山水水和父老乡亲，很牵人魂的。当然，也梦到姥爷和姥娘了，他们居然说自己的房子被人拆了，全村过去的人都挤在一间窄屋子里，乱糟糟的，很吵。其实，母亲要回老家还有一个原因，那就是他无意间翻出了父亲年轻时的一封信，信是一个女的写给父亲的，满是爱慕之情。说白了，就是一封情书而已。尽管父亲做了多次解释，说信是认识母亲前一个女同学写给他的，他因为觉得不合适，就没有回信，当时读完就顺手夹在了一本书里。他早就忘了这件事，几十年来更没有任何的联系。但母亲还是不信，觉得父亲欺骗了她的感情，说当年要不是我姥爷和姥娘极力撮合，她说啥也不会和父亲结婚的。人老了，心理异常脆弱，一点点小事也弄得草木皆兵，我估计母亲是想到姥爷姥娘坟前向他们“问责”的，顺便倾诉一下自己的委屈。

母亲再次辗转来到卢村时，却怎么也找不到昔日的村庄了。她看到的是一片废墟，还有不远处一幢幢正在建设中的楼房，工地上尘土飞扬，人声嘈杂。母亲有些发懵，不得已拨通了大舅的电话。大舅很惊奇，赶到后还一连声地问：“你怎么来了？你怎么来了？”

母亲低声说：“我想爹娘了，老做梦。”

大舅更加惊奇了，但他知道母亲的性格，想做的事儿谁也拦不住。就啥也没问，把母亲带到了一座小屋子前，说：

"爹娘在里面呢，有啥话尽管说。"

推开虚掩的门，屋子里是一排排类似货架的东西，很高，上面摆满了骨灰盒。大舅说："村子拆了，老坟也起了，全村的骨灰盒都在这里呢。"他指了指角落里靠下的两个骨灰盒，一脸悲戚地说，"爹和娘在那儿呢，俩人活着时没享福，没想到死了也不安生。"

母亲面无表情，两眼死死地盯着姥爷和姥娘的骨灰盒看了好久，又慢慢扭身把屋子里的情景看了一遍，突然瘫坐在地上，失声痛哭。大舅去劝，母亲说："帮我把咱爹和娘的骨灰盒抱下来。"看着母亲抱着两个骨灰盒，步履蹒跚地朝远处的小河滩走去，大舅问："去哪？"

"找个清静的地方，我要和爹娘说说悄悄话。"母亲轻轻地回答，好像怕惊扰了怀中的老人。

"嗯。"大舅心里应了一声，两颗老泪"咕噜噜"滚了下来。

4

后来，母亲总是心事沉沉，再也没有说过要回老家的话。我知道，村庄没了，老坟没了，她的根也就断了。在她心里，故乡已经死了。她的心也已经死了。

救赎

1

我到达青城时已近半夜了，大街上依然车水马龙，很是热闹。这个城市我来过多次，尽管每次都是来去匆匆，我还是清晰地感觉到了它的变化，入云的高楼和盘综错杂的立交桥日渐增多，小汽车更是多得无以计数，一派繁华的景象。

我招手拦了一辆出租车，说："去皇冠大酒店。"

司机是个中年男子，他朝我浅浅一笑，竖了一下大拇指。我不知道他为啥要竖大拇指，也许觉得"皇冠大酒店"是这个城市里最最奢华的地方吧。我没言语，也浅浅一笑，扭头看向窗外。窗外霓虹闪烁，流光溢彩，给这个省会城市增添了无穷魅力。车子不急不缓地行着，看着人行道上悠闲、幸福的路人，我的心情却变得复杂起来。这次来青城，有一件大事在等着我，它可能改变我的一生，尽管龌龊，但绝对富贵。来前我曾经犹豫过，是拿自己的一生赌一把呢？还是彻底退出这个圈子，远走高飞，过一辈子平凡人的生活。

我之所以犹豫，是因为我有女朋友了。她叫小娥，是个典型的山妹子。清纯，质朴，当时我只看了她一眼就动心了，觉得她就是那个陪我一生的人。

那天，我去一处大商场办事，刚到门口，就碰上了小娥。当时她在哭，蹲在门口的一侧，扎着马尾辫的头埋在膝盖上，双肩一抽一抽的，马尾辫也微微颤着，很委屈的样子。我有些奇怪，站定打量她时，她也正好抬起头来，我看到了一对水汪汪的大眼睛，那样的懵懂和无辜，透着一股摄人魂魄的清澈。

我突然心生爱怜，忍不住问："姑娘，你为啥哭呀？"

她看了我一眼，没说话。

我一笑，说："也许我能帮你呢。"

她低下头，低声说："我的钱被人偷了。"

我的心一紧，还没开口，旁边看热闹的人就嚷开了："骗子！又是一个骗子！昨天也是在这里跪着一个女孩，哭哭啼啼的，面前有一张纸写着什么家乡遭了灾，父母又重病在床无钱医治，如有好心人肯出手相帮，愿以身相许等等，结果民警来问了几句就漏了破绽，竟然是一个骗钱的。现在的女孩也真是的，年纪轻轻的干啥不好，干吗非要行骗呢？"

大伙你一言我一语，矛头都指向女孩。

女孩站起身，想说话，嘴巴张了几次又闭上了。她理了一把额前的乱发，扭头走了。大伙望着她的背影，嘀咕了一阵，嘻嘻哈哈地散了。直觉告诉我，这个姑娘绝不是行骗的！她的眼神，是那么的无邪，像极了我的小妹。

我紧走几步追上她，问："姑娘，你丢了多少钱？我给你。"

姑娘没言语，低着头，依然往前走。

我急了，说："我也是个乡下人，要不是看你像我的小妹，我不会管你的闲事！"

姑娘这次停住脚说话了。原来她是个保姆，刚来这家不久，男主人对她不错，可女主人很苛刻，总是横挑鼻子竖挑眼，她一直干得很谨慎。谁知这次出来买东西，刚到商场门口，被一个瘦高的男子碰了一下，兜里的二百元就没了。

我把二百元塞到她手里，说："丢了就丢了，不要哭了，快去买东西吧。"

我扭头走时，她却叫住了我，说："给我留个电话吧，等发了工资我还你。"

我摇头，说不用。

她说："那我不要你的钱，俺山里人有个说法，滴水之恩，涌泉相报。咱不认不识的，我凭啥要你的钱？"

想想也是。我掏了一张名片给她。

"哎哟，你这么年轻，还是大经理呢。"她看着名片，有些惊奇地说。

"这大街上到处都是经理，没啥奇怪的，就是个称呼嘛。"

她脸颊绯红，说："你人真好。发了工资我就给你打电话。"

就这么个事儿，眨眼就让我淡忘了。但突然有一天，我真的接到了她的电话，她说发工资了，要还我钱，还是去当时的商场门口见面吧。

我觉得这个姑娘太有意思了，就半开玩笑说："那地方是你的伤心处，咱还是去市中心的广场吧，那里成群结队的年轻人多，也养眼，到时我请你吃饭。”

没想到姑娘爽快地答应了。

接下来的事儿顺理成章，就是从那时起，我俩成了一对恋人。我知道了她叫小娥，来自遥远的大山里，家里父母双全，还有个上中学的弟弟。一家人生活得虽然艰辛，但幸福温馨。每次讲到家乡，小娥总是一脸的兴奋，她说家乡的山是多么的绿，河是多么的清，家乡人是多么的质朴和善良，还说自己的弟弟高中毕业就要考大学了，等考上大学毕业了，自己家的日子就会好起来的。听着小娥描述着家乡，我的思绪也飞到了魂牵梦绕的家乡。家乡是大平原，有一望无际的小麦和玉米，也有我的老实本分的家人……想到这些，我的眼泪竟簌簌地落下来，心里有一种莫名的痛。

小娥说：“你哭啥？”

“想家呀。”

“那就回去看看吧。”

“快了，钱还不够，我再攒些就回去。”

小娥一脸的疑惑，说：“钱多少才算够呢？人怎么有那么多的贪心呀。要不，你也给我讲讲你的家乡和家人吧。”

我说：“我的故事早晚是要讲给你听的，只要你愿意。不过，现在还早。”

小娥用拳头轻轻捶着我的腰，说：“你坏死了，跟我还玩悬念。”

2

车子到达皇冠大酒店时，计价器显示43元钱。我掏出50元递给他，说不用找了。司机满脸堆笑，边说着谢谢，边随手从仪表台上拿了一张名片给我，说：“我就喜欢和你们这样的大款打交道，如有需要请打我电话。”我点了下头，下车径直朝酒店走去。

走进大厅，正中的顶上是一盏乳白色的水晶吊灯，很大，造型也独特，橘黄色的灯光柔柔地漾满大厅的各个角落，一片温馨。服务台上的小姐赶忙站起来，微笑着朝我点了下头，说欢迎先生光临。我也点了下头，刚要询问住宿情况，角落里喝咖啡的两个年轻人走了过来。一个年轻人拿着一本画报朝我一晃，说：“您是卢村来的冯先生吧？”

我迅疾扫了一眼画报，封面是电影《天下无贼》的大幅剧照，就点了下头，说：“是的。”

“卢村风光美，堪称天下秀。”另一个年轻人随口说了一句。

“景美谊更深，相聚在青城。”我也随口对了一句。

我们几个哈哈大笑起来。

拿画报的年轻人说：“老总把房间都订好了，就等你呢。请吧！”他一伸手，做了个进电梯的姿势。

我们走时，服务小姐笑意盈盈，说了声“晚安”。

电梯上到16层停下了。

走出电梯，年轻人领着我在118房间前站住了，他边轻叩房门，边指着走廊两侧的八九个房间说：“这些我们都包下了，另外还有一个小型会议室。”

房门是一个精瘦的中年男子开的，他看了我一眼，没说话，只是双手抬起，做了一个十指紧扣的动作，然后单手又做了一个OK的造型。我一笑，也熟练地重复了一下他的动作。这是我们这个行业的行规，行里地位较高的人会面时必须是这两个动作。其中，刚才大厅见面时的对话看似随意，其实每一句话都是为这次会议特定的，只字不能差。用电影里的话说，叫对暗号。“啪，啪，啪”很单调的击掌声后，一个苍老的声音传来：“震川，你来了？”

“来了。有些晚，请金爷恕罪。”我紧走几步，在一个白发苍苍的老头面前深鞠一躬。

“都是自家人，不用客气。”老人声音很轻，他的身后站了四个彪形大汉。

坐定，我才看清，房间里还坐了六七个人，大都四五十岁，高矮胖瘦不一。但有一点相同，都面色严肃，像在经历着一场生死抉择。几个人中，有一两个面熟的，但名字叫不上来。我逐一点头打招呼，说各位辛苦了。

房间里一片死寂、沉闷，我感到了前所未有的压抑。

老头干咳了几声，满脸的皱褶有些松动，一对小眼也变得贼亮。他说：“天晚了，各位都回房间休息吧，明天会议室商谈具体事项。”

3σ

刚躺下，手机来了一条短信，是小娥发来的：“职位竞争的事儿，不要太费心，不管结果如何，我都会爱你一辈子。”

我回复：“放心。你早点休息，身体重要。”

她马上又发来了一个亲吻的表情。

心里一热，我也发了一个亲吻的表情。想了想，我又发了一个睡觉的表情。

手机一下变得安静了。

小娥是个开朗的姑娘，爱说爱笑，一天到晚快乐不断。没事她就给我打电话，说她在的这个家庭太有意思了，男主人是个“妻管严”，每天下班后都准时回家，朋友的聚会没有老婆批准打死他也不敢去，还有发了工资都如数上交，有时晚上还给老婆做按摩呢，等等。她边说边笑，咯咯的，每次都是“竹筒倒豆子”，一肚子的事儿不都倒腾完，是不挂电话的。

有一次，她给我打电话格外开心，话还没说就先笑个没完，还让我猜是什么事儿。

我说：“不会是捡了个金元宝吧？”

她在电话里娇嗔地“呸”了一声，说：“你就知道钱钱钱！”

我赶忙问：“那是什么？”

她故作生气地沉默了一会儿，说：“因为你的原因，女主人突然对我好了许多，对我不那么苛刻了。”

“我的原因？你没弄错吧？”

“当然是你的原因了。”电话里的小娥有些自豪。

“前几天，女主人竟然问我多大了，要给我介绍对象。说男孩是她的一个远房侄子，腿脚不好，小时得过小儿麻痹症。见我没吭声，她还说像我这样的山里人能找个城里的对象就算高攀了，真是不知天高地厚。我就说，我是高攀，可我有对象了，是个大经理呢。她嘴巴撇着，很不屑。直到我把你的名片给她看了，她的嘴巴才复了位。可她说让我小心点，别让你骗了，一个大经理能看上你个干保姆的，不是神经病吗？”

电话里小娥嘻嘻哈哈地说着，我的心却揪得紧紧的。名片，“明骗”嘛。小娥哪里知道我给她的名片是假的，只不过是打印部里的廉价制品而已！名字是假的，公司和职位是假的，公司的地址更是子虚乌有，只有电话号码是真的，但这只是为了一些场面上的应付，我真正的业务往来使用的是另一个号码，当然，没有几个人知道。

这个是绝密。小娥也没有资格知道！

有时闲下来，心里的很多矛盾却接踵而来，每每弄得我万般纠结。譬如，我和小娥的相识是不是一场错误？小娥对我的爱是不是值得拥有？我俩的恋爱或者说爱情到底能不能长久？愁肠百结时，我就去酒吧喝酒，一杯威士忌，在明明暗暗的光影里细细地品。酒再好，我品出的却是酸甜苦辣咸，五味杂陈，一如我的十年经历。说实话，我是个农村的孩子，从十八岁出来已经整整十年了，闯荡过几个城市，最终在这个叫作卢村的地级市落了脚。十年里，我和家乡如隔了万重大山，想念却不能相见。

十八岁那年，我被本省的一所大学录取了。虽然是专科，但爹和娘还是高兴得不行，毕竟自己的儿子将要走出农村，融入城市的生活了。毕业后如果机遇降临，说不定会有个好的工作，好的职位，再如果幸运的话，说不定会谋个一官半职，荣耀宗祖。爹想这些时，丝毫也不比责任田里他种植的瓜果粮蔬费劲，就那么顺理成章地拢成了一条脉络。爹心里嘿嘿地笑着，小酒也就喝得更欢。被酒催出的酡红大咧咧地粘在他的脸上，他到院子里隔着圈墙看了看毛皮油亮的那头大肥猪，又趔趄着去了一里地外看了看他亲手侍弄的瓜田。圆滚滚的西瓜在绿绿的枝蔓下若隐若现，氤氲着一股淡淡的馨香。

回到家，爹兴奋地对娘说：“等卖了猪，再把西瓜出手了，给山子（我的小名）准备的学费就差不多了。”

娘嘴里应着，也是满脸的喜色。

那年的西瓜长得好，价钱也出奇的好，粗略算来，每个瓜都有近十元的收入。爹信心满满，除了吃饭，他每天都赖在瓜田里，不是担心麻雀啄破了瓜皮，就是担心野狗踩坏了瓜蔓，他要让西瓜创造出最大极限的价值。那样，他就尽可能地少为我借学费了。

期间，村主任老黄数次打过我家西瓜的主意。一次，他要爹给他摘最好的西瓜500斤帮他送到镇政府，他要给各部门的头头脑脑尝尝鲜。还说钱临时没有，但可以打白条。爹头摇得像拨浪鼓，说还早呢，不熟，瓜就糟蹋了。还有一次，老黄的父亲过生日，在家摆了好几桌酒席。酒酣耳热之际，他找到爹让摘些西瓜给大家醒醒酒，瓜钱可以让会计记到村里的账上。爹的头依然摇个不停，说西瓜已经被一个瓜商全部订购了，钱也预付了不少，一个都不能摘了。

老黄勃然大怒，说："我老黄吃瓜向来都是人家赶着送上门，你倒好，给钱还不卖了！真是给脸不要脸！"

娘在爹的身后一个劲儿地捣他的屁股，小声催着让爹快去田里摘几个。

爹不动，犟着，嘴里嘟哝着："这可是我儿子的学费呀，赊不得，赊不得！"

老黄又骂了一句，悻悻地走了。

娘一屁股坐在地上，说："你个犟种，你闯祸了，村主任咱惹不起呀！"

直到现在，脑海里总浮现一个画面：娘疯了般捶着爹的脊梁，哭着说："都是你，都是你害了儿子呀！"我的心就针扎般难受，一直弄不清爹做的到底对不对。

最终，我的大学梦破灭了，还让我走上了逃亡之路，罪魁祸首竟然是西瓜。说白了，就是我家责任田里爹种的西瓜！

4 σ

想得多，睡得死，竟一夜无梦。醒来天已大亮，急忙洗漱后，和前来竞聘的同行一起去餐厅吃早点。稍稍休息后，大家相继来到预定的会议室。会议室不大，能容纳几十人的样子，里面召开会议的陈设一应俱全，四壁的装修用的全是隔音材料，干净素雅。正面墙上挂了一幅横标，大红缎子上镶着白字：青城市圣手集团岗位竞聘会。很打眼，看起来有模有样的。

我笑了，当然是在心里。

大家刚围着会议桌团团坐定，这阵子服务小姐也站好了一溜，随时准备提供服务。我们的老总，那个干瘦的老头微微一笑，平静地对领班说：“对不起，因为我们的会议涉及很多商业秘密，就不麻烦你们了，我们如有需要，会打扰的，请回吧。”

服务小姐们乐得清闲，应了一声，都退了。老头一抬手，身后的随员立马出去了两个，我猜测是到门口望风去了。

老头又干咳了几声，一对小眼又如昨晚那般贼亮。他环顾了一圈，说：“我今年八十有二了，身体还这么硬朗，多亏在座各位的大力维护呀。你们都做得不错，没让我多操心，在这个位子上坐稳了二十年，多谢大家了。”说完，他双手抬起做了个十指相扣的动作。

他继续说：“我闯江湖时人称金三指，也的确不虚此名。”他边说边举起右手，把拇指、食指、中指捏在一起晃了晃，说，“这三个指头成就了我，让我拥有了富贵，也成了这个行业的佼佼者。承蒙大家信任，推举我坐了第一把交椅，大家有福同享，有难同当，风风雨雨二十年就过来了。期间，大家虽没大富大贵，总算没饿着肚子，我也就放心了。现在我老了，要让贤了，可在座的都是各地区的精英，我无法取舍。现在，我们就利用两天的时间来个业务大比武，谁最出色，谁就是今后的老大！”

大家鼓掌，但声音不大，意思了一下。

老头眼睛虽小，却目光如炬，他眨了几下眼皮，说：“年轻时大家都叫我金三，以后又叫我老金，现在却叫金爷了，我愧不敢当呀。其实，啥爷不爷的，我最喜欢的还是称王称霸，大家再叫就叫贼王吧。虽不雅，但听着有成就感。当然，我们只能私下里叫，要是让警察听到了麻烦就大了。”

老头的幽默把大家逗乐了，气氛立马活跃起来。

老头又说：“我把大比武的章程说一下，咱马上开始。”

至此，我的身份该揭晓了。我是个贼，一个在贼圈子里多少有点名气的贼。

我们这个圈子很大，足足拥有一个省的范围，省下辖六个地级城市，分别是青城、黄州、卢村、大仓、陈兴、中京。这六个城市以下再辖县，县辖镇，每个辖区都有一个小王，统统受省级的贼王领导。贼王就是自称金三的老头。我呢，是卢村的一个王，属地级市，手下率众数百。

说起这个卢村小贼王的位子来之不易，是我多年打拼得来的。当然，包含了太多的“战绩”和“忠义”的成分，而这些背后，司空见惯的就是所谓的坊间传说中的胆量和手法。

十八岁那年的首次逃亡，是因为我打死了村主任老黄。年纪轻轻就背负了一条人命，我痛不堪言。这件事，一直让我耿耿于怀，诚惶诚恐。

记得老黄倒地的一瞬，仰面朝天，大张着嘴巴，似乎停止了呼吸。看热闹的人都吓坏了，显得手足无措。娘强装镇定，找遍了自己的全身，塞了一把零钱给我，大声喊着让我快跑，跑得越远越好，一辈子也不要回来。我愣了片刻，撒腿就跑，跑出老远回头看时，娘坐在地上，双腿蹬着，两只胳膊在空中不停地舞着。我猜想，娘是在顿足捶胸地号啕。由于恐惧，当时的逃亡之路如无头的苍蝇，乱飞乱撞，根本就没有终点。

为了安全，我跑到镇上坐车去了县城，又从县城坐大客去了外省的一个县城。经过一天一夜的颠簸，肚子已经饿得不行了。我站在车站前的小广场上，摸着干瘪的口袋，欲哭无泪。我在这座县城的大街上溜达，感觉县城很小，街上的车辆也少，远没有家乡的县城繁华和热闹。我顺着一条大街茫然地走着，也不知走了多久，实在饿坏了，就在路旁的一个包子铺停下了。十个包子，一碗稀饭下肚后，却怎么也付不起饭钱了。看着一桌子的碗筷，我对包子铺的老板说："我身上的钱被小偷偷了，已经一天一夜没吃饭了，我吃了你的包子，让我给你洗刷这些碗筷顶账吧？"

看老板没言语，我赶紧说："要不包子铺的地面我也一起打扫了？"

老板点了下头，算是答应了。他看着我笨手笨脚地忙活着，笑了，说："我相信你的话，看到你，就想到了十年前的我。那时，我第一次出门打工，也是没钱吃饭了给人干了些活儿顶饭钱。"老板很健谈，说自己姓刘，也是农村出来的苦孩子，凭着能干和厚道，被本地一户人家相中入赘，成了上门女婿。现在老婆孩子热炕头，还有这间包子铺，幸福着呢。刘老板又问了我一些情况，我说："我叫冯震川，家住本省的大华县，家里极度困难，父母又多病，只好辍学出来打工，没想到半途遭遇小偷，才变成了现在的样子。我现在举目无亲，也不知道哪里有适合我干的活儿，真是愁死了。”我的谎撒得还算圆满，说时还掉了几滴泪，竟把刘老板感动了。他说：“这个县是全国有名的贫困县，啥买卖也不兴隆，估计你工作也不好找。这样吧，你先在我这里干着，除了吃喝，我每天给你十块钱。咱俩都打听着，有了合适的活儿你就走。”

我总算有了立足之地，虽是暂时的，我已是非常满足。没承想，包子铺的生意突然淡了下来，吃饭的人少得可怜，我的饭量又大，这无疑让生意“雪上加霜”。干了十几天，我便怎么也不好意思待下去了。提出要走，刘老板挽留了一阵儿，说生意再不好，管吃饭还是能行的。

我说：“你的好意我领了，但我一定要走，要赚钱给爹娘寄呢。”

刘老板不再挽留，拿了二百块钱给我，说：“当个路费，一路向东去正在开发的时代新城吧，听说那里正盖着数不清的高楼大厦，需要大量的建筑工，你这么年轻应该能赚到钱的。”

我接过钱，眼泪“唰”就下来了。我之所以没推辞，是知道没钱哪里也去不了。我说：“你给我留个地址，以后我会加倍还你的。”

刘老板摆了摆手，笑了，露出一嘴的黄板牙，虽不整齐，却耐看。

时代新城的确如刘老板所说，正在开发，哪里都需要劳力。我去了一家建筑工地，刚说明来意，一个腆着大肚子的人就留下了我，让我干小工。说工资一月1200元，管吃住，月底结算。我偷偷算了一笔账，一算把我吓了一跳，居然比爹在地里劳作一年的收入还要高。我偷着乐时，爹种的那些滚圆的西瓜在我的心里却怎么也忘不掉了，我又想到了村主任老黄和我破灭的大学生活。也不知家里怎么样了，老黄死了没救吗？公安局的人会去抓爹和娘坐牢吗？

我的心情极度糟糕起来。

我想，不管怎样，先拼命赚钱，赚多了钱回家赔给老黄家，也许能免我的罪吧？我才刚满十八岁呢。但那段日子让我一直心惊胆跳，没事我也一直窝在工地的工棚里，基本不出去逛街，就怕让警察认出来。有时听到警车拉着警笛从大老远的地方驶过，也疑心是来抓自己的，真是惶惶不可终日。

终于，月底了，要发工资了，可那个腆着大肚子人称“一肚子坏水”的包工头却一直没有出现。工友们觉得被糊弄了，就罢了一天工，都去城里看电影了。不知是谁把工地上晾了鱼干的情况传给了包工头，他来时太阳快要落山了，工地上连个人影也没有，他叉着腰破口大骂：“和我玩阴招，我杜怀水闯荡江湖时，你们这帮人还在你娘的腿肚子里转筋呢。要是误了工期，我杜某人是一个子也不给你们的！”

我躺在工棚里，终于弄明白了他绰号的由来，原来工头叫杜怀水，挺雅的一个名字，只是被谐音弄坏了。怀水，坏水。坏水，怀水。杜怀水，一肚子坏水。我在心里一遍遍念叨着他的名字，乐不可支。

后来，杜怀水对工友们一次次承诺开工资的日子，又一次次不能兑现，工友们实在被拖怕了。家里的孩子上学要钱，地里的庄稼施肥要钱，老父老母生病抓药更要钱。瞅着工资迟迟到不了手，大伙就嚷着要去政府问问。这时，杜怀水光鲜的衣着、腆起的肚子以及锃亮的轿车出现在了工地上。跟他的轿车一起开来的还有两辆面包车，车门打开，下来的是清一色的年轻人，都光着膀子，胸膛或者后背上文着的各种图案令人晕眩。他们不说话，每人提着一根木棍在一旁悠闲地抽烟。杜怀水一手叉腰，一手挥舞着发表高见时，大伙低头缩脑，顿时没了底气。

杜怀水说：“工钱暂时还没和主管部门结算，大伙放心，我杜某人就是砸锅卖铁也不会少你们钱的！大伙再加把劲，工程完工的那天我会给你们加奖金的。当然，你们要是干干停停，就这么个进度，到时误了工期款子结不下来，不光这几个月的工资泡汤，我的损失你们也要平摊！现在你们有工房住着，有伙房开着饭，就知足吧。我工程款没拿到一分钱，可这吃饭睡觉的钱可都是我掏腰包垫的，我比你们差远了。”

一番话，让大伙都觉得杜怀水也挺不容易的，将心比心，气也就顺了不少，重又精神抖擞干了起来。

5

金爷说：“咱行里这个最大的王过两天就在你们六人中产生，为显公平，我想在理论和实践两种情况下测评。先考考理论吧，理论不过关的，不论是谁也没有实践的机会了，只能淘汰。这个是根本，请各位谅解。你们都回自己的房间吧，叫谁，谁进来。”

我进去时，金爷明显有些累了，他打了个哈欠，对身边的随员微微点了下头。

随员冷冷地说：“说一下我们的规矩。”

我没假思索，张口就来：

“1.手法做活，不涉抢劫。

“2.不分大小，有活就干。

“3.不存怜悯，心硬则成。

“4.永存忠义，兄弟相携。

“5.如若失手，宁死勿叛……”

随员问：“为啥不涉抢劫？”

我答：“抢劫凶险，一旦失手，重判加身，得不偿失。青山不在，何言柴烧。稳中求胜，皆大欢喜。”

再问：“‘如若失手，宁死勿叛’啥意思？”

再答：“一旦落入警察之手，口风要紧，个人即使死了也光荣，而出卖了大家将无比可耻。大家好比自己的手足、父母，要懂得保护和偏袒，是我们这个群体发展之根本，更是每个人心里‘义’的延伸。”

……

问者有心，答者有意。一切还算顺利。

金爷嘴角微微一扬，问：“你这次如果竞争成功，你将怎样管理这个群体？”

说实话，虽然是冲着所谓的“贼王”来的，但具体到成功后怎么管理，还真没想过。看到金爷面色威严，一对小眼在我身上贼拉拉地扫着，竟然平添了几分怯意。

但仅仅十几秒，我又镇定下来，侃侃而谈。

“如果我是王，应该把这个群体当成是一个大家庭，每一个人都是家庭的一分子，要互相帮助，不分你我。王必须胸怀大度，公平有致，要有担当，更要有缜密的头脑来统筹全局。这个大群体要有严格的规矩，要奖罚分明，所有收入要有明细的分配原则，多劳多得，少劳少得，不劳无获，这样才有人愿意为这个家庭卖力甚至卖命。如果真有人为这个家庭丢了性命，我们要为他的家人善后，这样这个群体才有凝聚力，才会抱成一团。另外，可以定期抽调一批高手对那些手法不佳的群员传授技艺，做到兵强将勇，战无不胜……”

金爷点了下头，抬手朝我做了个OK的手势。

临近中午，在小会议室再次碰面时，还是我们六人，这说明理论这关都过了。看来大家都在伯仲之间，竞争将会越来越激烈。

金爷说：“你们都是好样的，没让我失望。过会儿我们去街上随便走走，散散心，顺便吃个饭。”

盛夏的青城市依然美丽，高楼林立，马路宽阔，两旁的绿化带里花草争艳，每一片绿叶，每一朵小花都蓬勃着，向行人展示着最美的瞬间。我们一行十余人优哉游哉地走在人行道上，边走边聊，像极了一群单位组织来旅游的人。和我们同向或逆向走着形形色色的人，有男有女，年轻的，年长的，也有上学回家的孩子，要么步履匆匆，要么闲庭信步，给午间的城市增添了无限活力。

路旁是一家大型快餐厅，门前的场地上停满了车辆，看来生意不错。金爷说：“今天中午就在这里吃饭，人多，热闹。”

走进快餐厅，靠近门口的一侧有一个大吧台，服务员在忙着收银结算。所谓收银，是顾客用餐前要用现金兑换成等额的餐券，然后拿着餐券去烹饪好的各种饭菜前直接购买，如没有合口的，也可根据菜谱点菜。餐券是在一叠大小统一的纸片上印上五元、十元、二十元不等的字样，权当现金。饭后如有剩余餐券，可去吧台再兑成现金，快捷方便。

餐厅里顾客不少，菜品也不少，煎炒烹炸焖，凉拌拼盘，应有尽有。饭食花样也多，包子花卷米饭等等，更是要啥有啥。一个随员在吧台兑着餐券，金爷则领着一干人呼啦啦朝一个大空桌走去。

我在吧台前稍稍停留了片刻，眼睛迅疾扫了一遍整个大厅。大厅里吃饭的人很多，一二百人的样子，酌酒品菜，其乐融融。靠近吧台坐了一个中年人，瘦削干练，一脸严肃。他的上身坐得也许过于挺直，如果细看，会觉得僵硬，少了肢体的柔韧，但他的眼睛灵活，目光在人群里不停地扫来扫去。他吸着一支烟，面前的小几上是一杯热茶，茶气袅袅。这么快节奏的地方居然也有“闲人”？是顾客还是餐厅的领导？我脑子一转，忍不住又望了一眼他的腰杆，快步朝金爷的餐桌走去。

十几个人围了一张大大的餐桌，一侧用一折屏风简单隔了一下，算是单间。菜不算复杂，自选了一些家常菜和各种小咸菜，也点了几个稍微硬点的大菜。等大菜的空隙里，我们要了几瓶啤酒慢慢喝着，吃着，顺便聊一些乱七八糟的事儿。金爷有点兴奋，话匣子就开得大了些，他居然聊起了自己童年和少年的一些往事，那可是七十多年前的事情，新中国成立前的乱世经历，很具传奇性和沧桑感，大伙都听得入了迷。

对于金爷，知道他身世的人很少，他也从不对人说起。我只知道他一直单身，是个老光棍，还知道二十年前他制造了一起震惊全省的大案。他只身潜进一家县银行，用自制的万能钥匙打开了保险柜，窃走了百万元现金。那时的百万元可是一笔巨款，第二天就轰动了整座县城。案发现场让办案人员费了很多脑子，也没找到一丁点有用的线索。看来，这个作案人是个老手中的老手。经调查，那晚值班的共有四人，一女三男，女的叫赵红梅。案发时是晚上十点多，当时闲得无聊的三个男人就在值班室隔壁的一间屋子喝起了酒，值班室就剩了赵红梅一人。尽管赵红梅当时被窃贼打晕在地，她还是成了办案人员调查的主要目标。也许赵红梅迫于压力或其他原因，竟自杀了。后来，省厅来人也没破案，案情一度搁浅，终成悬案。当然，我们这个贼圈子里都知道是金爷作的案，还知道这笔钱他交给了当时的贼王，让贼王分给了自己下辖的诸多蟊贼。这样，金爷就有了仗义的名声，赢得了拥戴。几年后，贼王病死，金爷顺理成章地被推举成了新贼王，直至今天。

金爷不苟言笑，是个城府很深的人，今天之所以聊了这么多尘封多年的往事，我猜想他是因为自己老了，不想把它们带到棺材里。那自己青年、中年的往事呢？他会不会讲呢？我知道那是不可能的，但我还是很期待。

吃完饭，闲着没事，金爷让把屏风折在了一起，边喝茶边看人胡侃。餐厅里的顾客有走的也有来的，人气依旧不减。突然，黄州的苟六朝我们晃了下手，又用眼神朝餐厅的正中示意了一下。

吃饭的是个四十左右的男子，穿着还算讲究，大热的天也是长裤衬衣领带皮鞋，衬衣束在裤腰里，雪白，干净得耀眼，发型也是比较传统的那种。看到他，我自然而然就想到了电影演员朱时茂，一个范儿。大伙儿目光齐聚他身上时，他正在往旁边的垃圾桶里倒馄饨，倒了一碗，又倒了一碗，边倒边喊服务员，再来一碗。他的面前是两碟小菜，还有两个喝光了的啤酒瓶和一盘吃开了的蒸饺。桌子的空余处放着一个手提小皮包，黑亮，鼓鼓的。

苟六压低声音说：“这家伙自恃有几个臭钱装爷呢，过会儿你们打个掩护，我把桌上的小包收了。”

大仓、陈兴、中京的几位“同仁”纷纷附和，说：“不就是几碗馄饨吗？还他娘的显摆，把他的包收了！”

我一笑，没言语。

青城的麻子刘嘴角一撇，说：“收了？收啥？不就是一个十块钱的人造革小包吗？就他那样，值吗？穷光蛋一个！”

苟六几个明显不服，刚想争辩，金爷干咳了一声。他看着我，意思是我说说看。

我说：“你们看看男子斜对面的两个人就明白了。一男一女都是年轻人，打扮得有些花哨，是恋人也许是情人，他们吃的也是馄饨，看来应该是他俩的不雅行为或其他举动惹恼了男子，他是在和他们怄气，倒馄饨是做给他们看的。”

苟六几个人一脸疑惑地点了下头。

我继续说：“你们看到没有，男子最先是吃蒸饺的，要馄饨完全是为了怄气故意倒的。刚才男子弯腰时我注意了，他左脚的袜子脚脖处破了，好大一个洞呢。所以，我觉得这个男子没钱，充其量是个诗人或和文艺沾边的人，典型的愤青一个。”

我的声音不大，但金爷和各位同仁还是听清了。金爷给了我一个赞许的目光，麻子刘干脆朝我伸了下大拇指。

男子倒馄饨的举动吸引了周围的不少人，大家纷纷扭头看热闹。

服务员说：“对不起，先生，馄饨没有了。再说，就是有你也不能这么浪费呀。”

“浪费？我花钱买的我愿意！”说着，把桌子上的蒸饺又倒进了垃圾桶。

顾客一片唏嘘。

男子的旁边坐着一位六十岁上下的男人，也在吃蒸饺，吃得有滋有味。男子把一盘蒸饺倒进垃圾桶的一瞬，他也刚好吃完了最后一个。他微微一笑，顺手从桌上拿了几张餐巾纸仔细地擦着手上和嘴上的油渍。老男人一脸的沉稳，眼光满是睿智，衣服朴素，但很洁净，一举一动透着干练。他站起身，拎起旁边的小包夹在了腋下。他对着男子张了下嘴，又闭上了，然后轻轻摇了摇头。

我低声说："这个老男人不简单，最起码是个成功企业家。他的包虽瘪，但里面应该有几张银行卡。"

苟六几个哑然失笑，说："兄弟太天真了。就这个干巴老头儿还有钱？要不咱打个赌？我去把包顺过来验证一下。"

我说："不用打赌，你准输。况且吧台那坐着便衣警察呢。"

一句话，大伙儿似乎都懵了，谁也没吱声。

金爷说："走，回去休息一下。"

这当儿，男子和老男人也都起身要走了。老男人走到吧台前，里面的几位服务员都笑着和他打招呼，问张总吃饱了？张总今天怎么一个人呀？昨晚在电视上又看到张总和市里的领导一起了，等等。被称作张总的老男人笑着点了点头，走了。

走到吧台时，我忍不住停了片刻，冲旁边坐着喝茶的中年人点了下头，问："你当过兵？现在干警察吧？"

他看了我一眼，有点吃惊，反问："你怎么知道的？"

"你的坐姿告诉我的，我也当过兵，还有你的目光，和我的一个警察朋友一模一样。他叫蔡保祥，在总局上班。"

我撒了个谎，但撒得真实。

中年人笑了，说："不认识，我上班不久，况且干片警。呵呵，既然你也当过兵，那咱俩就是战友了，天下的兵都一样。”

我也一笑，和他握了握手。

往回走的路上，苟六气喘吁吁地跑上来，说：“那个倒馄饨的男子还真是个穷光蛋，跟了他一段路，他从小包里掏出一条毛巾擦了擦脸，竟挤公交车走了。”

6

回到住处，金爷当即宣布了一件事，让大伙儿吃惊不小。

金爷说：“这次快餐厅吃饭，其实是我预设的一场考试，主要考察你们对周边环境和人员的真实界定和判断。这个环节的测试中，卢村的冯震川和青城的麻子刘胜出，明天直接进入终极PK，胜者就是王。其他的几位不好意思，被淘汰了。”

晚上休息时，我翻来覆去睡不着。明天的比赛会是啥样呢？金爷不会让我俩真刀实枪地去“顺”钱财吧？正想着，手机来了短信，小娥发来的：“今天情况如何？不要给自己太大压力，心情好就行。你就是啥也没有，我照旧喜欢你。”

我有些激动，更感到惴惴不安，这个善良的姑娘被我蒙骗了一年多，一直以为我在一家大公司干经理。面对小娥，打死我也不能说我是贼呀！我怕伤害她，特别是那双清澈见底的眸子，哪经得起贼这个字眼的玷污呀！可不说，总不能让她一辈子蒙在贼的阴影里过日子吧。等到贼王加身，拿了该拿的钱财，我就和她远走高飞，或隐居深山，永远退出这个圈子，做个堂堂正正的人。当然，故乡是我回归的第一站，我要用足够的金钱去赎罪，去补偿老黄的家人，去看看爹娘，要不我的心一辈子也不会安宁。

幸福而痛苦，甜蜜而苦涩。这就是我此时的心情，纠结万分。

我回了短信："明天见分晓，勿念。"

她的短信又来了："告诉你一个天大的喜事，弟弟考上大学了，学费也凑得差不多了，他说明天要来我这里拿点生活费，顺便去学校报道呢。后面是一个灿烂的笑脸。"

我回短信："真高兴。到时我们陪他吃饭，然后再到处逛逛。"

她回了一个拥抱的表情。接着，又回了我一个亲吻的表情。

我一乐，也回了个亲吻的表情。又回了四个字："晚安，好梦。"

说起和小娥一年多的交往，也许你们不信，我们除了拉过手，连亲吻都没有一次。这个怪我，不是我生理上有问题，是我这人太过执拗，真不想伤害了她。在几次的交往中，强烈的占有欲弄得我焦躁不安，但我还是忍住了。我在心里一遍遍告诫自己：忍住，一定要忍住！千万不要毁了这么善良的姑娘。原因只有两个，我是个劣迹斑斑的贼，不配。再就是小娥酷似我的妹妹，不忍。有一次，小娥躺在我怀里，我的嘴唇就要压上去了，却在瞬间没了下文。小娥不解，一双大眼睛满是疑惑地看着我。我凄然一笑，说："等我俩正式定亲了，我什么都给你，恋爱应该是纯洁的，来不得丁点瑕疵。"小娥点点头，满脸绯红。

一年多的交往中，我们之间的短信、电话不断，也碰过很多次面，但我俩近距离接触的时间很短。由于我特殊的身份，与内部的电话或短信，一旦大意了，让外人知晓就完了。这个，我有自己的底线和坚持。保密！绝对保密！

我虽然是个贼，但能混到今天的样子也着实不易。

当年，我在时代新城的建筑工地上累死累活地干了一年，和所有工友一样，谁也没拿到杜怀水的一分钱。工友们去找他闹，可总也见不到他的人影。逼急了，大家就想出了一些跳高楼、爬塔吊的办法，其实，就想做做样子，让媒体关注，让政府来帮着要回我们的血汗钱。那时候，全国的电视、报纸几乎每天都有类似的事件播报，也许政府早被这些所谓的新闻弄麻木了，我们工资的事儿还是迟迟不能解决。工友们气愤难当，嚷嚷着要宰了杜怀水时，我便溜了小差。我溜小差并不是放弃了自己的工钱，我对钱的渴望比谁都强烈。我暗暗盯上了杜怀水，我要实施我自己的阴谋。

终于，杜怀水的小轿车停在了一家宾馆的门前，他搂着一个妖艳的女子急匆匆地进了宾馆。走得急，杜怀水鼓鼓的小包就落在了小车的座位上。我看得真切，心禁不住“蹦蹦”急跳起来。瞅瞅附近没人，我取出随身带的一把锤子一下砸碎了窗玻璃。小包到手的一瞬间，旁边突然有人喊了一声“抓小偷”。小偷？是说我吗？我自己吓了一跳，我怎么就成小偷了呢？抬头时，一个胖胖的保安正瞪眼向我扑来。“谁是小偷？”我把锤子狠狠地抛到了他的脸上。他一声惨叫，双手捂脸蹲在了地上。我拎着小包撒腿就跑，不多时，后面传来了“抓小偷！抓小偷”的喊叫声，乱糟糟的似乎有人追了上来。我惊慌失措，不一会就两腿发软了。

这时，一辆摩托车猛地停在了我身旁，驾车的是个戴着墨镜的人，他急急地说：“快上来！”不知为啥，对于这个陌生的驾车人我一点戒备也没有，他的出现好像就是为我而来的。我没有丝毫犹豫，一抬腿就上了摩托车。只听“呜”的一声，摩托飞奔而去。

也不知跑了多久，摩托车在郊区的一片庄稼地头停下了。墨镜男说：“下来吧，安全了。”我下了车，感觉后背黏糊糊的，才知道自己的背心全部湿透了。

他盯着我，说：“你小小年纪，胆子不小呀，竟敢在光天化日之下砸车拎包。”

看我没说话，他一笑，说：“有勇可惜无谋。今天要不是让我碰上，你就是插上翅膀也逃不掉的。”

我赌气地说：“逃不掉就逃不掉，这个人欠我的工钱，公安也不会把我怎样！”

墨镜男说：“不和你说了，小孩子，说了也不懂。看看包里有多少钱，咱俩分了。”

分钱，我没有意见，如没有墨镜男，这阵儿说不定我已经拷在派出所了。包里不多不少两万块，一人一万。我把钱揣进兜里的一刹那，竟激动得浑身颤抖。说实话，我从小还没见过这么多的钱呢。虽然钱是偷来的，但我丝毫没感到羞耻，反而觉得自己很了不起，大有快意江湖的感觉。

墨镜男把钱揣好，点了一支烟，悠闲地吐着烟圈。他说：“咱俩有缘，说说你的情况。”

我说：“我叫冯震川，是外县的一个农村孩子，爹娘都死了，出来在工地上当小工，可干了一年，累得掉了几层皮，也没拿到一分钱。没办法，就瞅机会偷了包工头的包。”

说这些时，我很自然，自然得没有一点编造的痕迹。脸不红，心不跳，我都不知道我是啥时候学会了撒谎的本事。

墨镜男诡秘地一笑，说：“反正你孤身一人，今天又上了贼船，我看你有胆量，也聪明，要不以后跟我干吧？”

“跟你干？干啥？”我有些不解。

“你还能干啥？当然是偷了。你看我不像一个贼吗？”墨镜男用手拍着我的肩膀，撇了撇嘴，哈哈大笑。

“我不偷。我要去外县找一个朋友，当年我没钱吃饭，他给了我二百块钱。”不知为啥，我突然想起了那个包子铺的刘老板。我现在有钱了，我觉得有必要报答他。

墨镜男说：“那好，你什么时候想这个‘不出大力就有钱花的’买卖了，就来找我，我随时接收你。今天的事儿你可想好了，咱俩是一根绳上的蚂蚱了，料你也不会出卖我。对了，以后嘴要学着严实点。”

他给我留了一个电话，二话没说，骑上车就溜了。

我是坐大客车去找包子铺的刘老板的。车上很挤，站了很长一段路，才总算有了一个能坐半边屁股的位子。车上挤，又热，一会我就睡着了。售票员一遍遍喊着到了终点站时，我才醒了。我揉着惺忪的睡眼走下客车，来到昔日的站前小广场时，天已经擦黑了。我大致辨认了一下方向，确定好要走的路线时，肚子也开始咕咕叫了。我下意识地摸了一下装钱的口袋，竟瘪了。我当时就傻了，觉得脑袋嗡嗡直响，两腿酸软，几乎要瘫倒。我说啥也没想到，这江湖之路是如此的凶险！

抠搜了半天衣兜，好在还有一百多元的零钱。别无选择，我立马上了回时代新城的客车。

见到墨镜男时，他一点也不吃惊，不冷不热地说：“我知道你会找我的。”

“你怎么知道？”我大惑不解。

墨镜男摘下墨镜，一双细长的眼睛盯着我，良久，说：“啥也别问，走，跟我去卢村！”

卢村是个地级城市，离时代新城五十公里的路程，墨镜男用摩托车载着我，一个钟头就到了。就是从那时起，我知道了墨镜男姓林，是个惯偷，但从没失过手，有老婆孩子，但都在外地生活。他每天教我偷盗的手法，先练手快。练习手快的方法很多，例如：把几个硬币放到脸盆里，再往脸盆里注入凉水，用手快速抓出来。抓的速度够了，就换成用两个指头夹，速度再够了，就把凉水换成温水。在温水里夹硬币的速度够了的时候，温水再换成热水。久而久之，能在热水里快速用指头夹出硬币，那么这个手法也就练得差不多了。手法差不多了，还要练胆，练眼力，总之，我拿出了全部精力学起了做贼的本领，用功丝毫不比当年高考前的冲刺低。我喊他林师傅，他摆手，说叫林哥就行，咱俩有缘，兄弟相称更亲。

渐渐地，我知道了林哥的这个圈子，很大，规矩也大。知道了林哥是卢村这个地区的贼王，在贼圈子里是个举足轻重的人物。知道了圈子里的贼都有很好的口风，守口如瓶，即使失手，警察也很难问出他人的情况。也知道了这个贼圈子有个财物（赃物）分配制度，地区的小贼王每年开十万元的酬劳，省里的大贼王开三十万元的酬劳，另外总收入再按人头均分。这些大小贼王并不是坐享其成，风光无限，他们要统筹全局，还要在幕后为失手的弟兄们打点开脱，当然他们对外的身份都是一些大公司的部门经理，很难让人和贼联系起来。

我练了大半年时，林哥单独和我干了几票。策划、踩点、实施，水到渠成，漂亮极了。后来，他又教了我开锁的绝技，几乎囊括了所有门锁的类型，包括一些高科技的保险柜，几乎都能轻易地打开。

林哥的确是把好手，但他还是死在了警察的枪下。

有一天半夜，我进了一家大公司的财务室，开保险柜取钱，林哥负责在外面接应。一切还算顺利，我拎着装钱的袋子刚跳到院子里，整座大楼突然响起了警报。刺耳的警报声把所有保安都吸引过来了，就连附近逛街的人也都闻讯围拢过来。情况十分紧急。林哥早就发动了摩托车，焦急地等着我。黑暗中，我用尽全力几步就跨到了车上。摩托车刚驶上大街，几辆警车就闪着警灯跟了上来。林哥的车技很棒，在车流中钻来钻去，犹如一条大河中的鱼。要命的是，警车在后面紧紧地咬着，丝毫也不放松。我偷偷回了一下头，隐隐看见几辆闪着警灯的摩托车也追了上来。

我说："钻小巷吧，要不怕是要坏事的。"

林哥说："现在是在立交桥上，哪有小巷钻呀？要改变行车路线，也要等下了桥再说。"

摩托车飞一般行驶着。林哥说："下了桥我减速时，你赶紧跳车，然后转身下去是一条小河，趟过小河，是一大片绿化带，穿过绿化带就是郊区农民的庄稼地了，你钻进去赶紧往前跑。"

我说："那你呢？"

"这地方我熟，我会和他们周旋的。"

突然，摩托车慢了一些，林哥大声说："快下车，转身朝沟里跑！"

我刚跑了不远，扭头时，隐约见林哥突然调转车头朝最前面的一辆警用摩托撞去。又过了一会，我听到了两声枪响。

第二天，卢村的大街小巷都在议论着一件事：某公司保险柜被盗，窃贼逃窜时被警察当场击毙，失窃现金正在追查中……

再以后，我凭着林哥用命给我促成的这件大活，成了卢村的贼王。

7

第二天，我和青城的麻子刘面见金爷。他宣布了最后的考题：去青城市横川区的一个局级机关大楼顺财。顺财，是我们的行话，说白了，就是偷钱。白天踩点，晚上12:00行动，2:00结束，以顺到的钱财多少为凭，多者为王，少者淘汰。

这个“真刀真枪豁命干”的PK终于到来了。我看了麻子刘一眼，他也看了我一眼，谁也没说话，都扭身出去了。

计程车在我晚上准备干活的机关大楼前停下了，我戴着墨镜，走到传达室旁边的一棵柳树下，掏出手机放到耳朵边佯装打电话。打电话的空隙里，我把整座大楼的外观结构以及所处的环境在心里默记了一遍。大楼是五层结构，楼前门口处装了好几个摄像头，四周是栅栏式围墙，院子的两边是大片的绿化带，楼前交通便利，道路四通八达。这座大楼的外部结构和很多办公大楼的结构相似，进出只有正前方的一个大门口，如若从此进入，很容易让人发现。我慢慢转到大楼的侧面瞅了几眼，也许是天热的缘故，二楼走廊尽头的铝合金窗子竟然敞开着。窗扇是推拉式的，一扇窗子大开着，外面只隔着一层薄薄的纱窗。我抬头仔细看了看，一棵粗大的法桐竟和大楼相邻而居，几根侧生的树枝粗壮蓬勃，几乎伸到了窗户上。此处的路灯离得稍远，又被法桐的枝叶遮挡，晚上的光线肯定昏暗斑驳。看来，这个窗口是晚上行动的最佳位置了。

踩点还算满意，看看还不到中午，我打算到街上溜达溜达。走着走着，就来到了一个小区前。小区很大，门口的街道也宽，人来人往的，很热闹。小区门口的一侧围了一些人，吵吵嚷嚷的。走近了，才发现是一对卖瓜的父子和几个城管人员在争吵。几个城管一人抱着两个西瓜要往不远处的执法车上放，卖瓜的少年一手抓着一个的衣服不放，他的父亲则呆呆地站在一辆脚蹬三轮车前，一脸的无助。车上是二十几个大花皮西瓜，瓜的尾部还带着一截绿绿的瓜秧，一看就知道是刚从地里摘来的。

少年一脸倔强，说：“你们放下，我们不在这里卖了还不行吗？”

“不卖了也不行，你们已经违法经营了，西瓜必须没收！”一个黑胖的城管说。

“求求你们放下吧，这瓜可是我上大学的学费呀。”少年几乎要哭了。

黑胖的城管好像是个头儿，他整了整蓝色的制服，说：“早知道这样，你们不要来卖呀！这次就只没收西瓜，三轮车就不暂扣了，我们执法也是为国家着想呀。”

他一摆手，对几个手下说：“快点搬！”

周围的人都看不下去了，纷纷为卖瓜的父子求情，说他们在路边卖瓜是不对，但也确实不容易，况且卖瓜是急着凑学费，就手下留情吧。人们越求情，几个城管越来劲，不由分说把少年推了个趔趄，抱起瓜就走。少年看着西瓜被抱走，眼里喷火，两只手也慢慢攥成了拳头。他的父亲一言不发，干脆蹲在地上低声抽泣起来。

这个情景，再次触动了我的神经，打开了我的记忆之门。我的爹娘，我家绿油油的大西瓜，村主任老黄，我的大学都一股脑地涌了出来……

村主任老黄的父亲生日后不久，为我上学的事儿，爹终于求到老黄了。那时的大学，新生入学是必须要把户口一起迁到大学的，不像今天，户口迁走不迁走学生自愿。爹拿着一张表格要村里加盖一个公章就算完事了，可老黄就是不盖，支支吾吾说了不少叫不上理由的理由。爹知道老黄是为西瓜的事儿故意刁难，他那天喝了点酒，犟劲就更足了，三说两说，就和老黄吵了起来。争吵中，老黄一下就把爹推倒了，还狠狠地踢了爹两脚。爹躺在地上，腿脚显然笨拙了，起了几下都没起来，就干脆躺着骂开了老黄的祖宗八辈。

那时，我正在家洗澡，邻居家的发小来喊我，说爹被老黄打伤了。我急着穿衣服的空里，娘早就跑了出去。等我跑到老黄家门口时，远远近近已经围了不少看热闹的人，但没有一人上前劝阻，他们大概觉得一个村民和村主任的战争百年难得一见，都不想错过犒赏眼珠子的机会。看到爹躺在地上，满头满脸都是土的样子，我的血液一下就涌到了头顶，想都没想，过去捡了块砖头，朝老黄的脑袋砸了过去……

不就是几个西瓜吗？让我的大学之梦彻底破灭，还闹得今天亡命天涯。若没有那天的冲动，打死我也不会鬼使神差地上了贼船，以至于今天，我都不敢正视小娥那双清澈得让人心醉的眼睛。现在想想，我的肠子都悔青了。

就在我稍一愣怔的时候，卖瓜少年已经弯腰捡了一块砖头，疯了般向一个城管冲去。我一惊，不顾一切地跑过去抱住了少年。夺下砖头，劝了少年几句，我把黑胖的城管喊到了僻静处，恭维了他几句，又顺手把二百元钱塞到了他的口袋里。他看见红红的钞票进了口袋，拍了一下我的肩膀，回身去招呼手下的兄弟。西瓜又被如数搬回了三轮车上，执法车也大摇大摆地开走了。

我对少年说：“快走吧兄弟，不要为了几个西瓜丢掉了上大学的机会呀。”

少年一脸稚气和倔强，不解地问了一句：“丢掉上大学的机会？可能吗？”

我说：“一切皆有可能。快走吧，离这儿越远越好。”

我掏出一个皮夹递给他，说：“这点钱你拿着，就算是给你凑的学费吧。”

少年一脸疑惑，他的父亲也一脸疑惑。不过，他还是朝我弯了下腰，一连说了好几声谢谢。

其实，他们真正感谢的应该是那个黑胖的城管。这个钱夹是他的。

8

晚上的活儿干得还算顺利，关键是大楼一侧的那个窗口一直没关。我爬进二楼走廊时，走廊里已经漆黑一片了，我蹲在角落里环顾了一下四周，发现走廊两侧的房间都关着灯，我初步断定二层应该没人值班。上楼前，我在马路对过对整座楼层已经有了一个大体了解，一层有房间亮着灯，三层四层也都有房间亮着灯，就二层和五层一片漆黑。这个点，就是有值班的也早早睡下了，应该没人傻得在整座大楼里瞎溜达。我蹲在原地没动，让心稍稍稳了一下，刚要下手，麻子刘竟像幽灵一样飘了过来。这小子不简单，看来是从二楼的另一侧窗口进来的。我抬头望了一眼，走廊对面的窗口透着白白的亮光，我一下明白了，那边离大街较近，是路灯的余光照来的。麻子刘之所以飘过来，是觉得那边作案的安全系数要小于这边吧。

我点了下头，做了个让他先行的手势，他没有客气，径直朝走廊北边的房间开始了地毯式行动，他熟练地打开房门，一间接一间地搜索财物。我心里一笑，当然是笑麻子刘，他的精明已经决定了他今天的败局。其实，我心里很明白，麻子刘之所以选择在走廊北边的办公室“干活”，是他觉得安全。走廊南边的办公室靠近院子，房间里稍有亮光或风吹草动极易被人发现。事情的确是这样，但我不这样认为，即使今天我自己做活，我也会毫无悬念地选择南边的办公室。为啥？我过会儿告诉你。

2:20我和麻子刘几乎同时回到了住处。金爷没睡，细品着一壶茶，和几个精干的随员在等着我俩。两个黑色的呢绒绸袋子打开，一个里面是一些零碎票子和几副扑克牌，一个里面是几叠百元大钞和几块手表，还有几盒开了封的避孕套。

金爷看了一眼，低声说：“收了吧。夜深不宜人多聚集，把竞赛结果用短信发给各个地区的小王吧。卢村的冯震川胜出！”

金爷声音不大，但极具震撼力。麻子刘精神低迷，嘟哝着：“算我倒霉，那一片办公室里全他娘的穷光蛋。”

我在心里又是一笑，心想，走廊南边的办公室向阳，视野又开阔，里面坐的当然是大大小小的头儿了，这个早就是所有机关大楼里不成规矩的规矩了。呵呵，做贼也要通晓天下事呀。官多的办公室钱当然就多了！

9

一夜无话。天刚蒙蒙亮，小娥的短信就来了：“竞聘如何？今天应该出结果了吧？”

我回：“竞聘成功，下午回家。放心。”

一会儿，小娥就把电话打过来了。我原以为她会高兴地说一些祝贺的话，没想到电话一通，她竟呜呜大哭起来。我一时懵了，急忙追问原因。

小娥哽咽着，说：“这件事我憋了一天了，一直想告诉你，可又怕你分神，影响竞聘。现在好了，我可以告诉你了。”

话说到这里，小娥已是泣不成声。我慌了，忙安慰说：“不要紧，没啥大不了的事儿。有我呢，天不会塌下来。”

谁知小娥哭得更厉害了，简直是撕心裂肺。良久，她缓缓地说：“我家的天塌了，我母亲和我弟弟死了。”

“什么？你说什么？不可能吧？”我感觉这个消息太突然了。

原来，小娥的弟弟揣着凑来的一万元学费和母亲结伴来到卢村市，娘俩想在姐姐这里住几天，顺便再到处逛逛。小娥在车站接到母亲和弟弟时就快晌午了，小娥说：“咱先去一家老乡开的饭馆吃饭，然后我再带你们去市中心的大广场看看。不远，坐公交车去就两站地。”弟弟说要去上厕所，等出来时坐公交的人已经挤成了堆。弟弟刚挤上车，突然大喊了一声：“钱，我的钱。抓小偷呀！”这时，一个年轻人飞快地穿过马路，朝一条巷子跑去。弟弟慌忙跳下车，没命地向年轻人撵去。突然，一辆疾驰而来的轿车把弟弟撞出去老远。等小娥和母亲跑过去时，弟弟满脸是血，已经停止了呼吸。母亲见状，当即昏倒在地。母亲心脏不好，一直吃着药，这次突然受了刺激，病情急剧加重，送到医院也没抢救过来。

小娥哭哭啼啼，说："眨眼间，我的两个亲人就离我而去。我的天塌了，我为啥要遭这样的报应呀！弟弟的钱是扎在腰里的，大概去厕所时被人盯了梢。小偷！挨千刀的小偷！你们祖宗八代都不得好死！我恨死你们了！"

小娥每次说到小偷，语气就变得恶毒，我感觉她是咬着牙迸出这些字眼的。我从没听过她如此恶毒的语言，看来她是真正到了伤心处。我的心一直揪得很紧，脸也发热，总觉得她的诅咒就是冲着我来的，我是害了她母亲和弟弟的罪魁祸首。其实，在卢村这些蟊贼肯定是我的手下，他们做错了吗？那要看谁说，想打他们、想杀他们的人多了去了，但让我们贼圈子的人去说，他们肯定没错，而且是一把好手！我是贼王，现在是大贼王了，我当然要找理由替他们解脱。

电话那边，小娥还在哭，也还在说。她说："母亲和弟弟现在都在医院的停尸房呢，父亲和亲戚朋友正坐车向这边赶呢。你快回来，替我们想想办法呀。我现在连死的心都有了，母亲和弟弟走了，我活着还有啥意思呀。"

我急了，说："小娥，相信我，我回去会尽力帮你妥善处理后事的。你要挺住呀，有我，你还有我呢。"

小娥没吭声，我相信她在电话那边是点了头的。

电话终于挂掉，我的心乱成了一团麻。今天本是我的大喜之日，金爷要亲手传给我圈子里的最高权力象征物——一双紧紧扣在一起的小金手。这双手不同寻常，别看小，一点也不比金庸小说里的打狗棒、倚天剑、屠龙刀逊色，它也能见物如见贼王，一呼百应，令众蟊贼敬畏有加。大贼王，是每个贼日思夜想的位置呀。从此，仅凭一年30万元的酬劳，就可以逍遥度日。可那边，我最最心爱的女孩，此时正对贼恼恨着，我未来的岳母内弟都间接死于贼之手，一个美满幸福的家庭就这样破碎了，留给人的只有无尽的悲伤和愤怒。我的真实身份，小娥知道了会原谅我吗？她还会一如既往地爱我吗？没有了小娥的爱，我的人生还有意义吗？

我成了名正言顺的贼王，可又怎样？还不是照旧活在污浊的阴暗里。不敢对人说明自己的真实身份，哪怕是自己的亲人。圈子里有个“只偷不抢”的规矩，当时我觉得还算仁义，其实这个仁义只是贼自己为自己的解脱而已，大家都明白偷一千元绝对要比抢一千元判刑要轻得多。然而，小娥母亲和弟弟的死也是因偷引起，难道不是罪孽深重吗？我还年轻，难道要瞒小娥一辈子？难道我一辈子都在他乡过着隐姓埋名的日子？我的家乡，我的爹娘，都是我的根呀！我离了他们，我的生活会快乐吗？这些年尽管心变得硬了不少，遇事也沉稳了许多，但梦中也时常被警笛声吓醒。这样的贼日子快乐不快乐只有我知道，也许投案自首是一条通天大道，尽管被判刑，短痛也比长痛好呀！就这样侥幸混日子，即使腰缠万贯，也是苟活。说不定哪一天，我也会镣铐加身，站在审判席上，面对庭审现场的众多观众，我的颜面何在？唉！在阳光下生活，哪怕艰辛，哪怕贫穷，都是幸福的呀。

越想我的心境越宽，心也越紧张，我的这些想法绝对不是一个贼人所为，更不配做一个大贼王！整整一个早上，我的脑子都处在一种矛盾之中，反反复复，很难有一个清晰的界定。小娥的眼睛、爹的倔强、娘的哀号，在我的眼前晃来晃去。终于，我萌生了一个大胆的想法。我想破釜沉舟，奋力一搏！

10

青城、黄州、大仓、陈兴、中京，包括我这个卢村的贼王都到了，金爷让随员正式宣布了我接任全省大贼王的决定。掌声响起，稀稀落落，算是赞同。金爷从随身携带的挎包里取出一个锦盒，绛紫色，茶杯大小。打开，是一个两手相扣的物件，很精致，耀眼的金黄瞬间晃疼了全场人的眼睛。

金爷说："这个就是我们行里象征最高权力的"金圣手"，它的金贵我就不多说了，相信在座的各位都清楚。现在我传给冯震川，希望大家同心合力，再铸辉煌。"

我赶忙起身接过"金圣手"，朝金爷恭恭敬敬地鞠了一躬。金爷起身离座，手一指空出的座位，示意我坐下。

我说："既然我坐了这个位子，我就说几句。我想给在座的各位和没到场的诸多兄弟一个前程，当然是一个好的前程。至于是什么好前程，我想晚上揭晓。我提议，晚上咱开一个扩大会议，希望咱六个地区的王现在就下通知，让所有在家的兄弟们晚上八点前一定赶到这所大酒店。这是我继任后的第一次大会，希望各位鼎力支持，人员越多越好，尽量不要缺席。"

金爷没有反驳，只是静静地坐着。他相信我的能力。

期间，我吩咐手下又订了一个酒店最大的会议厅，说是集团要开全国订货会。

傍晚，贼们陆陆续续从全省各地赶到了皇冠大酒店，偌大的会议厅座无虚席。八点整，会议开始。

我说："今天是我继任大贼王的第一天，是开的第一次会，也是最后一次会。”

话音刚落，会场里一片嘀咕声。性急的就嚷开了：“怎么是最后一次呢？”

我说：“因为我要给大家谋一个好的前程，光明的前程。相信大家都喜欢！”

突然，会议室的门被撞开，冲进来一排荷枪实弹的警察。警察立马散开，持枪控制了整个会场。此时，窗外警笛大鸣，警灯闪烁，把夜空装扮得更加多彩。

一个警察高声喝道：“你们被包围了，现在你们把双手放到脑袋上一个一个走出会场，到楼前的小广场集合。谁要是逃跑或反抗，后果自负！”

贼们都惊呆了，金爷更是呆如木鸡。

楼道和楼外的小广场上站满了警察，个个全副武装，精神抖擞。

一个省的数百蠡贼一夜间几乎全部就擒，这在公安部门引起了不小的轰动。当然，这场擒贼的好戏是我一手策划和导演的。

11 σ

我交代了我所有的罪行，包括十年前失手打死老黄一事。我还交代了我的真实姓名是马辰山，并不是冯震川。公安部门去了我的老家，调查回来的结果让我大吃一惊。村主任老黄根本就没死，当时只是被我打晕了而已，爹娘赔了他一些钱，早就没事了。只不过无法打听到我的消息，才让我一直“亡命天涯”。爹娘觉得很对不起我，十年来一直郁郁寡欢，日子也过得没有劲头。我一声哀号，眼泪再也止不住了。

庭审那天，我终于看到了梦中的爹娘还有小娥，他们都到了。爹娘苍老了很多，爹的脸上也很难找到昔日的酡红了。娘的背竟然佝偻了，但双眼有神，盯着我一个劲地看，说不出是喜还是悲。小娥经了如此大的家庭变故，似乎成熟了，眼神清澈而坚定。她和爹娘紧挨着，但没说话，我知道他们虽然同为一个人来，但他们彼此是陌生的。望着这些，我的心里酸酸的，也许他们以后会是一家人，也许一直陌生下去。这个，随缘吧。

由于我的立功表现，最终我被判刑五年。我当庭表示了感谢，没有提出上诉。

押上警车的一刹那，小娥猛地跑到了近前，她朝我大喊着："你个该死的冯震川，你去死吧！我喜欢马辰山，我喜欢马辰山呀。我等你，你要好好改造，你说过要带我去你的家乡的。"

小娥泪流满面，早就瘫坐在地上。爹娘望着这个清秀的妹子愣了片刻，突然明白了什么，急忙过去扶起了她。三个人相依着站成了一堵墙，在警车后频频挥手。

在监狱服刑期间，我意外看到了一张公安系统的旧报纸，上面竟然整版刊登了有关我们那个贼圈子覆灭的报道。金爷当年一手制造的悬案也终于大白于天下。

报道中是这样写的：据人称金爷的老贼王交代，他原名金世水，70年代初期曾救过赵红梅父亲一命，赵父无以为报，遂将女儿赵红梅许配给他。那时，金世水40岁，赵红梅20岁，金在年龄上尽管大了不少，但聪明健康，对赵红梅父女更是倍加关照，赵当时还是很满意这门亲事的。就在即将正式婚娶之时，由于种种原因，金世水不得不外出离家。走前，两人海誓山盟，今生非对方不娶不嫁。数年后，金世水回来却发现赵家人去屋空，消息皆无。金世水在外期间曾遭遇过大的变故，回家后仅有的一丝希望也破灭了，自此走上了偷偷摸摸的邪路。

他摸进县银行行窃时，是意外见到赵红梅的，当时两人都吃了一惊，没想到天地之大却又窄小无比。那时的赵红梅早就嫁给他人，并生有一女。金世水很平静，说："为了咱当初的誓言，我未娶，并且把尘根也断了。无聊极了，我就出来干些下三烂的营生。"说完，金世水褪掉裤子，赵红梅看到了断掉的尘根。她眉头紧锁，凄婉地低声说："是我不好，害了你，这次我成全你。"一头撞向墙角，当即昏倒。金世水也没有想到那晚轻轻松松就捡了一条罕见的大鱼，盗得百万元现金。赵红梅也许觉得对不起金世水，想要补偿他，警方介入的几天里守口如瓶，始终没说出金世水的名字。赵红梅的心理过于脆弱也过于执拗，竟自杀身亡。本十分简单的案情，遂变得扑朔迷离，终成悬案。

爸爸的故事

卢瓜瓜收到爸爸的短信时，他正一个人百无聊赖地躺在宿舍的床上玩手机游戏。爸爸问什么时候能到家，是坐火车还是坐汽车？卢瓜瓜瞥了一眼，回复："天冷路滑车上挤，不回去了，想在学校勤工俭学。"爸爸回复："很好，年后再勤工俭学吧。先回家，我有故事要讲。"

有故事要讲？卢瓜瓜疑惑不解。他觉得爸爸越来越怪，怪得让人无法理解，甚至让自己产生了厌恶。

其实，学校已经放假两天了，远的近的同学也都走光了，校园里一下冷清了许多。卢瓜瓜感到万分无聊。此时，他恨不得一步就迈进家门，但他还是忍住了，他要和爸爸暗地里赌赌气，看看自己在他心里到底几斤几两。之所以不急着回家，当然与勤工俭学没有丝毫的关系，只是一个由头而已。从短信上看，爸爸是不可能开车来接自己了，卢瓜瓜一下泄了气。想想前几天放学时，校园门口开车来接孩子的家长都排起了长队，当然路途大多较近，一二百公里的样子。班上一个同学的爸爸竟然是从千里之外开车来的，锃明瓦亮的高档车，把大多同学的眼都晃疼了。

看看人家的爸爸，再想想自己的爸爸，卢瓜瓜就觉得委屈，一抹眼角，竟湿了。他望了望窗外，路上的积雪还很厚，泛着白亮亮的光，透着一股刺骨的寒。他下意识地缩了下身子，闭上眼睛，车站里人山人海、拥挤不堪的情景就浮在眼前。每次节假日回家，他都会经受一次炼狱般的旅程，让他好几天都缓不过劲儿来。

卢瓜瓜在省城上着一所不好不孬的大学，离自己居住的县城也不过一百多公里的路程，又天寒地冻的，按说，爸爸忙工作，让司机来接一下自己应该是常理之中吧？卢瓜瓜家有自己的家族企业，好几个工厂呢，生意一直不错，按说自己是个标准的富二代。可富二代又怎么了？印象中，从小学到大学，爸爸对他的要求很严，在家里一日三餐就是家常便饭，从没像其他孩子那样吃过小灶，在学校的伙食标准也和同学们差不多。穿衣戴帽从来与名牌无缘，至于零用钱更是少之又少，他想装成富二代的样子都难。在这个拼爹的时代，他说自己是富二代，不被同学笑掉大牙才怪呢。

上中学时，一次在同学家中聚会，本县电视新闻中突然出现了他妈妈的镜头。他兴奋地说："快看，我妈妈也在开会呢。"几个同学一下笑喷了，一个说："哪个是你妈妈？不会是旁边那个倒水的吧？你可真会装，我说李嘉诚还是我爸爸呢，可谁信呀？"卢瓜瓜被噎得脸红脖子粗，嘟哝着："就是我妈妈，就是我妈妈呢。"其实，那次电视上开会的女人真是卢瓜瓜的妈妈，她是那年县妇联评出的"十佳好媳妇”，正在开会准备上台领奖状呢。从此，在公众场合卢瓜瓜再也没有提起过自己的妈妈。

至于爸爸，卢瓜瓜觉得是个有能耐的人，成熟稳健，曾经是自己崇拜的偶像，但爸爸的低调又让他很看不惯。家里的企业好像是从老爷爷那辈一步步走过来的，历经坎坷，到爸爸这辈已经很像样子了，由他和两个叔叔共同经营管理，可好好的董事长他却不干，叔叔们也不干，都推荐妈妈干，他们甘当副手。当副手就当副手吧，厂子里有好几辆小轿车，可平时爸爸就爱骑个自行车，吱吱嘎嘎地蹬着满大街转悠，也不嫌丢人。卢瓜瓜真想不明白，爸爸到底怎么了，家里有钱是自己开厂子辛苦赚来的，光明正大，至于那么低调吗？

最让卢瓜瓜生气的是，在省城求学两年来，爸爸就来过学校一次，还是自己撒谎骗他来的。那时，他正在暗恋一个女同学，正铆足了劲儿准备对她表露心声，但总觉勇气不足。卢瓜瓜就想，爸爸要是适时出现在她面前，也许是个不错的契机。他拨通了爸爸的电话，爸爸正巧在省城办事。他说：“我想你了，你过来吧，也顺便看看我们的学校，很大很大，漂亮着呢。”他本想爸爸会答应得很爽快，锃亮的小车在校门口一停，西装革履气度不凡的爸爸再怎么说总要和自己吃顿饭吧。到时，少不了要约上一帮要好的同学作陪，当然，自己暗恋的那个女同学说啥也要拉来。边吃边聊，自己铁杆的富二代身份一暴露，应该当场就把她征服了。卢瓜瓜计划得不错，可爸爸却说：“都小伙子了想我干啥？学习最重要，如没有特殊事儿，还是下次吧。”卢瓜瓜觉得事情要黄，赶忙改口说，我病了，头有些烧，一天没吃饭了。爸爸在电话那头顿了顿，说：“病了？那我过去看看。”

爸爸总算被骗来了，电话说在学校门口等着呢。卢瓜瓜一阵激动，说："马上要中午了，刚好和几个同学在一起，要不一起吃个饭吧。"爸爸说："好呀，我等着。"

等卢瓜瓜约着七八个男女同学来到学校门口，到处瞅了一圈，也没看见爸爸那辆锃亮的小车。疑惑间，爸爸竟从路旁的树荫里站了起来。因为热，脸上挂满了汗珠，衬衫也贴在了脊梁上。卢瓜瓜说："爸爸，你的车呢？"他一笑，说："车让司机开着去接他的一个亲戚了，说要搭车回县城。来你这里不是很急，我就坐公交车过来了。对了，你感冒不是很厉害吧？"卢瓜瓜觉得爸爸真是昏头了，人家搭顺风车还要去接他，这不是闲得难受吗！就没好气地说："很厉害，头都烧昏了！"爸爸还没说话，一旁的同学都哈哈大笑起来。一个胖胖的同学说："叔叔别听瓜瓜瞎说，他没有病，就是想你了。要不，你怎么能来到我们这所伟大的学校呢。"卢瓜瓜的爸爸听了，脸色一下严肃起来，说："瓜瓜，做人千万要诚实，哪怕这样的谎也不能撒。这次我原谅你，但没有下次了。"卢瓜瓜脸涨得通红，有些尴尬地点了下头。

其实，真正让卢瓜瓜尴尬的，是那次的午餐。爸爸居然领他们进了一家拉面馆，每人一碗凉拉面，外加两个茶鸡蛋。同学们倒也吃得痛快，"哧溜哧溜"的吃面声响彻饭桌。爸爸说："你们都是幸福的一代人，我上学那阵儿，一天三顿窝窝头都没得吃，鸡蛋更是难得一见。你们要好好学习，才是对这个时代的最好回报。"同学们点头答应着，卢瓜瓜心里却一个劲地后悔不该让爸爸来，尽管同学们没说什么，但他觉得爸爸给他丢大脸了。

家族企业，豪车，富二代，这些属于卢瓜瓜的耀眼词汇，本该在同学面前大写一笔的，谁知在那个炎热的夏天被爸爸一碗拉面就弄丢了。卢瓜瓜心里那个憋屈呀，他突然觉得爸爸创业很失败，满身的老农意识，一身小家子气，不高调生活，也不高调消费，赚再多的钱又有什么用呢？

越想，卢瓜瓜越觉得爸爸有些讨厌了。这种讨厌已经伴随他很久了。

讨厌归讨厌，自己还要面对现实的。卢瓜瓜又望了眼窗外，窗外已经起风了，树枝摇动，上面的积雪打着旋儿飘出很远。他冷不丁打了个寒战，随即开始动手收拾行李箱。别无选择，只有全力以赴挤大客了。回家有故事要讲？也好，我还有话要讲呢！卢瓜瓜在心里对爸爸狠狠回敬了一句。

卢瓜瓜到家的当天晚上，爸爸就说要讲故事了。讲故事的地点在一座城中村的小院里，小院不大，但洁净，是爷爷和奶奶生前居住过的。现在卢瓜瓜的爸爸和妈妈就住在这里，随着县城的不断规划和改造，这座年代久远的城中村怕是也快拆掉了。小院是青砖青瓦白墙的那种，看上去有些年头了，院子里除了几棵胳膊粗细的石榴和木瓜，再就是一丛丛绿绿的竹，在寒风中微微摇曳。

屋子里很暖和，生着一个简易的铁皮炉子，炉子尾部的烟囱上绑着几根平伸的粗铁丝，上面烤着毛巾和抹布。爸爸来了不多时，妈妈也回来了，让卢瓜瓜意想不到的是，二叔二婶、三叔三婶，还有叔叔家的几个堂弟堂妹全来了。屋子里一下满当了，添了煤块的炉子也“嗡嗡”地烧起来。

爸爸说：“今晚咱家的人都齐了，我可要讲故事了。”

卢瓜瓜说：“讲个故事用得着这么兴师动众吗？我以为就我自己听呢。”

爸爸一笑，说：“讲给你自己听太奢侈了，当年你爷爷给我和你两个叔叔讲的时候也是冬天，也在这间屋子里，也是围着炉子，好像那次的炉子上烤了地瓜和花生。你爷爷的故事讲得好，我们哥儿仨吃得也欢。二十年前的事了，可好像就在昨天呢。”

卢瓜瓜爸爸有些感慨，二叔和三叔也点着头，眉头微锁，似在追忆当年听故事的情景。故事还没讲，但它的神秘感已经悄悄来临了。妈妈和婶婶也停止了聊天，卢瓜瓜和几个弟弟妹妹更是竖起了耳朵。屋子里突然静了下来，只剩下了爸爸的声音。

“出咱这座城向东五十里有个村子，叫黄村，村子里有一户姓卢的人家，据说是清朝中期逃荒过来的。当然，我这个故事也是从那个时候说起。卢家初来的时候全部家当就是一副挑担和一床薄被。夫妻二人男的挑担，一头一个箩筐，箩筐里是两个三四岁的儿子。女的在后面跟着，背着一床薄被。初来乍到，人生地不熟，夫妻二人靠给人家打工，没白没黑地干才勉强混口饭吃。好歹熬到儿子大了，一家四口勤勤苦苦才总算在村头垒起了两间泥坯房，有了立足之地。

“那时候，经常战乱，年景也不好，一家人尽管勤苦，日子也不见好转。眨眼，卢家的主人就老了，死去了。再眨眼，卢家又一辈的主人也老了，死去了。也不知过了多少辈，大概在咸丰年间，卢家出了一个后生，叫卢大力。就是他让卢家摆脱了贫穷，过上了富足的日子。但好日子只过了十几年，就又回到了比以前还要窘迫的日子。这个卢大力在当年的黄村乃至方圆数十里都是响当当的，一提都竖大拇指，多少也算个传奇人物。”

爸爸喝水的空隙，卢瓜瓜忍不住说：“这个卢大力生在五十里外的黄村，是不是和咱们家也能牵扯上呀？如能的话，咱卢家的老祖宗可是名人呢。”

爸爸没吭声，二叔笑着说：“就你小子会瞎想，到处认祖宗，姓卢的多了去了。”卢瓜瓜伸了伸舌头，脸红成了鸡冠。

爸爸接着说：“这个卢大力脑筋好使，更有一身蛮力，自幼跟人习武，弓马娴熟，十八般武艺无所不精。有一年，赶上武科开考，大伙都鼓动他前去一试。卢大力生性豁达，就真去应试了，谁知经过童试、乡试、会试，一路下来，卢大力竟得了一个武举。等他精神抖擞地回到村子，众乡亲早就站满了街口迎接他，有讨好的乡绅更是等在家中，有送银子的，也有送田地的，迫于盛情，卢大力只好收下，以图后报。后来，很多人都想拜他为师习练武艺，卢大力就开办了一个武馆，昌盛时门徒数百。日子眼见殷实，卢大力就添置了不少田地，甚至在镇子上也有了自己的门面。

“那年，县城中出了一桩怪事，有一盗贼屡屡犯事，作案时常以黑布蒙面，并且凶残异常，盗奸杀全干，作案手段极其残忍。县城中一时人心惶惶，官府令捕快率众缉拿，谁知盗贼武功高超，众捕快根本就不是他的对手，竟死伤了好几个。没法，官府慕名来请卢大力帮忙缉盗，说事成之后定有重赏。卢大力率众弟子在城中各处暗暗蹲守了一个月，盗贼竟人间蒸发了。他知道盗贼知晓自己的行动，在故意耗他，时间一长，自己的人马肯定耗不住。如果撤走，盗贼定会出现，让百姓苦不堪言。卢大力眉头紧锁，一连几日茶饭不思。

“忽一日，县城大街上锣鼓喧天，说是盗贼落网，正游街示众呢。众百姓涌上街头，鼓掌雀跃。盗贼披头散发，枷锁镣铐加身，尽管长发遮面，但露着的一只眼还是充满了邪恶。傍晚时分，官府在县衙外的小校场上犒赏所有缉盗的人员，盗贼被绑在旁边的一棵大槐树上，有人专门看守。一杯酒还没下肚，‘啪’一声，校场正中的一个红灯笼被暗器打落在地，紧接着一个人影一闪，一道白光已经直逼卢大力的胸膛。卢大力似乎早有防范，扭身躲过，顺手解下腰间的软鞭纵身相迎。

“一刹那，小校场上鞭剑对垒，招招凶险，呼呼有声，数十步内无人敢前。突然，卢大力卖个破绽，脚下一滑，身子倾倒之际，盗贼的利剑兜头刺来，卢大力猛然一个‘就地十八滚’，手中的长鞭也拦腰甩去。长鞭紧紧缠绕着盗贼的腰肢，卢大力大喝一声，发力一拽，盗贼被生生摔出十余步，还没等他爬起来，众弟子已经将他牢牢擒住。见自己的‘引蛇出洞’大获全胜，卢大力哈哈大笑。等把盗贼捆好挑灯细看，才发现是个貌美如花的女贼，这让在场的人都大吃一惊。”

爸爸讲到这里时停了一下，说渴了，先喝口水润润喉咙。此时的卢瓜瓜和几个堂弟堂妹早就听得津津有味，大瞪着眼睛，满脸疑惑，大概也被盗贼的身份迷糊了。

卢瓜瓜说：“这个女贼居然祸害女性，不会是变态吧？现在网上有很多稀奇古怪的事儿，没想到古时候也有呀。”

爸爸说：“这个变态不变态的不好说，但女贼的确干过那些坏事的。盗贼被擒后，卢大力名声大振，很多城里的达官贵人也来找他做朋友。镇子上或县城中的大户人家有需要看家护院或者商家短途押送货物的活儿他也接，从无失手。卢大力的财路更广了，十几年下来，自己名下已经有了几十亩田地，镇子上的门面也有了好几家，经营着杂货。那时的卢家，富庶虽然无法和城里的大户相比，但在方圆十余里还算是上等。卢大力性情豪放，为人大方，没事时常常邀人在家中喝酒，谈古论今，不胜快哉。有时烦闷了，也被人硬拉着去赌坊玩几把，可每赌必赢，虽然他不在乎赢来的散碎银两，却为自己的赌技暗暗叫好。

“卢大力五十岁生日时，他的儿子和本家的晚辈们张罗着要给他好好祝寿，并在村头搭了寿楼。那时，正是卢大力信心满满，成就感极度膨胀的时候。他放下海口，不管什么人，也不管哪里人，只要来为他祝寿，磕上几个头，说上一句吉利话，就可以到家里吃饭，八大碗的酒席连摆七天。这样的好事立马就传了出去，一传十，十传百，十里八乡凡是知道的几乎全来了。卢大力吃了一惊，知道自己要吃大亏了，吃到第五天的时候，家里的存粮已经没有了，积蓄也花光了，但卢大力为了脸面和信用，咬牙做了一个卖地的决定。可以想象，此时买地的人是不出高价的，几乎算是白捡。等寿宴办完，卢家的田地已经所剩无几，镇子上的门面也仅剩了一间。卢大力垂头丧气，已经没有了往日的威风。

“有一次喝得大醉，却执意要骑马到山里打猎，没想到摔下马来弄得一条腿骨折，真是应了那句‘屋漏偏逢连夜雨’的老话。待腿伤稍好，有朋友约他去赌坊散心，去了才知道都是镇子上有头有脸的人物在玩。卢大力说，我没有银子，不玩，在一旁看看就行。朋友就劝，说凭卢爷的魄力和赌技，没人是你的对手，再说你啥时打过退堂鼓呀。卢大力觉得也是，就挽袖坐上了赌桌，赌资当然是仅有的几亩薄地。谁知这次他连连失手，地契被人收走，就连镇子上唯一的一间门面也被收走了。他知道自己被人合伙算计了，怒火中烧，把在场的几个人打成了重伤。人家告上官府，他看看无力赔偿，又怕牢狱之灾，只好孤身一人远走他乡。事后，他家的祖房被官府判给了几个被打成重伤的人，也改名易姓了。卢大力的妻子和孩子们只好搬出黄村，来到县城租了几间破房住着，又开始了给人打工糊口的日子。”

讲到这里，卢瓜瓜的爸爸一脸的悲戚，好像戳到了疼处。卢瓜瓜大叫起来：“这个卢大力绝对是咱卢家的先祖！我敢打赌！”

爸爸凄然一笑，说：“对呀，是咱的先祖。”

卢瓜瓜的堂弟堂妹们也觉得好玩，没想到自己的祖宗还有这么传奇的经历，禁不住浮想翩翩。卢瓜瓜却对着二叔嚷起来：“我说是咱祖宗，可你故意骗我，你明天请我吃饭呀。”

二叔点了点头，说：“咱卢家的先祖在这座县城里不知奋斗了多少辈，才从你老爷爷那辈一点点把生意做了起来，到今天吃了多少苦，受了多少累，都无从知道。但有一点有迹可查，就是这个故事一辈辈传到了今天。以后，你们还要传给你们的孩子，告诫卢家的子孙，做事一定要低调，一定要远离赌博！”

卢瓜瓜和几个弟弟妹妹听了，若有所思，都点了点头。

闲聊了一阵儿，爸爸说：“瓜瓜，你们兄弟姊妹几个中，就你成人了，你可以为咱卢家干点力所能及的事了。明天一早，去邮局给远方的贫困大学生和失学儿童寄些钱款吧。要过年了，让他们买点好吃的，再说年后他们还等着这笔学费呢。”

卢瓜瓜吃惊不小，说：“咱家是一直资助着这些学生吗？”

“是呀，都十几年了。汇款人还是写‘小草’。”

“‘小草’？多年前就在学校听老师说起过爱心人‘小草’，报纸上也在到处寻找‘小草’，只做好事，从不留名，没想到是咱家呀。”卢瓜瓜激动不已。

妈妈接话说：“其实，我们还做了很多，就永藏心底吧。你们小兄弟姊妹们听好了，这事对外谁也不能说，这可是咱家多年共同守候的秘密。”

1

我十岁那年，刘美丽成了我嫂子。刘美丽一点也不美，但人长得高大，腰粗，满身的赘肉，我们当地土话叫“长得泡松”。刘美丽的娘家就在我们本村，离我家也就几百米远，往近了说还是一个生产队的老邻居。

哥哥成婚那天，尽管和其他人家一样大操大办，前来贺喜的亲朋好友更是挤满了院子，可爹和娘心里总觉得有些别扭。新娘子丑俊倒也没啥，关键是刘美丽还给他俩带来了一个两岁的孙女。哥哥娶的媳妇是个“回头儿”，一个结过婚的女人。看着哥哥和刘美丽欢欢喜喜拜了天地入了洞房，爹和娘就到院子一边和一些几年不见的老亲叙旧去了。我闲得难受，就随着要喜糖的孩子去了哥哥的洞房。

刘美丽盘腿坐在喜床上，头上盖了块大红的围巾，双手在胸前不停地摆弄红褂子上的一颗红纽扣。哥哥一脸喜色，嘴乐得一直咧着，不住地给来看新媳妇的大人孩子分糖吃。

我盯着床上小山一样的刘美丽，就想起了她的一些往事，就想笑。

她咋就成了我嫂子呢？

刘美丽二十出头时，就成了我们卢村的名人。一千多人的村子，能称上名人的无非是大队部的成员们，再就是各个生产队的队长。而刘美丽大字识不了几箩筐，她有啥本事呢？这得益于她的一个梦。

那天，队里的一群姑娘在收地瓜，边干边说笑着。不觉间，有人就扯到了昨晚的梦上，有的说梦到被大水冲走了，有的说梦到爬到大树上下不来了，也有说梦到拾了个大钱包的，总之五花八门。轮到刘美丽时，她说梦到蔡前进了。蔡前进头发梳得溜光，穿着制服，上衣口袋里插着两只钢笔，提着一只人造革的大提包去她家看老丈人呢。见了她，就忙着给她掏糖吃。

刘美丽说得很慢，边说边笑着凝一下眉，似乎还沉浸在梦境里。姑娘们一下笑炸了，说："你也太会做梦了，也敢说出口，你也不看看你长的啥模样！"

蔡前进是我们村的小学老师，个子不高不矮，字写得好，在村里的墙壁上画宣传画更是一把好手。他年轻英俊，又一肚子墨水，村里的姑娘没有不喜欢他，不暗恋他的，但像刘美丽这样直接说出来的还真没有。听着姑娘们笑声里夹着嘲讽和不屑，刘美丽大咧咧地说："有啥好笑的？其实你们都做过这样的梦，你们不说就是了。"姑娘们笑得更欢了。从此，刘美丽就得了个"大提包"的绰号，她的"美梦”在村子的大街小巷和地头田埂一传再传，传到外村时都说刘美丽梦到自己和蔡前进搂抱亲嘴最后忍不住就睡觉了。

以后再有人议论此事，被刘美丽听到了，她就脖子一梗，说：“我就要嫁给蔡前进！你怎么着吧？”一般人不再吱声，但碰巧遇到个和自己一般大的小伙子，再油嘴滑舌的，免不了还会招来一顿调侃：“你这么大个人，蔡前进那小身体哪经得住折腾呀，你要找个比你还高大的，那才叫相配，办起事来才叫过瘾呢！”小伙子嘻嘻笑着跑远了，刘美丽的眼圈也红了。

“蔡前进又不是三头六臂，就是肚里的墨水多点儿，为啥我不能喜欢？我就是喜欢蔡前进！”刘美丽赌气去村小学找他，我们一群孩子光着腚跟在后面看热闹。正巧下课，蔡前进刚走出教室。刘美丽就喊他，快步走到跟前，说：“蔡前进，我喜欢你。我这么大个人，浑身有的是劲儿，你也喜欢我吧？”蔡前进早就听说了她的好梦，但刘美丽这么直接地问他还是很意外，竟一时窘得说不出话来。此时的刘美丽脸蛋红红的，动作也忸怩了，她伸手刚想拉蔡前进的手。我们就一起喊起来：“刘美丽，大提包，做美梦，跑到学校搞对象。”教室里的老师也都出来看热闹，蔡前进脸憋得通红，说：“你……你咋这样呢？还是去……去做你的梦吧！”听的人就都笑了。

好长一段时间，村里人说起刘美丽和蔡前进，总忘不了说什么癞蛤蟆天鹅的，边说边嘻嘻哈哈，一惊一乍的。我听着不是很懂，但总觉得大人就是事儿多。

2

哥哥和嫂子也许累了，晚饭匆匆吃了点就关门睡觉了。村里那些吃饱了饭也养足了精神的小伙子结伴来闹洞房时却发现关门了，就在墙外一个劲地嚷着要哥哥悠着点，别让刘美丽吸干了精华。更有说话难听的，嚷嚷着：“你女儿都两岁了，还急个啥呀！”

其实，刘美丽和哥哥早就睡在一起了，是在她离婚后不久。

刘美丽以前的对象是邻庄的，叫高大壮。人如其名，健壮得像半截铁塔，据说人挺老实，就是不识字。当年刘美丽被蔡前进拒绝后，曾郁闷了好长时间，队里的工也懒得出了。爹娘和几个闺蜜就劝她想开点：“蔡前进算个啥呀，咱找个比他还好的，让那些多嘴多舌的看看。”从那时起，刘美丽开始了自己的寻爱之旅。可对象相了一个又一个，不是个子矮了就是模样太丑了，再就是家庭太穷了，反正刘美丽一个没看上。

后来，有人介绍了高大壮。一见面，刘美丽觉得他长得一般但身材高大，没好感但也没坏感，就想聊一阵再说。结果，高大壮手笨嘴拙，坐在小板凳上低着头，既不主动和前来相看的左邻右舍打招呼，也不给他们端茶喝，老实得吓人。刘美丽来气了，就一头钻进自己的房间不想出来了。客厅里，刘美丽的爹娘就和高大壮有一句没一句地聊着，无非是家里几口人，养了几头猪，老人的身体还好吧，等等。问一句，高大壮就答一句。

本来老两口是在跑着“龙套”，等闺女出场的，等着等着天就临中午了。以前我们附近的村子有个习俗，男方到女方家相亲要是到了饭时，女方表示尊重要留饭的，不一定多么丰盛，有点意思就可以了。这当口，刘美丽她娘就做好了两个菜，下了一锅手擀面，端了上来。媒人一看，搓着手说：“本来是等你家闺女和大壮聊几句的，可……唉，那就先吃饭吧。”其实，高大壮心里明白，人家闺女不出来是看不上自己呀，还聊个屁呀！反正不成，先吃饱了再说。媒人刚坐好，高大壮一碗面条就下肚了，刘美丽她娘赶忙又盛了一碗。就这样，不一会，高大壮就吃了四碗面条，又要给他盛时他摆了摆手。

吃完饭又聊了一阵，刘美丽也没出来，媒人只好和高大壮回家了。“这哪是相亲呀，女的长啥模样我还没看清呢！”一路上，高大壮一肚子牢骚没敢对媒人说，边走边在路上消化了。就在他对刘美丽仅有的一点印象也要忘记时，媒人却突然来告诉他亲事成了。媒人说：“你这孩子有福，闺女的爹娘就看中了你能吃能喝，少言寡语，说这样的男人身体好，也厚道，保证亏不了自己的闺女。”高大壮有些发懵，但自己有了媳妇的事儿却是铁板钉钉了。

刘美丽结婚后，高大壮去过几次老丈人家，可每次都醉。有一次骑着自行车倒在了村南的大沟里，弄得浑身成了“土驴”，我们一群孩子还往他身上吐唾沫呢。至于以后为啥离婚就没人知道了。

爹娘就我和哥哥两个孩子，哥哥比我大了整整12岁。我之所以能来到这个世上，要感谢我哥哥的眼睛。爹弟兄好几个，从小就受穷受怕了。自己结婚时就和娘商量头胎男孩就要一个，是女孩就再要一个，不管男女。可哥哥出生后随着年龄增长，爹娘却发现他的眼睛有问题，看东西总爱皱眉头，眼睛也要眯一下，像电影里演的解放军瞄准打枪。再以后哥哥大了，才知道自己白天看东西的样子虽不佳，但妨碍不大，到了晚上就有影响了，总是影影绰绰的。去医院看了，医生说是天生的，没治。爹和娘怕哥眼睛不好说不上媳妇，到时候自己的晚年幸福受影响，就酝酿着再生一个。这一酝酿，我就比哥哥小了12岁。

为了不影响哥哥的婚事，爹和娘省吃俭用在哥哥20岁这年给他盖好了四间土砖结合的大北屋。土砖结合的房子在我们那里很常见，就是房墙的外面用红砖砌，里面用土坯砌，省钱也好看。等房子弄好，爹娘就花光了所有积蓄，只好草草扎制了一圈篱笆墙。打那，哥哥就一人在新房子住着，我偶尔也去和他做做伴。新家离旧家很近，又没有院门，有时半夜想哥了我也自己溜去。

一次，我很晚了才去哥那里睡觉，拉开电灯开关，却看见一个女人躺在哥的被窝里。哥有些慌乱，喘着粗气说："谁叫你来的？没看到房门上我系了一根鞋带吗？"我这才猛地记起前些天哥和我的约定，就赶忙跑到房门前用手摸了一下，可不是嘛，哥的球鞋带在上面牢牢地系着呢。那天哥说："以后这房门上只要系着鞋带，你就不要来睡觉。"我问为什么，哥说："我就想一个人睡清静清静，你要硬来可别怪我打你！"

我害怕哥哥打我，但我更对他被窝里的女人好奇，就又溜回了房间里。此时，那个女人已经穿好衣服下床了。我一眼就认出了刘美丽。刘美丽一点也不慌乱，她拢了拢有些乱的长发，笑呵呵地对我说："小毛这么高了，快上学了吧？叫嫂子。"小毛是我的小名，我抬头看了看她，刘美丽正对我笑呢，我脸一红，低了头，没叫嫂子。

哥说："叫嫂子？开啥玩笑！"

刘美丽一下止了笑，瞪了哥一眼，说："那叫啥？我都被你睡了，还怎么样？"

"可……可你老来找我，说你一个人烦闷，没说让我娶你呀？"

"那我就白让你睡了？要不明天我去大街上吆喝吆喝，让大家都评评理！"

"可……你当时就说玩玩嘛。"

"谁说的？"刘美丽似乎生气了，一手叉腰，一手在哥的眼前晃来晃去的。她高大的身架好像把哥镇住了，哥一言不发，光着膀子坐在被窝里叹气。见势不妙，我嚷嚷着要撒尿，就溜回了旧家。

这件事我一直没敢和爹娘说起。

一个月后的一天，晚饭后哥磨蹭着一直不去新家睡觉，好像有事要说，又一直开不了口。终于，他说出了要娶刘美丽当老婆的大事儿。爹和娘肯定吃了一惊，问："你怎么想到要娶她呢？她可是个离过婚的，还有一个孩子呢。"哥脸臊得像个红鸡冠，支吾了好久才开了口。他说刘美丽离婚后就盯上他了，白天都主动和他打招呼套近乎，没想到有天晚上她竟去了哥睡觉的新家。开始和他胡乱聊天，当然也聊了他俩一起在队里出工干活时的很多趣事。越聊越有话说，聊着聊着夜就深了。刘美丽说这天咋这么热呀？就顺手撩起了自己的衬衫呼扇了几下，一截雪白的肚皮立马把哥哥的眼耀花了。再往后，两人就发生了不该发生的事儿。

唉！哥一声长叹，说："原先说好就是玩玩的，谁知她非要我娶她，可她是个'带犊的回头儿'呀。"爹和娘没吭声。过了一会，爹点上了一支低劣的香烟，猛吸了一口，竟大声咳嗽起来。他说："其实大丽（刘美丽的小名）人不错，我从小看着她长大的，心直口快没有弯弯肠子。你的眼睛不是太好，身子骨也弱，能娶大丽也屈不了你，只是她比你大了好几岁，还带着个女儿。”娘也在一旁附和着：“是呀是呀。”哥见爹娘没有特别反对，脸上也逐渐有了亮色。哥说：“那晚她说不娶她就告我强奸，让我坐牢。可过后，她对我哭了，说是故意吓唬我的，让我别往心里去。还说强扭的瓜不甜，不娶她也不要紧，只怪自己命不好。前些天她还给我买了新背心，纳了新鞋垫呢。”哥顿了顿，见爹和娘没接他的话，又说，“现在我挺喜欢刘美丽的，比我大更知道疼我。孩子我也喜欢，她娘俩也不容易呀。”

爹和娘嘀咕了一阵，爹说：“我和你娘也盼着你说个更好的，可咱没那个条件呀。你要不嫌，我和你娘也没意见，只是委屈你了，大丽一进门，你就又当丈夫又当爸爸了。”

哥点了点头，说：“没事的，我愿意。”

娘赶忙推了爹一把，说：“那咱抓紧凑点钱把那个新家的院墙垒起来吧，四面篱笆也不像个家呀。等秋后天凉了就给他们办喜事吧。”

3

刘美丽的女儿叫小雪，成了我侄女后，爹就给她起了个大名叫卢雪。卢雪长得可爱，也乖，一口一个小叔叫得我心里热乎乎的。叫着喊着，我俩就都大了，期间刘美丽又给我哥生了个男孩。小侄子长得粗胳膊粗腿的，哭闹起来更是粗门大嗓，一举一动像极了他妈。

我去乡上念初中时，农村早就实行了责任制，谁有本事谁使。责任田里种的庄稼五花八门，有还是老样子种小麦玉米的，也有种经济作物西瓜蔬菜的，更有一些脑子灵活的赶集上店做起了小买卖。哥很勤快，除了种些和村民差不多的作物，每年总要留出一小块地偷偷种植些科技含量高的东西，主要是钻研和尝试。哥老实厚道，也没有抽烟喝酒的习惯，没事就喜欢读书，文学的，科技的，读起来就着迷。刘美丽很支持，说："你喜欢啥就干啥，只要你乐意我就乐意。"小两口和和美美的，挺幸福。刘美丽和睦乡邻，对爹娘也很孝顺，有了好吃的总给老人端些过去，老人的衣服脏了，抽空就去给洗了。久而久之，刘美丽的孝顺村里人就都知道了，很多老人聊天时总无意地就扯到她，说："刘美丽多好的一个人呀，当初怎么就没想到让她做咱的儿媳妇呢，老卢家真是有福。"

刘美丽这么好，那又为啥和高大壮离婚呢？这事儿村里人没有一个知情的。几年后，我偶尔翻看了哥的一个日记本。上面有一段这样的记录：她心眼好，可她遇上了一个不好的人。那人好喝酒，不好好干活，喝醉了就打她，打过了还要在她身上找乐。一次，她不乐意，就把自己反锁在房间里了。事后，她听到圈里的母猪嗷嗷叫，去查看时却见那人在母猪屁股后面使劲地动作呢，她恶心得差点吐了。当晚，和女儿跑回了娘家，再也没回去过……

这个"她"是不是刘美丽，这段话是不是她离婚的原因，我不是很清楚，但我觉得哥的日记写得挺有意思。

不几年，村里就有一些人富了起来。

村东头的王大头先是杀猪卖肉，后又往河北倒腾猪皮，发大了。发大了的王大头挺着大肚子走起路来一摇一晃的，据说他看人眼珠子都向上翻。他交往的人除了村里的干部，就是乡上的干部，挺牛的。这样一来，村里他瞧上眼的就没有几个人了。瞧上瞧不上无所谓，反正各干各的，谁也不惹谁。关键是王大头又在村头自家地里建了个生猪皮加工厂，刷洗猪皮的水就长年累月地顺着自挖的一条土沟淌向了村后的小清河。时间一长，腥臊恶臭就在王大头的厂子周围散发，有时西北风一吹，臭味能飘满半个卢村。冬天土沟里的废水就是看着恶心，气味多少还能将就，夏天就不行了，苍蝇蚊子嗡嗡乱飞，臭水沟里到处是蠕动的蛆虫，谁见了都恶心得要命。再就是王大头的厂子里竖了一根老高的烟囱，几乎天天冒黑烟，有时也让工人把褪下来的猪毛填到锅炉里，一股烧焦了头发的气味立马飘向半空。

村里人实在受够了，就去找王大头。当然我嫂子刘美丽也去了。王大头说："我的烟囱和排水沟弄到你们家了？真是多管闲事！"刘美丽说："没弄我们家，但你厂子的臭味大伙都闻到了。况且小清河被你排放的臭水弄成了小污河，河里的鱼虾少了，连河面上的水鸟也不见了，你以为有几个钱就了不起呀！你这是作孽！"王大头恼羞成怒，说："好你个'大提包'，你要是好东西也不会被人蹬了吧！除了卢振起个熊包看上你，谁稀罕你呀！"卢振起是我哥，刘美丽火"腾"就上来了，说王大头你连高大壮那个畜类都不如，他最多是个酒鬼，有时下流，但没有伤害别人，而你得罪了全村人，没有好下场的！王大头脸气得像猪肝，说："你们告吧，我有的是钱，我在家喝茶等着你们呢！"扭身进了厂子，把大门关了。刘美丽朝大门狠狠踢了两脚，又吐了一口浓痰。

大伙儿弄个没趣，又都去找村主任老卢，他一个人在家喝酒呢，脸红得像下蛋的母鸡。老卢打了个酒嗝，用手擦了擦眼角上的眼屎，说："这个事我知道，可我也不好管呀，人家的生意又不犯法，何况中央也支持一部分人先富起来呢。至于气味，咱个农村哪能和城市一样讲究呀，我看很正常的。”老卢说完，端起酒杯“滋溜”又喝了一口。刘美丽气得胸膛要炸，真想一脚踹他个狗吃屎，心想这个人都让王大头喂熟了，和他穿连裆裤呢。大伙儿见没戏可演，又一窝蜂地跟着刘美丽去乡上反映，接待的领导还算和气，说放心，会马上调查的。可调查了几年也没出个结果。期间，刘美丽又瞒着大伙让哥写了好几封检举信寄了出去，一直也没消息。没办法，大伙儿又都农活缠身，慢慢地向上面反映情况的心也就凉了。

4

我考上大学那年，村里发生了很大变化。有人盖起了漂亮的二层小楼，有人买上了漂亮的小汽车，就是哥哥家丝毫没变，还是那四间土砖结合的北屋。当年的大北屋，现在又矮又窄了，但小院里很干净，到处都很温馨。

去学校报道的前一天，刘美丽给我五千块钱，说：“你收好，爹和娘老了，挣个钱也不易，你的学费我和你哥给拿上。到了学校你要好好学习，学点真本事，别让人家看不起咱老卢家。”我点了点头，两眼湿润了。

小雪说：“小叔叔，明天你就走了，我带你去村里和田里到处看看吧，别忘了咱的村子呀。”我笑笑说：“哪能呀。”

村子的格局变化不大，就是新房多了，大街小巷上的杂物太多。等到了哥哥的责任田，却让我眼睛一亮，一座新建的塑料大棚立在了眼前。里面是一色的葡萄，虽然过了采收期，但看着粗壮的躯干和蓬勃的枝叶，再瞅瞅哥满脸的喜色，我坚信它们给哥一家带来了不错的效益。哥指着大棚外的一片小拱棚，说："这里面是我一直研究试种的西瓜新品种，马上要成功了。"我说："好呀，到时挣了钱还要给我娶媳妇呢。"哥一笑："那当然，那当然。"

等我来到村后的小清河时，一股扑鼻的臭味迎面而来。昔日的清澈再也找不到了，两岸的茅草丛都没有了，成群的蜻蜓和贴着河面飞翔的小鸟更是无处可见。河面上稀稀拉拉飘着一些白色、红色的塑料袋，拥挤在一起停滞不前。我一时无语，觉得心里堵得慌。

我走后不久，刘美丽打电话告诉我，她现在迷上扭秧歌了。我说："好呀，我们学校附近的广场上每天都有不少跳舞的呢。"她哈哈一笑，说："咱村成立了一个秧歌队，好几十人呢，都统一服装，扭起来可带劲呢。我身上肉多，扭起来不好看，可我是队长，每次都在前面领舞呢。"的确，刘美丽是队长，她对秧歌队操尽了心，专门从城里自掏腰包请了个舞蹈老师手把手地教了一星期。大家学会了好几个舞，队形的变换和肢体的展示也更灵活和完美了。没事时，刘美丽就领着大家到处去扭，大街上、操场上，就连乡上的敬老院和乡政府也去表演过。刘美丽虽然识字不多，但有个绝活，她能随口编些顺口溜边扭边说唱出来，大俗大雅，老少都喜欢。一时间，名声大噪。以后，村里或邻村有结婚的、孩子庆满月的、老人过生日的都来邀请她们去扭秧歌助兴。刘美丽她们有求必应，完了别说报酬就是连水也不喝一口。特别是春节，她们就去一些老人家的门前扭，当然是出于尊重，热热闹闹，红红火火呢。

就在刘美丽感觉又焕发了青春，激情四溢的当口，却遇上了一件烦心事。

村里的蔡前进病了。按说他病了就是死了，与刘美丽又有啥关系呢。但刘美丽觉得不行，不是因为当年自己曾喜欢过他，就是一个素不相识的人遇到了困难也该帮帮呀。

蔡前进的婚姻很不幸福，当年相亲时条件很高，这个不行那个不中的，到了二十七八才成了婚。媳妇长得很俊，从脸蛋到身材无可挑剔，可把蔡前进乐坏了，觉着自己总算捞着宝了。直到结婚后才知道她好吃懒做，并且作风不好，为闺女时好像还堕过几次胎。生活一下变得无滋无味了，也吵过闹过，好歹混了十几年也没给蔡前进留下一男半女。蔡前进觉得自己命该如此，咬牙认了。可前些日子，自己却突然患了脑溢血，命是保住了，却留下了下半截身子瘫痪的后遗症，每天就靠在轮椅上度日。蔡前进妻子一看自己将面临无尽的劳累，也不再贪恋他的退休金，撒腿跑了。多亏蔡前进的父母还在，每天好歹照料着，比死了也强不到哪里去。

刘美丽走进自己家里时，蔡前进还是和当年她去学校找自己时一样感到意外。蔡前进隐隐觉得刘美丽来者不善，除了奚落和挖苦自己，不会打自己吧？可刘美丽除了说了一大堆安慰自己的话，还说以后他的脏衣服自己会尽量来洗，并且会用轮椅推着他在村子里到处走走，别窝坏了身子。蔡前进和父母都感动得不行。蔡前进擦了把滑到脸颊的泪珠，说："你太善良了，我以前不会说话，伤了你的自尊心，千万别往心里去呀。"刘美丽一笑，说："都多少年的事儿了，提它干吗？"刘美丽推起轮椅，笑着说："走，咱去村里的大街上逛逛，敞亮敞亮。"

街上的人很少，都在田里和大棚里忙活呢。刘美丽干脆推着蔡前进去了村头的柏油路。天稍微有些凉了，路旁的各种植物都以黄叶飘落的形式在向秋天作最后的告别，风起，秋意渐浓。蔡前进感到了一种从未有过的萧瑟，不禁悲从心起。

村里人见了，大都围上来，关心一下蔡前进的身体，问这问那。也有格外关心的，反复叮嘱他要好好保养，多吃饭，少生气。甚至有人要蔡前进别把老婆跑了当回事，自己有退休金再找个女人还不是小菜一碟。蔡前进蜷缩在轮椅上，除了无意识地点下头，一言不语。刘美丽憋不住了，就对那人说："你不操闲心，你的嘴会长燎泡？"

那人被噎得难受，说："你……你个刘美丽，到底谁操闲心呢？真是的！"扭头气呼呼走了。

日子水一般淌过。

我大学就要毕业了，期间，除了春节回来待几天，假期里我也一直在学校勤工俭学，尽量减轻家里的负担。对家乡枝枝节节的了解几乎全是从哥和刘美丽的电话中获知的。侄女卢雪学习不错，就要上高三了。小侄子又长高了。哥哥的良种西瓜也试种成功了。嫂子的秧歌队更红火了。王大头的厂子依旧兴隆。由于小清河上游又有几家厂子排放污水，小清河基本就是臭水沟了。

5

秋收秋种后，我们老卢家出了一件大事，哥当选村委会主任了。这个是我们全家人始料未及的。我们家上翻八辈子也没人知道官是啥滋味，所以，村主任虽不是什么官，但爹和娘还是很知足，觉得自家的祖坟冒了青烟。

当时哥高票当选，乡里监督投票的人员宣读完结果后，哥竟有些懵了。他摆着双手，一个劲儿说他不行。越说不行，人群就越起哄，越鼓掌。几个和哥不错的哥们就笑着大声说：“卢振起，你不行了刘美丽咋每天还美滋滋的呢？你说你咋不行了呢？”

哥窘得不行，正手足无措时，刘美丽几步走到哥的面前，挎着他的胳膊，笑着对哥说：“振起，我觉得你很行呢。”人群里一下笑炸了。哥忙说：“嗯。我行，我行！”

哥的确行，这缘于一件事。

秋忙后，村里的大街上逐渐热闹起来，闲聊的人多了，三人一伙，五人一群。

这天上午，一辆警车开进了村里，在大街上停下后，派出所的老黄下来打听卢振起的家。卢振起？闲聊的人中马上有上前指路的，更有人兴奋得两眼放光，猜测是不是他犯事了？嗯，有可能。别看那小子平时看着老实，可他娶了个大他好几岁的媳妇，也许厌烦了，出去找妞被人举报了。哈哈，过去看看。看她刘美丽是哭还是笑。等老黄开着警车在哥的门前停下，看热闹的人也围了过来。

老黄说：“你们跟着看啥？又没有耍猴的。市里的电视台要来采访他，不知道他的家，我们派出所是来带路的。”

说着，车里下来几个人，有扛着摄像机的，有挂着相机的，还有个很俊的大姑娘拿着话筒。呀！还真是电视台的呢。卢振起有啥好采访的，蔫头蔫脑的一个人，也不是大款，电视台真是吃饱了撑的！哥和刘美丽知道了原因后，似乎也有些意外，但还是热情地把他们让进家里。

看着满脸疑惑的村里人，老黄说：“都回去吧，人家卢振起这些年可做了不少好事，过几天电视上一放大家就都知道了。”

原来，前些日子县里在为南方赈灾的捐款中，哥哥一次捐了5000元，被在场的记者发现后缠着不放总算套出了他的一些信息。稍稍一查，又发现哥这些年还资助着山区里的几个贫困学生。这不，电视台就专门找来了。

这件事情后，村里人对哥的看法有了一百八十度大转弯。都觉得他了不起，给卢村人长大脸了。正巧，新一届村委会换届选举，村里人一合计，就凭哥的善举无私心，一定会带领全村人往好处奔的，就一致投了他的票。

哥新官上任后，一村人都瞅着他的“三把火”呢，可他却和刘美丽在村子周围的沟边湾沿捡起了丢弃的废旧方便袋，这让村里人大为失望。初冬了，小清河上、村周围到处是花花绿绿的方便袋，风一吹，那些挂在枝杈上的就随风招展，像一面面五色的小旗子。方便袋很轻，价格又极低，就连那些拾荒的都绕着走，不愿耽搁工夫。久而久之，塑料袋的污染就成了村里的一景。

看到哥和嫂子很卖力地捡破烂，村里就有人忍不住打听。哥说：“我一个同学在济南的一家大公司当经理，他公司高价收购这种塑料袋，专门制作塑料颗粒，十元钱一斤呢，你们要是感兴趣也捡点儿吧，我可以先代收，到时攒多了公司就来车拉。”大伙听了暗里一合计，这遍地的烂袋子一个人一天很轻松也能捡一二十斤，赚钱不少呢。这年头谁和钱过不去呀。消息一传再传，村里的不少人就加入了拾烂方便袋的队伍中。等哥的大门外堆起了一座“垃圾山”，村子周围连同河面上的方便袋已经干干净净了。看着村里人喜滋滋地点着手里的钞票，哥感到了一种从没有过的欣慰。

进入腊月后，哥门前的“垃圾山”终于要拉走了，来拉货的不是济南大公司的人，却是镇上收废品的范秃子。村人吃惊不小，范秃子可是个刑满释放人员呀，卢振起咋和他勾搭上了？出于好奇，就有三三两两的人凑过来和哥打招呼，想看看到底咋回事。范秃子爱咋呼的性格一点没变，正大着嗓门招呼跟来的装卸工装车。装上车，范秃子握着哥的手，动情地说：“真是谢谢你了，这几年没少让你为我操心，这次再送我这些废品，我……我啥也不说了，只有好好做人吧。”

嗨！这个卢振起，咋这么愿意干好事呢。

看着眼前的村民，哥说：“老少爷们相信我，让我干村主任，我也没啥本事，先把村里村外拾掇干净了，让全村人过个清清爽爽的春节，这也算是我上任后的第一把火吧。”

第一把火？哎哟，好，好呀！有人又问了：“那第二把火、第三把火呢？”

哥笑了笑，把眼睛眯了眯，又一睁。说：“慢慢来。”

6

一到春节，村里的秧歌队就忙了。

大年初一这天，哥一家四口刚给村里的老人拜完年，刘美丽的电话就响了。是村里开超市的卢振福打来的。他和我家论家族稍稍远了点，但平时挺亲。

他说：“嫂子，今年的秧歌第一扭说啥也要先到我的超市来，去年生意兴隆，今年还是图个吉利，热闹热闹。”

刘美丽说：“那不行。你哥说了，过会先让我们去乡上的敬老院扭扭，他现在说话可不是从前了，代表村委呢。”

刘美丽哈哈大笑起来，“从乡里回来，就去你超市前的空场上扭，让村里的老少爷们都看看，高兴就好。”

卢振福说：“那感情好，谢谢嫂子了，中午你们秧歌队的成员我请客，去村头公路旁老于头的‘一家亲’大酒店。”

今年的秧歌队又增添了不少新生力量，一些放假在家的女学生也加了进来。卢雪也加入了。年轻人学起来快，姿势也带劲，给秧歌队注入了一股新活力。大家从乡敬老院回来，意犹未尽，直接到卢振福的超市前扭了起来。几个打鼓打锣的汉子也格外卖力，咚咚咚，锵锵锵，几下就把看热闹的人引了过来。

刚扭了不一会，卢振福就在人群里大声叫起好来。他一双小眼睛眯着，嘴巴乐得快咧到耳朵根子了。卢振福为人豁达，对人也格外热情，这几年，他的超市买卖很好，做得顺风顺水的。他喜欢热闹。过年嘛，门前红红火火一闹腾，一年的好就啥也有了。

刘美丽舞着两只大红绸扇，卖力地扭着，肚皮上的肥肉即使隔着厚毛衣和粉红的表演服也不安分地一颤一颤的。扭着扭着，刘美丽突然双手举扇朝打鼓手做了个“停”的动作。鼓声缓缓停下来，队员们和看热闹的人都知道刘美丽要表演“绝活”了，就是自编自唱，绉个顺口溜，有说唱的味道。她们的秧歌队没啥讲究，怎么热闹怎么来，快乐就行。有时旁边看热闹的爷们被鼓点挑逗得难受，也随手抓一把破蒲扇，或扮个济公的样子，或扮个媒婆的样子，掺和到里面乱扭一通，引得人们哈哈大笑。

果然，刘美丽说唱道：

卢振福大经理
经营超市有一手
客来客往生意好
日子过得赛神仙
赛神仙

今天大家卖力扭
扭出水平扭出汗
肚子饿了不要紧
中午经理请吃饭
请吃饭

刘美丽边说边表演，还故意装出一脸的正经样，把大家逗得笑成了团儿。秧歌队又扭了一阵，刘美丽瞅着大家也真累了，就说：“停下吧。跟着卢大经理先把肚子打发舒服了再说。走，到老于头的‘一家亲’大酒店密西去！”

大伙儿酒足饭饱刚走到街口，被王大头拦下了。他显然喝了酒，脸红红的，耳朵被酒精熏得朝外支棱着，显得脑袋更大了。他冲刘美丽说：“刘队长，我想让你们的秧歌队也到我厂子里扭，怎么样？”刘美丽还没开口，他又说：“你不会因为以前的一些小事不去吧？人家卢经理请你们吃饭，我王厂长给你们报酬，随便要，只要我高兴。”说完，两只胳膊抱在胸前，一脸傲气地看着刘美丽。

刘美丽一笑，说：“好呀。我们巴结还来不及呢。”

这时，就有几个队员闹起了情绪，对王大头说：“不去，就凭你那德行，就是给个金山也不去！扭给你看，没劲更没心情！”

刘美丽又一笑，说：“有钱能使鬼推磨，何况我们是人呢。走呀，给王厂长扭秧歌去！”

见队长这么爽快，几个反对的嘴里嘟嘟哝哝地也跟着去了。

和上午一样，鼓声一响，村里人又被引来不少。刘美丽说：“王厂长，咱今天不扭秧歌，换成城里最流行的广场舞蹈怎么样？锣鼓也换成流行歌曲伴舞，保证让你高兴，就是报酬高点，一般人请还不给他跳呢。”

王大头说：“太好了，我到城里去就喜欢看那里的娘们跳广场舞，今天也瞅瞅咱村娘们的水平。啥叫报酬高点儿？你看我像个缺钱的吗？哈哈。”

刘美丽让卢雪回家拿录音机和带子的空里，王大头坐在椅子上眯着眼想了很多。想着想着，在心里嘿嘿笑了：好你个“大提包”，你也喜欢钱呀。这次我让你乖乖地听我摆布，耍死你个臭娘们！

音乐起，队员们摆好阵势跳了起来。果然，比秧歌带劲多了，大方又不失婉约，有激情更有活力，人群里一片掌声。一曲《春到农家》跳完，刘美丽就到王大头跟前，一伸手，说给一千。王大头没含糊，从兜里掏出一千就给了。又一曲《喜上眉梢》跳完，刘美丽又到王大头跟前，伸手说“两千”，王大头又给了。再一曲《步步登高》跳完，刘美丽又到王大头跟前，伸手说“三千”，王大头迟疑了一下，又给了。第四曲《今儿个真高兴》刚跳完，王大头就坐不住了，想溜。刘美丽一把拉住他，把他按在椅子上，说唱道：

王厂长大人物

多年不光热心肠

金钱更是花不完
一千两千不算啥
不要他也给四千
给四千

人群里又一片叫好的。刘美丽伸着手，笑呵呵地看着王大头。王大头用手不停地挠着脑袋，快把头皮挠出血水时，才掏出四千元拍在了刘美丽的手里。王大头说："这个……这个舞今天就跳到这里吧，我还有事，改天再跳吧。"

刘美丽说："王厂长，今天可是大年初一，就是玩的日子呀。大伙儿正跳得带劲，你总不能扫了大伙儿的兴吧？"王大头一时卡了壳，嘴唇动了几动也没说出声。刘美丽又冲大伙儿说："音乐响起了，劲头再足点儿，跳第五曲《春风沉醉的下午》。"

这次跳完，王大头说啥也不掏钱了。刘美丽还是伸着手，眼睛直直地盯着他。王大头最终耷拉了眼皮，说："刘美丽，咱乡里乡亲的，你可不要逼我呀。"刘美丽大声说："老少爷们都看着呢，谁逼你了？你个大厂长说话可要算数呀！"

王大头擦了下额头，说："你也太……太狠了，总不能靠跳舞发财吧？"

刘美丽脖子一扬，继续朝王大头伸着手。说唱道：

王厂长大人物
绝对不是小气人
说了跳舞有报酬
保证不要他也给
万儿八千算啥钱

小费他也给五千

给五千

围观的人笑得眼泪都出来了，没想到大字不识几斗的刘美丽竟有这号本事。王大头这次彻底服了，随着酒意渐醒，两只支棱着的大耳朵也失去了斗志，软软地贴在了脑袋上。王大头不掏钱，刘美丽和秧歌队也不走，看热闹的更不走。“咚咚咚，锵锵锵”，锣鼓声骤然响起，一下子让凝结了的气氛又活跃起来。

王大头的老婆气呼呼地走过来，把一叠钱扔给刘美丽，就去拽王大头。王大头赖在椅子上不想走，他怎么也弄不明白今天是怎么了。老婆说：“快走吧！还嫌没丢够人呀？”可王大头想走时，却发现院子几乎被看热闹的人围了个水泄不通。他双手使劲拨拉着人群，边恨恨地对刘美丽说：“刘美丽，算你有种！咱走着瞧！”

7

这个春节刘美丽过得格外开心。一是轻轻松松就得了王大头一万五千元，给了这个“老茬子头”一个不软不硬的下马威，再就是热热闹闹扭了一正月秧歌，过足了瘾。

眼瞅着树上的枝条变绿了，又窜出鹅黄色的小叶子，春天实实在在地到了。

这天，哥在村大喇叭里说让村里的劳力都到村委会门口集合，还说家家有好事。大伙去时才发现，门口停了好几辆大卡车，上面全是绿化苗木，有大棵的玉兰、雪松，也有小棵的冬青、黄杨等。见大伙一脸的不解，哥说：“今天咱们再合伙干一件利在千秋的事儿。我从县苗木公司订购了一批绿化苗木，咱们把村里村外的闲置地和小清河岸边都栽上，搞得美美的像个大公园。”

有人忍不住问：“你说家家有好事，就是满村里栽上这些树？也太糊弄人了吧！”哥哈哈一笑，说：“当然了，好事大了。村子美了，外村的大姑娘就争着抢咱村的小伙了。说不定外地的大老板见咱村环境优美也要来投资办厂，到时你们不出村就能上班挣城里人一样的工资呢。关键是这批苗木栽上永远是村集体的，每个村民都有一份，谁也不能私自占有了。”

正说着，刘美丽推着蔡前进也来了。刘美丽说：“这批苗木的钱一部分是我家卢振起出的，一部分是王大头出的。”

“王大头？不会吧？他要舍得为村里花钱那不是太阳从西边出来了？”

刘美丽两条大胳膊一挥，又说：“这钱是王大头的不假，可是我们秧歌队赚的呢。他把村子污染了，就让他出钱再美化吧。今天这树栽上，就是大家共有的了。我把蔡前进老师推来，就是让他在这里看着，他虽干不了，可也有他的一份。”

话刚说完，就赢来了村民的一片欢呼。蔡前进挺激动，说：“刘美丽啥也没忘了我，可……可我却……”说着说着，就哽咽了。

几卡车苗木栽完，村子就大变了样。错落有致的苗木搭配着别出心裁的绿化图案，到处绿油油的，一片盎然的生机。村民们脸上漾着笑，夸张地用鼻子嗅了又嗅，连声说：

“新鲜新鲜，这空气真是新鲜呀！”

看着大伙高兴，哥也高兴。他说：“我上任后的第一把火让咱村的垃圾不见了，第二把火就是今天这事，让咱村像个公园了。对了，村里马上要添置一些垃圾箱，以后谁家的垃圾也不能到处乱倒了。大家只有把村子当成自己的家，悉心呵护，村子才更美，才能真正成为一个绿色环保的家园。”

有人又大声嚷起来：“那第三把火呢？”

哥微微一笑，说：“实不相瞒，我这几年花费了大量时间在实验一种无公害无籽西瓜，皮薄超甜，已经成功了，并和北京、上海等几家大超市正在洽谈供货的事宜。从今天起，我的西瓜种植经验和销售渠道都无偿提供给大家，我们一起致富。这就是我的第三把火。当然，以后我们互相帮衬着，还会有更多的火烧起来。”

8

后来，王大头的厂子里来了一些穿制服的人，把他的厂子封了，限期让他改造。一是污水的排放，再一个是带着异味的浓烟。这两个问题解决不了，那就只有关了。据说，是哥代表村委会写了一份关于王大头工厂污染情况的反映材料，刘美丽带头在上面签名摁了手印，村民们纷纷效仿，才有了今天的结果。再后来，小清河上游那几家排放污水的厂子也停了。

我再次接到哥的电话是在夏季，天已经很热了。哥兴奋地说：“现在村里不光成立了瓜菜合作社，有一家专做脱水蔬菜的跨国大公司也准备在咱村落户了。另外咱村联合周围几个村子万亩蔬菜的种植框架也调整好了。你毕业后就回家乡吧，会大有作为的。”

放下电话，我眼前浮现出了万亩蔬菜的绿色海洋，徜徉其中，我立刻沉醉在菜叶的馨香里。小清河又恢复了往日的清澈，潺潺而流。岸边绿树成荫，小鸟啾啾……

家乡，你真的会大有作为！

一家亲

1

彭小花和牛伟的第一次是在她的新房里进行的。说是新房，其实说洞房更确切些。彭小花结婚还不到一个月，宽大的屋子里摆满了崭新的家具和电器，洞房里更不例外，崭新的雕花木床，崭新的被褥，就连门窗也新上了两遍清漆，整个房间里氤氲着一股特别清新的味道。在这样的环境里，孤男寡女独处一室应该是有故事发生的，可牛伟除了对彭小花咧嘴笑，竟紧张得不知如何是好了。彭小花不光人长得漂亮，对男女间的事儿似乎也很通晓，她笑着朝牛伟说了句“看你个傻样”，就一头扎进了他的怀里。她双眼微眯，斜睨着牛伟。不一会，彭小花就被牛伟的双臂箍紧了，紧得有些窒息，她还听到了牛伟“呼哧呼哧”的喘息声。她心里笑了一声，对牛伟挤了下眼，示意到床上去。

彭小花模样好，没想到光了身子的样子更美，说她的皮肤白如凝脂一点也不为过。那极富曲线的身材，简直把牛伟看呆了。他做梦也没想到，这样精美的尤物竟然送到了自己手中，且没费一点心思。彭小花平躺在床上，胳膊抱在胸前，两条腿微微并着，小腹平坦光滑，那极具诱惑的三角地带朦朦胧胧，充满了万分的神秘。牛伟使劲咽了口唾沫，忍不住抬头看了眼窗外，阳光很足，透过树隙照到玻璃上，给房间撒了一地斑驳的光点。窗户关得很严，但窗帘却有意无意地遮了一半，院子里的一草一木，甚至邻居墙头上打架的麻雀都看得一清二楚。牛伟觉得有点那个，要让人看见了多不好意思呀。可刚把手搭上窗帘，就被彭小花娇嗔地喊住了："不能拉上！我就喜欢亮堂堂的干事。你怕啥？"

牛伟愣了一下，搭上窗帘的手又撤了回来。他坐在床沿上，一脸讨好地看着彭小花，手却下意识地抚摸起她一双好看的耳朵。白，用晶莹形容也不为过。牛伟边摸耳朵边一个劲地瞅她赤条条的身子，显得有所顾忌。

"咱俩是有约在先的！胆小鬼！"彭小花说得慢，但几乎是从牙缝里一个字一个字挤出来的，也就有了钝感，粗粗地戳进牛伟的耳朵。

牛伟恍然大悟。是呀，有约在先，我怕个逑呀！他一下放松了许多，也亢奋了许多，三两下就拽光了衣服，朝彭小花狠狠压了下去。

其实，牛伟认识彭小花的日子很短，细想起来，也就从她的婚礼上开始的。

那天，牛伟和媳妇还有四岁的儿子一起去贺喜。新娘盖头揭开的那刻，彭小花的美貌让所有在场的人都赞叹不已。瓜子脸，细眉明目，特别是那小嘴，红红的，像一朵待放的玫瑰。身材高挑，在洁白的婚纱映衬下更显婀娜。再看新郎，就不免寒碜多了，个子不高，也不英俊，还是个残疾人。他的双腿根本就不能站直，一走路身子就歪歪斜斜，双手挓挲着，有点“手舞足蹈”的样子。新郎叫卢振家，上身穿一件西装，也许身子过于瘦小，显得大了些，白衬衣扎在裤腰里，脖子上系一条红色领带，好看但不精神。他在婚礼现场弓着腰，一直努力地扶着一把高背椅子，让身体尽量平衡着。

婚礼进行中，主持人说新郎长得英俊潇洒、风流倜傥时，卢振家竟嘴巴一咧，笑了，还点了点头，那意思表示认可。围观的人“轰”一下笑起来，巴掌都拍红了。牛伟也想笑，但忍住了。他望着卢振家猥琐的样子，心想这主持人也太糊弄人，除了换个人名，婚礼上说来说去就老一套词呀。可这新郎官，说得也太离谱了，这不是朝着矬子夸高嘛，再笨的人也听着不舒服。可又一想，人家踩百家门，赚百家钱，干的就是满嘴说好的营生，也没有错呀，心便释然。周围的人一直在不停地嘁嘁喳喳，声音尽管不大，还是钻进了牛伟的耳朵。无非是新郎新娘太不般配了，那么漂亮的一个姑娘怎么会看上一个残疾人呢？肯定是图卢家财产的，等等。牛伟觉得也是，这个彭小花和卢振家的差距也太大了，说一个是天鹅，一个是癞蛤蟆，一点也不为过。可他们结合肯定有结合的道理，说不定情人眼里出西施，对上眼了。

此时，卢振家的母亲张美花坐在高堂之上，静静地看着儿子儿媳的大婚之礼。她面带微笑，配合着主持人的理由，从口袋里掏着一个一个红包，再递给一脸喜气的儿媳彭小花。除了儿子儿媳，张美花今天也是这个场面中的主角，她被院子里满满当当看热闹的人包围着，有些拘谨，黑白相间的头发让她看上去略显苍老。终于看着一对新人拜了天地，卢振家歪歪扭扭扶着媳妇入了洞房，张美花才站到院子一边的石榴树旁舒了口气。

目送着彭小花的背影，牛伟的心里竟也有了一股莫名的酸涩和幸福。

牛伟之所以酸涩是觉得这么漂亮的姑娘嫁了这么一个男人，真是一朵鲜花插在了牛粪上。要说幸福呢，就稍稍扯远了一点，新郎毕竟是自己的小舅子，长得再不好，能娶一个如花似玉的媳妇当然不是坏事。作为姐夫，一个大家庭的一员，有点幸福感也是正常的。

2

卢振家的爸爸兄弟仨，在家排行老三。当年爷爷大字不识一筐，起名也就简单了些，一二三顺溜排下来，卢振家的爸爸就得了卢三的大号。卢三没上多少学，但头脑灵活，改革开放初期天南海北地出去溜达了一趟，回来就搞起了罐头厂。那时候罐头很走俏，是一般家庭的奢侈品，更是逢年过节串门子的最佳礼品。卢三搞的是水果罐头，并且专门做山楂的。那时，本县西南山乡里漫山遍野都是山楂树，每到秋收季节，红红的山楂缀满枝头，挺喜人。有喜就有忧，山楂是多了，但销路却不好，价格就非常便宜。卢三正是看准了这个契机，一个小家庭作坊式的罐头厂没几年就发了。卢三西装革履，头发弄得锃亮，成了卢村历史上第一个真正的万元户。

卢三那时已经结婚，媳妇是邻村的，叫张美花，两人有一个五岁的女儿，小日子很是滋润。卢三罐头厂蒸蒸日上的时候，张美花的肚子又皮球般鼓了起来。每天张美花挺着肚子在人前走来走去时，总有村里的女人上前搭话，闲扯没几句，就一脸媚笑地说："你可真有福，这次怀的是个大胖小子。"

张美花一笑，反问："你咋知道的？"

"这还用说吗？你家里什么都顺风顺水的，你长得又这么富态，不怀个男孩老天爷那里都说不过去。"

"嗯，嗯。"张美花答应着，算是默认了。她知道村里的人都在恭维她，说好听的话。

其实，张美花私下里找邻村的一个接生婆给看了两次，也说是男孩。那接生婆经验丰富，虽然隔着一层肚皮，据说在识别男孩女孩上从没失过手。张美花每次给她放下礼品，再塞给她十元钱时，她都会笑眯眯地拍着胸脯打包票："放心吧，如果不是男孩，我就瞎活了这七十岁。"卢三两口子很高兴，觉得有个男孩才算是真正的"事业有成"，自己的家业也好有人继承。可孩子落地的一刹那，两口子傻眼了，是个女孩。从乡医院出来，卢三顾不得找接生婆理论，把老婆孩子直接送岳父家去了。这样做，卢三有自己的打算，主要想避开村里人的耳目。

此时，计划生育的浪潮在全国正汹涌推进着，国家赋予自己和老婆的二胎使命已经完成，要想再生个男孩，势比登天。自己有钱不怕罚款，但罚款的前提是孩子要生下来，怎么生？在家生是绝对不可能，乡计划生育的工作人员会强制流产甚至结扎。如果出去生，只有远走他乡，受尽磨难不说，自己的罐头厂就会关门，甚至会被工作组强行扒掉。儿子和厂子都很重要，但必须选一个。

这个问题把卢三两口子折腾得日夜不安，最后和岳父一家人反复商议，终于想出了一个万全之策，把孩子偷偷送人。卢三红着眼，对一旁默默流泪的妻子说：“也只有这样了，送个可靠的人家，穷点富点没关系，关键要对孩子好。到时，我到医院找熟人开张证明，就说孩子有病夭折了，咱再光明正大地生二胎。”

说肚子里的孩子突然夭折了，很多人是持怀疑态度的，一时间村里风言风语，朝乡里打小报告的也有，但毕竟是怀疑，也没啥可靠的证据。卢三有钱，在十里八村也算是个响当当的人物，他没费多大劲儿，就摆平了乡计划生育工作组和乡卫生院的主要领导，二胎的事儿回归正常。卢三下一步要做的，就剩下和张美花心平气和地造儿子了。

说话间，五六年的光景就过去了，卢三和张美花的“造儿”计划还是没能实现。期间，卢村的人和事儿也发生了不大不小的一些变化。先是卢三的罐头厂效益日渐下滑，濒临倒闭，究其原因大半是周边近几年新建了多家罐头厂，并且清一色的山楂罐头，这样山楂的价格无形中涨了不少，成本高了。再者，南方的一些新鲜水果渐渐进入北方市场，任何水果罐头都受到了冲击，销路大不如前。越这样，各家罐头厂越较着劲儿地降价，到最后连利润也没了。

厂子完了，卢三也没觉得怎样，毕竟腰包里多少还攒了一些。真正让他焦躁不安的是身边的不少人都抱上了儿子，特别是一起光腚长大的卢钩子、郭抽风的儿子竟然上小学五年级了。好饭不怕晚，儿子也不在大小，关键是几年间张美花数次流产，且在一次偶然中淋过大雨，身体一直虚着，月经也没了。张美花曾多次怀孕，可查来查去都是女儿，每次都是卢三让她流产了，终于把身子糟蹋了。这倒好，想再要个女儿也没机会了。

说归说，没有儿子卢三是不甘心的。他问张美花："咱也打听着抱个儿子吧？"

"谁家送儿子啊？除非大姑娘养的。"张美花脑袋摇了又摇。

"会有的，咱多托付几个人给打听着，抱个总比没有强。家里也没多少事，你就去娘家住着吧，尽量避开村里人的眼，到时抱养的孩子有了着落，就说咱自己生的。"卢三说得轻巧，但张美花知道他心里的沉重，点了点头。

还别说，转过年来的春天，院子里的桃花刚要绽蕾，卢三的儿子就来了。

一大早，卢三两口子就被人领着偷偷来到邻村黄老大的家中。黄老大因为贫穷，近五十岁时才娶了外地的一个独眼姑娘，姑娘不光独眼腿也不方便，走路一瘸一拐，身子更是夸张地前倾后仰。走路虽然不好看，但她年轻，浑身洋溢着一股青春的活力，晚上总引逗得黄老大对她频频发力。一年后女儿落地，活泼好动，很是喜人。女儿的出生让黄老大激动不已，毕竟当爹了，但生活的压力也明显大了。谁知不到一年，老婆又怀孕了，黄老大喜忧参半，心想反正一个也是养，两个也是养，趁着自己还不是太老，生就生吧。没想到，孩子落地时竟是一对双胞胎——男孩。

这下，黄老大真是傻眼了，不用说两个儿子大了要盖房娶媳妇，就是供两个儿子上学，自己怕也很难做到。愁急了，黄老大就和老婆商量着送一个，老婆望着炕头上裹在小棉被里的两个孩子，虽有点不舍，但的确无力抚养，就答应了。这不，短短几天，操持这事的"好心人"就把卢三两口子领到黄老大家碰了头。

望着棉被里两个熟睡的孩子，卢三对黄老大说："咱也不多说啥了，都在肚里装着呢。你的孩子就是我的孩子，你放心，绝对是我亲生的，这些事希望咱在场的都把嘴闭紧了，尽量不要给孩子添烦恼。"

黄老大抹了抹眼角，说："中。孩子跟了你是享福呢。"顿了顿，他又指着孩子说，"这个胖点的是老大，早出生十分钟呢，俺留下，小的你抱走吧。"

就在张美花弯腰抱孩子时，黄老大的老婆突然哭了，咿咿呀呀的，声不大，但仅有的一只眼睛瞬间就被泪水弄得湿莹莹的。

卢三从怀里掏出一叠钱，塞到黄老大老婆的手里，说："这是五千块，就当你怀孩子时的营养费。你放心，这孩子我待他比亲生的还亲。"

黄老大站在一旁，两眼盯着老婆手里的钱，用手不停地摩挲着后脑勺，说不出是高兴还是悲伤，嘴里一个劲儿地说："你看，你看，这不成了卖孩子了吗？"

3

吃过晚饭，村里和卢振家差不多大的几个年轻人还有左邻右舍的老婆孩子，像约好了一样，三三两两朝卢振家的院子涌来。年轻人是奔着闹洞房来的，老婆孩子就在一边起哄看热闹。也许是故意营造洞房的气氛，洞房里的灯光很暗，灯泡上罩着一块巴掌大的红纸，四边用剪刀裁成了锯齿样的小花边，很雅致。桌面上是一盏台灯，也叫"长明灯"，按当地风俗从新娘入洞房就要点燃，一直到第二天新郎新娘起床后才可吹灭，寓意爱情之火长长久久。此时正静静地散着橘黄色的光，柔柔的，暖暖的，让整个洞房都笼罩在一种祥和的气氛中。新娘彭小花在灯光的包裹中更加的娇美动人，她大方地和走进洞房的大人孩子打着招呼，卢振家则坐在一旁的沙发上乐呵呵地整理着脖子上的红领带。

进来的年轻人显然是为闹房而来的，一人嘴上叼着一支烟，却执意让新娘给点火，彭小花刚把火机打着，却被几个年轻人用烟硬生生地戳灭了，如此点了多次也没成功。彭小花脸涨得通红，说："看来几位哥哥今晚没有抽烟的福分了，我给你们拿糖果吃吧。"刚要挪步，就被年轻人拦住了："什么哥哥，我们可都比卢振家小，你是俺们的嫂子呢，这大喜之夜，你是不是想'坐飞机'了？"年轻人的话音刚落，就得到了一旁看热闹的老婆孩子们的一致响应。

"坐飞机"是当地闹洞房时的一种手段，可以是新郎也可以是新娘，被闹房的人拽着胳膊和大腿，一个劲儿地向天空抛，落下来再抛，那感觉头晕目眩心脏像要被拽出来，难受极了。彭小花当然知道"坐飞机"的厉害，扭头想往洞房外溜，可房门早被人堵死了，正束手无策时就被几个年轻人拽住了胳膊腿，一声喊，她的身体就轻飘飘离了床面两米多。彭小花的尖叫并没有阻止几个年轻人的动作，卢振家心疼了，费了好大劲儿才扶着拐杖站起来，刚要制止，竟也被闹房的抬到了喜床上，皮带也被抽掉了。他腿残疾，但胳膊却有力气，嘴也好使，此时他除了双手死死地拽着自己的裤腰，嘴里不住地嚷着"别胡来，别胡来"，是一点办法也没有了。

洞房里瞬间热闹起来，笑的、叫的，乱成了一团儿。这当口儿房间里的灯泡也不知被哪个调皮鬼关灭了，只剩了桌上的台灯努力地散着那点微光，影影绰绰的。这时，张美花推门闯了进来，并随手按了下房间门口的开关，房间里霎时亮了起来。此时的卢振家已经滑到了床下，肥大的西服包裹了他的半个脑袋，说不出是乐还是悲，五官都挪了位。更难堪的当然是彭小花，此时“飞机”已经着陆了，她四仰八叉地躺在床上，几个年轻人乱糟糟地压在上面，不可思议地是，她的水红色的上衣纽扣脱了两个，一个流里流气的家伙的两只手就按在她鼓胀的乳房上。

张美花黑着脸，干咳了两声，说天不早了，大家累了一天都回去睡觉吧。其实，天还早，按当地的风俗闹房还早呢，但大家都听出了张美花下的“逐客令”。年龄稍微大些的妇女当然看出这洞房闹得出格了些，虽然不是自己的错，但再赖在这里张美花说不定会说难听的话，就领着孩子一窝蜂走了。几个想借机揩油的年轻人也瞬间不见了踪影。

彭小花起身整了整衣服，没说话，径直去了院子里的厕所。张美花走到床前，弯腰抱着卢振家的后背才把他弄起来，扶他在床上坐好，又用手轻轻掸着他肩头上的尘土。张美花没吭声，绷着脸，眼窝悄悄湿了。卢振家看了看母亲，嘴张了几下又闭上了。

洞房里静下来，却氤氲着一种说不上来的味道。这味道让张美花烦躁不安，她顺手打开了窗子。

等彭小花从厕所回来，卢振家的二姐已经做好了两碗热气腾腾的荷包蛋。她笑着对彭小花说：“洗把手，趁热吃了垫垫饥吧，也累一天了。”听到彭小花“嗯”了一声，她又对卢振家说："你也去洗把手，和你媳妇一块吃吧。"

看着儿子儿媳面对面抵着头吃着荷包蛋，张美花心里多了一丝欣慰，心又暖了起来。大女儿大学毕业后跟着心仪的男同学到广州一起打拼，结婚好几年了，由于工作压力大，连个孩子也不敢要。弟弟结婚，好歹请了两天假，上午婚礼结束草草吃了点饭就急着回去了。二女儿卢新嫁在了邻村，来往方便，这些天和丈夫牛伟一直在这里忙里忙外，好在弟弟的婚礼结束了，也该喘口气了。卢新个小儿，但长得紧衬，模样好看，干活更是麻利。看着儿子在丈夫的怀里睡着了，对母亲和弟媳彭小花嘱咐了几句早休息的话，就和丈夫回去了。

一碗荷包蛋下肚，卢振家的精神头又提了起来，歪在沙发上看起了电视。母亲说："都什么时候了，累不累？快和你媳妇回房休息吧。"等儿子儿媳重入洞房，房门也反锁了，张美花才收拾了碗筷，回到自己的房间躺下来。儿子娶媳妇是件大事，从筹备婚礼开始，自己家族里的人和左邻右舍就都来帮忙，这五六天里大大小小的事儿也不知干了多少件。自己就瞪眼瞅着，除了掏钱就是拍板婚礼上的一些事儿，怎么也浑身酸疼，那么累呢？可这会儿，她却怎么也睡不着，翻来覆去想很多事。想自己和卢三过日子时的种种酸甜，想自己是怎么独自抚养残疾儿子的，想自己一个寡妇是怎样苦撑着这个家的，能熬到儿子成家了，不容易啊。唉！你个短命的卢三啊，这些年你去享福了，把我可害惨了。想着想着，张美花的心里就涌起了无边的苦水。

天刚亮，张美花就起床了，她要给儿子准备去岳父家的一应礼物。按当地风俗，新媳妇这天要和新郎官回娘家，叫"回门"，由娘家兄弟来接，以示尊重。到岳父家后，要带着礼物挨家拜访血脉较近的族人，叫“认亲”。张美花刚在客厅站好，就瞅见了睡在沙发上的儿子。卢振家穿着衣服，面朝外，蜷缩在沙发上，哈喇子濡湿了西装的半截领子。张美花心里一紧，忙走到近前喊：“振家，振家，你怎么睡这儿了？”卢振家睁开眼，有点不好意思地说：“房间里……房间里太热，就睡这里了。”

4 σ

黄老大的儿子来到卢家的第二天，卢三就村里乡里跑了个遍，一桌酒席下来，孩子户口的事儿就基本搞定了。他给儿子取名卢振家，振兴家业的意思，小名振振。卢三有儿子的消息在卢村动静不小，都觉得突然，猜测抱养的更不在少数。有好事的爷们或娘们见了就问：“卢三，没见你老婆肚子大，怎么就一下生出儿子了？你小子能耐啊。”

卢三说：“我老婆肚子大，还和你说啊？你娘生你时我也没看见她肚子大啊。”一句话，把问的人噎得死死的，以后谁也不敢多问了。

儿子的到来，让卢三重新精神焕发，他觉得心里有了底气，应该再大干一场了。他背着包坐车去了好几个省份，想看看还能不能找到当年做罐头时的商机。从山东西南的菏泽到江苏再到上海，又从上海辗转回到了山东东部的招远。招远这地方盛产苹果，当年自己除了做山楂罐头也做过苹果罐头，苹果就是从招远买来的。

卢三对这地方有感情，熟人也多，就找到了当年自己买过苹果的种植大户。谁知他早不种苹果了，办起了工厂，专门锻打钢球，供应当地正在崛起的金矿。朋友说，这地方新开了好多家金矿，淘金设备中安装着一种钢球，挤压矿石，时间不长就要更换一批，需求量大，自己通过朋友关系才上了这个项目，现在雇着五六个工人不停地干，还是供不上货。卢三在车间看了一阵儿，觉得没啥含金量，就央求朋友帮帮自己也锻打钢球。看着朋友有点为难，就说我把厂子干起来，就权当你的一个分厂，所有产品由你统一供应金矿，到时你从货款里提成就行。这倒是一个不错的办法，朋友答应了。

自此，卢三再一次成了卢村的能人，雇佣的工人从几个到了十几个，工具也从简易的大铁锤变成了空气锤，“咚咚咚咚”的锻打声日益响亮。

俗话说：好事难成双。卢三的厂子红红火火了，儿子这边却出了问题。人家的孩子一年左右就能走路了，可振振都一年多了连站都不稳。张美花说，有的孩子走路早，有的晚，咱振振应该是属于走路晚。可两年过去了，振振还是不会走，大人扶着好歹站好，一撒手，“扑通”就倒了。这下卢三觉得不对劲，就带孩子去县里的医院看。医生拍片看了，又问家史，问家里上下几辈人中有没有类似瘫痪的。卢三只好实话实说，把孩子生母的事儿说了。医生说：“这孩子应该与遗传有关，属于先天性婴儿瘫。没有好的办法，营养跟上，大了借助拐杖啥的也许能走，但劳动能力基本没有了。”卢三和张美花听了，一下就呆了，只觉得脑袋“嗡嗡”作响。卢三不死心，有空就带着振振去外地的医院治疗，中医西医看了个遍也没结果。

振振六岁那年，卢三的厂子已经在十里八乡很有名气了。那时，他早已脱离了给招远朋友代加工的关系，自己单独和一些金矿以及其他地方的水泥厂签了合同供钢球。

那天卢三值夜班，一早起来去开厂子大门，竟见一个女人和一个孩子在门口的石板上坐着。女人衣衫不整，一只眼枯着，看上去有些面熟。卢三正琢磨着是谁，女人却站了起来，一迈步竟是瘸子，身子也有些夸张地前仰后合。卢三一下想起来了，这不是黄老大的媳妇吗？她怎么来了？

还没开口，女人说话了："你是振振的爸爸吧？还是老样子，我一眼就认出你来了。我是黄老大的老婆，想来跟你借点钱花。"女人腿脚不好，但说话嘎巴脆。

卢三有点不高兴，说为什么？

女人说："黄老大得病死了，这个孩子又不会走路，我实在没办法了。"她边说边指了指一脸鼻涕的孩子。

卢三盯着孩子看了一会，这孩子的鼻眼和振振简直是一模一样，只是面容枯黄干瘦。孩子坐在石板上，有点害怕地看着卢三，他想爬起来找妈妈，但撅腚扭身子地努力了很多次，也无济于事。

卢三一下想起了振振，忽然憋了很久的一股怨气涌了上来。他朝女人说："都是你的错，生了这么俩孩子，孩子不幸，大人也被你害惨了！"他死死地盯着女人，眼里的怒火恨不得烧死她。女人似乎没有注意到卢三的表情，只顾自己说话："你就行行好吧，俺孤儿寡母实在没法了，看在振振的面上就借给一些吧。振振是个好孩子，没事我就偷偷去你家门口看他几眼呢……"

本来卢三看女人和孩子可怜，想帮一把的，却听她说常去偷着看孩子，可把卢三气坏了。要是村里人知道了振振是一个独眼瘫巴女人的儿子，自己的脸面该放哪儿呢？他气呼呼地从口袋里摸出五百块钱扔给她，说："你走吧，以后别让我看见你，你也不能再来看孩子。另外你的嘴要把严了，要是在外面乱说，我就把振振再给你送回去！让你看个够！"

看着女人抱着孩子一瘸一拐地走远了，卢三在心里狠狠地骂了句混蛋。街上的人渐渐多起来，厂里的工人也陆续上班了。卢三亲眼看到了振振的双胞胎哥哥的样子，心里也彻底相信了振振确系遗传，根本无法根治。

唉！命里没有别强求。微风吹来，他打了个寒战。

振振八岁那年，总算能歪歪扭扭走路了，样子难看也费劲。尽管如此，卢三和张美花还是很高兴，虽然振振从娘胎里带来的残疾让他们猝不及防，身心疲惫，很多时候也曾有过把孩子再送回去的想法，但总算熬过来了。能走就是希望，况且这孩子说话没有障碍，随他亲妈的"嘎巴脆"。卢三和张美花都觉得这是命，是上天冥冥中早就安排好的，谁也改变不了。孩子身体不好，但自己的厂子效益好，好好赚钱，给孩子在物质上尽可能地补偿一下吧。想到这，卢三和张美花心里也就欣慰了。接下来的日子，振振上学了，来回接送，生活中也比人家的孩子多操了不少心。不管怎样，只要孩子能识字，加减乘除也掌握了，到社会上不做"睁眼瞎"就谢天谢地了。

这年，卢三家迎来了两件大事。

先是春天自己生下来不足月就送人的二女儿回来了。

那天是中午，张美花刚接振振回家吃饭，饭菜摆好了，卢三酒杯里的酒刚好倒满，就来了一个女孩。女孩十四五岁的样子，瘦弱，穿着也很俭朴，进屋就给卢三和张美花跪下了。一声"爸妈"喊完，泪就满了脸颊。卢三和张美花吃惊不小，还没明白过来，女孩就说："我是你们不要的闺女，送给秦家庄的秦世普了，这点没错吧？"听完，卢三和张美花呆了，这女孩说的一点也不错，难道真是自己的亲生女儿？这桩尘封了十五年的事儿，虽然对外人从没提起过，但卢三两口子何时忘记过啊，这疤一旦揭开，顿时鲜血淋漓。

顾不得多问，三个人抱头痛哭。振振也被眼前的情景弄懵了，跟着哭起来。哭罢，女孩说，她今年十五岁了，现在的名字叫秦妮儿，初中没毕业就辍学了，在镇上的一家农机配件厂上班。她还说，自己上小学时就知道是抱养的了，再大一点从村里很多人的嘴里就知道了自己是卢村卢三的女儿，一直想来认，没敢。这些年都不想活了。

卢三大惊，说："难道你养父母对你不好？"

秦妮儿不说话。

卢三又说："秦家庄离这儿十几里地，很近，我和你妈没少偷着打听，也多次问过当年给牵线的人，都说你养父母虽然年龄大，但厚道，对你不错的。我们就没敢去认你，怕他们伤心。本想等你的养父母百年之后，我们再和你相认的。"

此时的张美花又哭成了一团，她搂着秦妮儿说："你是妈身上掉下来的一块肉，能不管你吗？只是你那父母也不容易啊。"

秦妮儿淡淡地说："他们有啥不容易？不就是死了儿子吗？就剩我一个孩子了，日子还是过不好，在秦家庄算是最穷的了。我从小吃的喝的还有穿的，和人家的孩子比差远了。我学习是不好，但也不能不让我上学了吧……"秦妮儿说着，话里都是怨恨。

秦世普的儿子死时快二十岁了，好几年了，听说是得了不好的病。这事第一时间牵线人就告诉过卢三，卢三还让他给捎去了一千元丧礼。后知道秦世普夫妻受不了失子打击，身体非常不好，再后来的事儿就不清楚了。

卢三叹了口气，说："他们肯定有自己的难处，这个你要理解。你这闺女我和你妈认了，但咱不声张，你该怎么上班怎么上班，以后你养父母还需要你好好孝敬呢，实在有困难，我们会暗暗帮衬着你。希望你理解当年我和你妈的无奈，我们也实在没办法啊。唉，其实都是我不好，我脑袋犯浑啊。"

没想到秦妮儿却说："我不怨你们，现在回到家也不晚。"

吃过饭，好说歹说，秦妮儿总算走了。推着自行车走了不远，张美花却又撵了过去，低声说："镇子离卢村很近，下班了没事要多来啊，你姐在外省上大学，一年就暑假和寒假回来，我和你爸想闺女都快想死了。"

以后的日子里，秦妮儿隔三岔五就来卢三家，有时候晚上也住下，对自己养父母就说厂里加夜班。终于有一天，秦妮儿的养母找上门来了。进门刚好碰到秦妮儿在，她一把拉住女儿的手，哭了。秦妮儿没说话，狠狠地瞪了母亲一眼，想甩手走开，可她的手被母亲攥得很紧，就吼道："放开我！"

秦妮儿的养母只好慢慢松了手，抽泣着说："你这孩子，咋还这么任性呢。"

张美花忙上前把秦妮儿的养母扶到沙发上坐好，说："这孩子太不懂事了，都是你从小娇惯的。大姐，你受累了。"

秦妮儿的养母还在哭，头低到胸口间，两肩一颤一颤的，头发几乎全白了，乱糟糟的，映着张美花的眼。良久，她止住哭，说："闺女现在对我和老伴是爱答不理的，那样子就像有什么深仇大恨。问她也不说，久了就偷偷去厂里看了几次，竟来了你们家。孩子是你们生的不假，但也要想想我们啊，这十五年来是一泡屎一泡尿拉扯大的，我们是当亲闺女养的。虽然穷，我们也是拿自己的良心待孩子啊。我俩老了，挣不了钱来，闺女和人家的孩子比各方面是差了不少，也受了不少委屈，我也觉得对不起孩子，可我们的确尽力了，哪个父母不疼自己的孩子啊？妮儿，你说说，我和你爸爸从小可没戳过你一指头，骂过你一句吧？"

秦妮儿躲在房间里，半天说了一句："没打过我骂过我是不假，可我就是恨你们，恨你们没本事！恨你们是穷光蛋！这么些年在村里谁看起过你们啊？我在学校谁又看起过我啊？我实在受不了了，再也不回那个狗屁秦家庄了！"

这些话从一个十五岁的孩子嘴里说出来，让一屋子的人吃惊不小。这孩子对父母的认识竟然是以贫富为标准的！秦妮儿的养母面色惨白，呆呆地坐在沙发上，一脸的茫然。

卢三忽地站起来，走到房间门口，对秦妮儿说："你怎么能这样说话呢？你爸和你妈都六十好几了，就指着那点责任田，能养活你吃饱喝足就不容易了，你要知道感恩呀。要怨就怨我吧，都是我不好……"说着说着，竟也哭了。

秦妮儿从房间里出来，径直去了院子，推起自行车头也不回地走了。养母追出来，喊着："妮儿啊，下班要早回家啊，我和你爸等着你，咱晚上包水饺吃。"

这年秋天，卢三厂子里的两棵大枣树上挂满了枣子，红绿参半，把枝条都压弯了。卢三看着枣树下崭新的桑塔纳轿车，感到从未有过的高兴。的确，儿子虽说残疾，但总算歪歪扭扭走路了，并且上了学。自己没费一点心思，小女儿自己也认祖归宗了。厂子的效益今年更是出格的好。卢三一高兴，瞅着自己的面包车就不顺眼了，立马去县城汽车专营店订购了当时比较高档的桑塔纳轿车。轿车到手后牌照很快就办好了，锃明瓦亮地随便停在一个地方，都会吸引来众多的目光。

也怪，一辆轿车居然让很多人对卢三有了新的认识，都在私下暗暗跷起了大拇指，觉得卢三真是不简单，和乡里的书记坐一样的车。见了他都笑呵呵的，让卢三很受用。卢三就想，没买车时我的钱也没少啊，怎么就没见对我这么热情呢？看来这人都喜欢看表面的东西。卢三的身份瞬间提高了一截不说，出去联系业务居然也容易了很多。卢三觉得这轿车真是买对了，简直是自己的“贵人”啊。

谁知世事难料，卢三在一次去招远联系业务回来的路上出了车祸，听说是喝了酒，车撞在了路旁的一棵枣树上当场毙命。事发地在老潍县东边的一条乡路上，与青州地界的卢村相隔仅仅五十公里。事后，据张美花说，卢三出事时她就在厂子里的枣树下乘凉，分明感到那枣树干猛地晃了一下，枣子也“噼里啪啦”掉了不少。她还听到卢三一次次急火火地嘱咐她好好照顾孩子，让他们都生活得幸福。

5 σ

卢振家结婚一个星期了，可张美花总见他睡在沙发上，就觉得有事，偷偷问他。卢振家脸一红，说：“没事，天热，我喜欢睡沙发。”

张美花说："你再喜欢睡沙发也不行，这才结婚几天啊，你冷落了媳妇，她会不高兴的。"

卢振家脸更红了，有点尴尬地说："没事，没事。"

咋没事呢？张美花眉头皱了一下，把嘴凑在卢振家耳朵边，低声问："是不是她不愿意和你同床？"

卢振家点了点头。一会儿，又说："会的，再过段时间就会的，她说最近不舒服。"

不舒服？那也不能让丈夫睡沙发啊？张美花心里隐隐起了疑问，觉得儿子这媳妇怕是要出"绊子"了，禁不住为儿子担起心来，觉得儿子这命也太不好了。

卢三走时，卢振家才八岁，裹在白晃晃的孝袍中被管事的人吆来喝去，做着乡间丧事上必不可少的仪式。跌跌撞撞地让人扶着好歹给爸爸摔了老盆，又陪着爸爸的尸体去了火化场。车拉着卢三尸体远去的一刹那，大女儿和二女儿双双哭晕在路旁，看热闹的一街人都掉了泪。想起那情景，张美花的心口就刀扎般疼痛。那时，天真的塌了。孩子都小，厂子的一大摊子事儿只能自己扛起来。好在工人都很领情，那些老客户也都愿意继续合作，她又把自己娘家的几个兄弟叫过来帮着跑业务，慢慢地厂子就平稳下来了。想想人活着是多么的无常，钱再多又有什么意思呢。张美花似乎也听到了卢三的话，好好照顾孩子，让他们生活得更幸福。就逐渐让自己的兄弟们帮着打理厂子的事儿，自己的主要心思就用在孩子身上。

眨眼，十年的光景就过去了。

卢振家上完高中就回家到了厂子里，跟着舅舅们慢慢熟悉厂里的业务。此时的大姐已经大学毕业跟着自己心仪的同学南下广州创业了，二姐也早被安排进厂子当了出纳。看着孩子们在社会上基本安定了下来，有了自己发展的目标，张美花心里高兴，觉得以前吃的所有苦都值了。

可事情总是风波迭起。

让人操心的还是二女儿秦妮儿。这孩子性格有点怪，从自己来家里认亲后，基本没回过秦家庄，把秦世普两口子急得团团转，整天琢磨这事怪谁。怪卢三和张美花吧，人家又没主动到家里认闺女，况且自己也见了，在孩子的归属上人家根本就没和秦妮儿一条心。说到底，卢三两口子还是很大度的。怪自己？秦世普两口子有些不解，自己家条件是不好，可疼秦妮儿的心一点不比别人差，也算娇惯了。看来，要怪只能怪秦妮儿自己了，咱待她再好，她就是觉得不好，无法把她的心焐热也没办法。秦世普和老伴不甘心，说啥也不相信养活了十五年的闺女会如此心硬。去厂里找了多次，也让张美花劝了多次，有两次秦妮儿的养母甚至哭着跪在了她面前，问为什么。秦妮儿还是那句话："我回去你们能供我好吃好喝好穿吗？贫穷让我在村里和学校里丢的那些脸能找回来吗？我就是恨你们，恨你们无能！不要再跟我提什么狗屁秦家庄，我死都不回去了！"

这话，秦妮儿的养母虽然在卢三家亲耳听到过一次，这次再听，还是惊愕不已。她呆呆地坐在秦世普骑着的老式自行车的后座上一言不发，回家后就病倒了。

过了几年，秦妮儿看上了在自家厂里上班的邻村小伙牛伟。这小伙长得高大，也俊朗，一说话还脸红，给人的感觉就是厚道。秦妮儿和张美花说了，张美花也觉得不错，找人一问，牛伟是一百个愿意。不多时，两个人就定亲了，定亲喜宴上秦妮儿说啥也不让通知自己的养父母，张美花只好作罢。可结婚领证，必须用户口簿，这个是怎么也绕不过秦世普老两口的。张美花让秦妮儿回家好好认个错，宽宽父母的心，他们会给户口簿的。可秦妮儿还是不同意，张美花带上礼物，只好一人去了秦家庄。说明来意，秦世普夫妇一口就答应了，说：“这件事我们早就知道了，闺女出嫁是好事，做父母的哪有阻拦的道理啊。”

户口簿递到张美花手上时，秦世普叹了一口气，看了一眼躺在床上的老伴，说：“顺便把秦妮儿的户口也落到你的名下吧。”

张美花吃了一惊，说：“这个不行，绝对不行，那样会让人戳我的脊梁骨的。”

“把孩子的户口变更一下吧，这边有需要盖章啥的手续我负责跑一下，其他的你就多多操心吧。我们老了，以后死了秦妮儿就没有娘家了，你那边她有姐姐也有弟弟，以后会有个照应，我们就是死了也放心。”说着，秦世普老两口的眼泪早就挂满了脸颊。

张美花说：“你这是说什么话呢，秦妮儿不懂事，以后明白过来，还要给你们养老送终呢。”

秦世普蹲在地上哽咽不止，好大一会，才说：“这几年里我们两人去厂里找了秦妮儿无数次，也让村里人给她捎过话，让她回来，可她根本就不见我们。她有了对象的事儿我们也早知道了，找过她，本想让我们也见见女婿高兴高兴，顺便给她捎了点钱去。谁知她把钱给扔得远远的不说，还让我们一定把她的户口落到你的名下。她要姓卢，和姓秦的没有丝毫关系。我们也不知哪辈子作了孽，儿子死了，女儿又要走。唉，当时心里那个难受，死的心都有啊。现在我们想开了，是老天爷让我们无缘和秦妮儿是一家人，争也没用。”

秦妮儿结婚的前几天，张美花偷着又来了秦世普家。她想让秦家两位老人也到女儿的婚礼现场看看，顺便告诉他们秦妮儿户口的事儿办好了，没有落到婆家，就在卢家，她现在的名字叫卢新。秦世普勉强笑了笑，说："好啊，好啊。"秦世普的老伴躺在床上，脸色蜡黄，朝张美花点了点头，轻声说："虽然现在不是一家人了，但妮儿的婚礼我们还是非常想去参加的，毕竟我们养了她十五年啊，她说没有感情，可我们早就把她装在心里了，啥时也是我们的孩子。可她早就让人给我们捎信，不让去她的婚礼，大概怕我们两个老穷光蛋去给她丢脸啊……"

秦世普看张美花有些尴尬，就对老伴说："你病得这样，想去咱也去不了啊。啥也别说了，咱就祝福孩子以后的日子幸福吧。"

张美花临走前，掏出一个大红纸包递给秦世普，说："老哥，感谢你和嫂子照顾卢新这么些年，闺女不懂事，当娘的替她给你们赔罪了，这两万块钱多少是我的一点心意，你们留着买点营养品吧。"

秦世普赶忙推辞，把纸包拼命塞给张美花，说："我们收养妮儿可不是为了钱。我们两人没有生养，先是收养了一个儿子，觉得一个孩子孤单，就又收养了妮儿，为的是两个孩子有个伴儿，大了互相照应。谁想到儿子大了，却得了不好的病，唉……"

秦世普老两口又哭了起来。

6

白天天气好的时候，彭小花也会去厂子里转转，到处看一看。院子里没有闲人，她就钻车间，车间里到处煤灰飞扬，空气锤“咚咚咚咚”的锻打声几乎不停，生人乍进来会感到脑袋轰轰的，很难适应。彭小花却每次都进去，穿着红红的衣裤，娇艳得如二月里的桃花，惹得满脸煤灰的工人们侧目看她，险些忘了手里的活计。这时，卢振家就拄着拐前仰后合地过来喊她：“这里太脏，也太吵，你还是去办公室坐坐吧。”

办公室离车间稍远些，相对安静许多。办公室里人不多，除了管生产和管业务的几个舅舅，就是出纳员二姐卢新，再就是二姐夫牛伟和卢振家。舅舅们各忙各的，大多时间出差在外，很少在办公室闲坐。牛伟自从成了卢家的女婿，就从车间工人成了办公室主任，负责厂里的迎来送往，接待安排。牛伟是办公室里的常客，也是真正的主人。彭小花每次来办公室玩，基本牛伟都在，聊的也就多了些。彭小花人长得好看，说话也不怯人，说起话来更是一套一套的，大有见多识广的样子。彭小花的一言一行让牛伟很是佩服，觉得她有文化也有见识，比自己强多了，以后掌管这个厂子一定是把好手。

之前，听媳妇卢新说弟弟娶这个媳妇是花了大价钱的，光礼金就给了八万，再加上首饰衣服什么的已经过十了。这么漂亮的姑娘嫁给一个婴儿瘫丈夫，人家要不图财那不是傻吗？图财归图财，但牛伟还是觉得彭小花这个代价有点大了。钱真那么重要吗？彭小花嫁给卢振家真就心甘情愿没有别的目的吗？每次和彭小花一起聊天时，牛伟脑子里总浮出这些问题，几次想问，可话到嘴边又咽下去了。

彭小花还是每天以新媳妇的身份享受着各种“待遇”，吃了睡，睡了吃，实在闲得难受就到村口和厂子里转转。吃睡玩不干家务，张美花都能接受，但总把儿子拦在洞房之外，她是说啥也不能接受的。终于，张美花忍不住了，她要问问彭小花为什么不和卢振家同房。结婚都一个月了，卢振家以前在客厅的沙发上睡，现在倒好，干脆睡到厂里的办公室了。

张美花问彭小花时，她一笑，说：“来例假了。”

“可现在结婚都一个月了，还有例假？”

彭小花舒了口气，很轻松地说：“现在没了，以前稀稀拉拉是长了点。”

“那好，晚上让振家回房里睡吧，他哪有个新郎官的样子啊。”张美花笑了笑，顺手拉了拉彭小花的手。

彭小花也笑了笑，没点头也没摇头。

卢振家正式入睡洞房后，张美花就盯上了彭小花的肚子。

三个月没事。

六个月没事。

一年了还没事。

张美花又忍不住了，问彭小花：“怎么还没事儿啊？”

彭小花倒也痛快，说：“一直避孕呢。”

“避孕？为啥呢？是咱养活不起还是你不能生养呢？”张美花真急了。村里几个和卢振家差不多时候结婚的媳妇肚子都像锅盖了，这彭小花倒好，居然还在避孕！真是不可思议。

“这没啥，就是不想要孩子嘛。”

“不想要？总要有个理由吧？我可做梦也想着当奶奶

呢。趁我身体还行，帮着你们把孩子看大了，你们也省心啊。”

彭小花不说话，见张美花一个劲地看着她，就说：“那我说实话吧，是我坚决不要孩子！要说理由很简单，我怕再生个和卢振家一样的孩子。那样的话，孩子受罪，大人受累，到头来孩子也未必幸福。既然如此，何苦非要生呢？”

张美花听了，浑身哆嗦了一下，自己怎么就没想到这一点呢。想想卢振家从小到大的情景，张美花真的有些后怕。但她还是强装镇定，说：“哪会呢，这个不会遗传吧？”

“不是不会，是一定会！”彭小花说，“嫁给振家前我早就打听了，他是邻村黄老大的儿子，这事虽然没人明说，但整个卢村哪个不知道啊？振家的亲生母亲和同胞哥哥哪个不是身体严重残疾啊，听说振家的那个哥哥现在还瘫痪在床呢。我也查了一些资料，头胎孩子有和正常人一样健康的，但也不是百分百。至于二胎，是百分百的遗传，全是残疾。所以，这种情况下我是绝不要孩子的。至于延续卢家的香火，可以去抱养一个孩子。你如果非要我和卢振家生孩子，那就只有离婚！”

张美花不是傻子，突然觉得这事儿严重得有些吓人，自己都不敢想了，就起身进了自己的房间。墙上是卢三的一张大照片，正对着自己微笑呢。以往有了烦心事，张美花都要静静地和他对视，心情就会安静下来。这次，越对视心里越乱，最后张美花竟“呜呜”大哭起来。

儿子儿媳生孩子的事儿，绝对是天大的事儿，也是必须要解决的事儿。张美花经过好些天的考虑，前前后后想了很多，还是无法解决，她决定召开一次家庭大会。

这样的事儿知道的人越少越好，必须是自己最亲近的人。最后，张美花确定了几个人。自己、儿子、儿媳和二女儿卢新，本来大女儿是必须参加的，可远在广州，就只有抽空在电话里说一下了。二女婿牛伟按说参加也可以，但女婿毕竟还是远了点，况且是关于生孩子的事儿，也暂时没有通知。这样一来，这个决定卢家香火大事的家庭会议就由四个人秘密地召开了。

对于彭小花担心孩子遗传卢振家的说法，几个人中也有表示疑惑的，但最后基本达成了一致，不能盲目地生，要相信科学。一旦再生个严重残疾的孩子，谁也负不起这个责任。当然，彭小花也把话说开了，如一家人非要自己和卢振家生孩子，她只有离婚。既然如此，唯一的办法就是抱养个孩子，对于抱养，一家人的看法却截然不同。彭小花同意，卢振家也支支吾吾说同意，但卢新却说啥也不同意，说："你们知道被抱养的孩子是什么滋味吗？天天生活在指指点点中，简直生不如死啊。况且再怎么说，孩子大了都是要寻根的，找他们的亲生父母的，我们实在没必要给人家抚养孩子，到头来'竹篮打水一场空'。"

张美花也觉得卢新说得对，也很现实。不用说别人，自己三个孩子中，就有两个脱不了"抱养"的身份，至于结局如何，卢新就是最好的例子。这些年里，断断续续地，自己没少被这两个孩子的事儿煎熬着。最关键一点，这延续香火靠的是男孩。二十年前，孩子生的比较多，抱养个男孩很容易，户口也容易落。现在生个孩子全在计生人员的眼皮之下，要抱养只能去福利院，即使能抱个男孩，自己一家这三辈人的关系也就乱套了。三辈人，三个姓。关键是遮不住人眼，会让人笑掉大牙的！

张美花顾不得什么脸面，把自己的想法如实说了。也就是说，不赞成抱养。自己不生，也不抱养，还想延续香火，这的确是个恼人的问题。顿时，一家人陷入了沉默。

不知过了多久，张美花轻声说：“办法我倒有一个，不知合适不合适。”

几个人的目光一起看过来。

“人工授精。去省里的大医院，听说有专门的精子库，都是学问高或很聪明的人的精子，是捐助的。咱可以随便选择，要谁的也行。”张美花也不知从哪里来的勇气，一口气说了出来。

此话一出，卢振家和卢新也觉得不错，一边点头一边把目光转向彭小花。彭小花没言语，却把身子慵懒地靠在沙发背上，闭上了眼。彭小花不说话，张美花起先以为她不好意思，碍不开面子，就说：“没啥，这有啥害羞的？”

“我当然不害羞，但我不愿意！”彭小花一下开了口，声音不小，明显带着怒气，把几个人都吓了一跳。她嘴巴一撇，说，“这叫什么事儿，既然要肚子怀孕，我就要实实在在的怀孕，弄什么人工授精，那是牲口才弄的事儿，我不干！受罪不说，还花很多钱。抱养一个多省事啊，我也免得受罪。”

看到彭小花的倔劲儿，张美花忍不住了，说：“小花，我们卢家娶媳妇不是让你讨价还价的，你也要为我们着想。当初把你娶进门我们可没少花钱，你说多少彩礼我们就给了多少彩礼，可没讨价还价啊。我们卢振家是残疾，可你是自愿的，谁也没逼你，况且他对你一片真心，我们全家也没拿你当外人。抱养是不错，首先不一定就有合适的男孩等着咱，即使有，我刚才也说了，让外人怎么看咱家啊，三辈子人，三股子血脉，那不乱大套了嘛！”

彭小花气呼呼地说："那人工授精就不乱了吗？还不一个样！"

"是乱，但咱不说，孩子在你肚子里，谁知道不是振家的种呢？到时一生，亲爸亲妈，多好啊。"

"你们是好，我不想受那个罪。既然让我肚子怀孕，我还是那句话，牲口弄的事儿，我不干！要干，也只有和真人干！"

"和真人干？"几个人都吃了一惊。张美花年龄大，啥事没听说过？儿媳的意思是要找真人借种啊。这样的事儿，在乡间听说过不少，早已不是啥奇怪的事儿了，但从自己儿媳妇的嘴里说出来，她还是非常震惊。这是绝对不行的，有了生身父亲的具体存在，对未来孩子的归属将是一个巨大的潜在危险。再说了，一结婚就让儿子戴着一顶大绿帽子一直到死，这是多么残忍的事儿啊。

"不行！绝对不行！"张美花说，"小花，你不能这么倔啊，你是我们家明媒正娶的媳妇，要为卢家的香火负责的。"

"我是你们家的媳妇不假，但也不一定非要为你们生孩子啊？现在大城市里很多'丁克'族，一辈子不要孩子，国家还没说不行呢。看看电视上的那些画面吧，一个女人敞着双腿，任人用器械在裆里捣鼓来捣鼓去的，既受罪又难堪，还不知捣鼓到啥时候才成功，我宁可打离婚也不接受那样的怀孕！"

张美花说啥也没想到这么漂亮文静的彭小花居然能说出这番话来，气得一时没了主意。卢振家和卢新也是哑口无言，一点反驳的理由也没有。

彭小花拿离婚要挟，还真是掐住张美花的死穴了。离婚，彭小花不可能净身出户，家产肯定要分走一部分，这个张美花觉得还不算啥，关键是离婚了还能找到这么漂亮的媳妇吗？退一万步讲，即使找到了，人家就愿意和卢振家同房生孩子？折腾来折腾去，怕是到头来媳妇没娶到钱也打了水漂，啥也耽搁了。所以，离婚是万万不行的。那就由着彭小花的想法吗？张美花越想心里越乱，彻底没了主意。

好久好久，客厅里没有一丝声响，静得让人有些害怕。

彭小花站起来，伸了伸懒腰，说："我不是难为你们，也理解你们的心情。当初我答应嫁给卢振家理由很简单，就是为了多要些彩礼给哥哥买个外地媳妇，不能绝了我们彭家的后。将心比心，你们给物色个人吧，只要不是卢振家这样的残疾人就行，为了你们卢家的香火，我不计较。"彭小花边说边向卧室走去。她走到卧室门口，突然停住了脚步，没回头，却好像早有预谋一样，说，"要不，就你的女婿牛伟吧，都是一家人他绝对不会乱说，况且生个孩子会亲上加亲。我要睡觉了，你们自己拿主意吧。"彭小花摔了一下卧室门，没了动静。

"你……你……"张美花一肚子话被生生卡在喉咙里，就是说不出。

7

牛伟真正和彭小花融合后才知道，这女人太招人喜欢了。不光美，关键是在性爱方面太懂了，大胆泼辣也主动，每次都把牛伟伺候得神魂颠倒。不比不知道，一比，牛伟竟然对卢新没有感觉了。他做梦也没想到，自己一个穷得叮当响的农村孩子，居然这么走桃花运，不光娶了有钱人家的闺女，还把人家的儿媳妇也弄到了被窝里。起初，牛伟感觉很别扭，怎么也找不到感觉，觉得自己做的是乘人之危的卑鄙事儿，全身不自在。

彭小花说："你不自在啥？赚了便宜还卖乖，再在我面前装那个熊样，赶紧滚，不知道香臭的家伙！"

牛伟就赶紧动作几下，讨好地看着彭小花。做完，牛伟倚在床头喘稳了，说："你是不知道，我家卢新这阵子死的心都有啊。一个女人把自己的丈夫让给另一个女人，还是自己的弟媳，心里这个结以后会解开吗？"

彭小花淡淡地说："我理解她的心情，可谁又理解我呢？这个特殊的家庭遇到了特殊的事儿，也只能用特殊的方法解决了。没办法，好在只是怀孕，怀孕了就没你什么事儿了。"

"这个约定实在太荒唐了，你这么做让他们一家人没有选择啊！我岳母为了保全脸面和家庭，是打掉牙往自己肚里吞啊。一言不发，两天水米没进，她心里的无奈看来是到了极点。卢新实在不忍心母亲那样纠结下去，她对我说，自己找到家不能光沾家庭的光，也要为家庭分担责任，为母亲分担痛苦，她就答应了。张美花也许觉得太对不起女儿了，竟给卢新跪下了，拉都拉不起。其实，我岳母从未对女儿提过一个字的要求，是卢新自己答应的。"

彭小花听到这，猛地爬起来一下就把牛伟推到了床下："滚！少在我跟前说这些混账话！"

其实，很多事是没法预料的。彭小花自己很明白当初为什么要嫁给卢振家，多要彩礼给唯一的哥哥买个媳妇是不假，但自己嫁给一个先天性婴儿瘫的男人做老婆也实在太委屈了。她还有一个秘密一直藏在心里，没跟任何人说过。自己家一直贫穷，初中毕业就去了城里的宾馆当服务员，自己年轻又长得漂亮，宾馆的老板就怂恿她去陪一些老板喝酒，时间久了就失了身，后来成了几个老板暗地里的“公共情人”，钱没捞多少，流了几次产，还落下了一身妇科病。

终于有一天，一个老板的妻子把她堵在了老公的床上，喊人来一顿痛打，最后落荒而逃。回到农村老家后，几年的时间里都没了月经，偷偷去医院查过，知道自己因在性方面的无知和放任，让自己仅有的一点做女人的权利也被剥夺了。她悔恨痛苦，但啥都晚了。彭小花料定一个没有生养能力的女人是不会有好的婚姻的，即使嫁了好的男人，自己不能生养的事儿一旦暴露，离婚的可能性也很大。所以，自己就干脆选择了卢振家这样的人。既多要了彩礼，又找了一个殷实的婆家，也算两全其美。自己好歹混着，也许能有个长久的婚姻。她和卢振家的婚事从见面到结婚只用了两个月，她的态度让自己的父母都无法理解，以为女儿为了哥哥也太伟大了。

彭小花本想认命的，可新婚那天晚上，闹房的人被张美花轰走后，她去了厕所，竟意外见了红。有了月经，让彭小花万分惊喜，她觉得老天爷简直是故意捉弄她，早不来晚不来，偏偏自己嫁人了就来了。也就是那时，她悄悄有了自己的打算，绝不能委屈了自己的青春和身子，做母亲就要轰轰烈烈地做一场，绝不做有名无实的那种。至于自己说抱养，她料定张美花母女会有顾忌的，肯定不同意，那就会有一系列的办法出来，办法再多，总有一种自己想要的在等着。彭小花起先那样说，只是自己问路的一块小石子而已。

月经的再次光临，让彭小花改变了自己的想法，也有了讨价还价的资本。她尽可能地提对自己有利的条件，卢家答应正好，不答应也无所谓，自己僵持着，最多卢家提出离婚。那样，不但自己的彩礼钱能保下，还能得到一笔赔偿。此时，彭小花对卢振家根本就没有任何感情可言，她倒是很希望和卢振家离婚，那样她至少会找到一个身体健全的男人，即使家境一般，也总比跟一个走路歪歪扭扭的瘸子过一辈子要好。没想到，自己提出和牛伟怀孕生子的事儿卢家居然答应了，这让彭小花很高兴。牛伟高大英俊，能和他逞一时鱼水之欢也是不错的，更何况允许他们之间有“结晶”。虽说私下协议是彭小花怀孕那天两人必须彻底分开，不再有任何亲密的举动，但彭小花觉得世上没有绝对的事儿，况且是无法预料的，她坚信那样的协议也只是说说罢了。不出多少年，孩子大了的那一天，张美花就老了，卢振家那时的身体估计能坐就不错了，自己就是这个厂子真正的主人了。

彭小花心情很舒畅，抽空就把牛伟喊到新房来“造人”，白天造，晚上也造，真怕辜负了自己的大好青春。

眨眼，一个月过去了。

三个月过去了。

半年过去了。

彭小花的肚子还是没有鼓起，张美花忍不住又问，说实在不行你俩先分开吧，这些天让振家陪你去医院瞧瞧吧。

彭小花说，不用，再等两个月看看吧。

再次缠绵的时候，牛伟问：“都半年了怎么会不怀孕呢？你我这么年轻，按说是不应该的。”

彭小花就笑，带着几分狡黠。牛伟问的次数多了，她就说：“怀孕？我还避孕呢。早早地怀孕了，你离开了，我和谁享受这人间美事啊？唉！”她轻轻叹了口气，“半年了，也差不多了，不是永久夫妻终归要分开的。我看他们母女也怪可怜的，就成全她们吧。”

说话间两个月就过去了。

一天晚饭后，张美花对彭小花说：“今晚让振家搬过来和你睡吧，时间太长了，两个人的感情会淡漠的。”

“可，可我还没怀孕呢。”

“我觉得应该怀孕了。”张美花说不出高兴还是忧伤，平静地说，“我一直注意着厕所里的卫生巾，你这个月已经没有例假了。”

8

卢振家的儿子佳佳三岁那年的秋天，突然失踪了。一起失踪的还有他的妈妈彭小花和亲生爸爸牛伟。

上午九点多彭小花说儿子要吃巧克力，对张美花说了一句，就带他去了村子中心的超市。结果中午吃饭时也没见娘俩回来，就赶紧去超市找，超市老板说一上午就根本没见彭小花和孩子来过。这下张美花和卢振家急了，正要召集亲戚朋友去找，卢新的手机却收到了牛伟的一条短信。说不要找了，此时他和彭小花还有孩子已经登上了远去的火车。说缘分本该如此，让卢新不要太过悲伤。看完短信，卢新当场就晕倒了，张美花更是瘫软在地。卢振家拄着拐杖急得团团转，一句话也说不出来。

好事不出门，坏事传千里。一支烟的工夫，张美花女婿和儿媳私奔的消息就传遍了卢村的角角落落。很快，消息传出卢村，经过发酵，向周边村庄迅速扩散着。此时的事情已经演变成了牛伟经过周密计划，刺伤了干出纳的妻子卢新，抢了厂里的十万块钱后，勾搭弟媳彭小花驾车逃跑了，县公安局的民警已经在高速路上堵截牛伟，案件即将告破。

秦世普听到小道消息后，挂念受伤的秦妮儿，急急火火地赶到了卢村张美花家。可看到女儿后，秦世普竟不知说啥好了。卢新缩在被窝里，没好气地问："你来干啥？是来看我热闹的吧？"

秦世普鼻子一酸，说："看热闹？天下哪有那样狠心的父母啊。听说你被刺伤了，我都担心死了。妮儿，你只要身体没事就好，其他的算个什么呀，你千万不要胡思乱想啊。"

"是啊。"张美花一声长叹，"都是我不好，我怎么就老糊涂了呢？"

秦世普说："你娘生前最不放心的就是你，嘱咐我一定要关照你。我答应了，可我没啥本事，能做的也就跑到跟前看看你。"

"什么？嫂子去世了？"张美花大吃一惊，"那你怎么没让人来告知一声啊，说啥我和妮儿也要去送送她的。"

"唉！我们老两口一直觉得对不起妮儿，没给她带来好生活，就不添堵了。其实，我说也不怕你笑话，我们两人一直没有孩子，妮儿的哥哥也是抱养的，就想着我们死后能让他有个伴儿，才又抱养了妮儿。本来日子就不好，儿子十六岁那年却得了白血病，我们花光了积蓄又借了不少债，儿子还是去了。那时妮儿才五岁，她不知道我们的艰辛，那时为了给她哥哥治病，我和她母亲都卖过多次血，她的身体就是那时候落下病根的。妮儿读到初中时，家里已经拿不出一分钱了。现在想想，我们真是浑啊，两个孩子都是我们的心头肉，我们借钱也应该让孩子读书啊。妮儿跟着我们，确实是太委屈了。”秦世普身体看上去大不如前，头发全白了，腰也弯得厉害，脸上更是沟沟坎坎，说起话来也有气无力。他站在卢新的床前，边说边抹着眼泪，像一个犯了错的孩子，让人看着心酸。

“娘啊——”卢新突然一声大叫，撕心裂肺般哭起来，她下床在养父面前长跪不起。“你和娘怎么不早告诉我这些啊？是我误会你们了，总以为我是抱养的你们不舍得给我花钱……”

张美花拉起卢新，说：“擦干眼泪，咱跟你爹去你娘的坟上看看吧。她在天上一直保佑着你呢。”

卢新养母的坟就在秦家庄西边一块小小的田地里，坟堆不大，旁边还有一个更小的坟头，两座坟头的杂草已然长成了一体，紧紧依着，在微风中轻轻摆动。卢新跪在坟前，刚把坟前的纸钱点燃，就泣不成声了。她瘦小的身子蜷成一团，一颤一颤的。此时，她的脑袋里养母生前的种种情景放电影般一一滑过。养母抱着自己不停地亲着自己的小脸蛋，养母在自己的面条里总是藏着一个荷包蛋，养母雨雪天总是背着自己去上学，养母卖了鸡蛋去集上给自己买爱吃的橘子，调皮惹事了养母却从未责备过自己……一件件十几年前的往事让卢新倍感温馨，原来娘的爱无处不在，一点点温暖着她的童年和少年。

“我混蛋啊，我糊涂啊！我对不起你啊，我的亲娘。”卢新一声声哀号，让一旁站立的张美花和养父秦世普也是泪水涟涟。

秦世普赶紧过去拉卢新，哭着说：“妮儿，你能在坟前给她烧点纸，你娘就知足了。这几年她是在泪水中泡过来的，想你都想疯了，临死眼都没闭上。也好，她终于和儿子团聚了。本来，按乡下的风俗，没成家的孩子就是再大死了也不能进祖坟的，随便找个地方埋了就是。现在田地都承包到个人了，也就都平了坟头，没啥祖坟可说了。这些年，政府除了修路和征地建厂，咱家就剩这点责任田了，你娘说啥也要把你哥哥埋在自家的田地里，是想我们死时也好有个伴儿。”

卢新站起来，说：“娘、哥，你们放心吧，我会常来看你们的。从今天起，爹就跟我一起生活了，我会好好孝敬他的。”

回家的路上，大家心情都有点沉重。张美花说：“人这一辈子不相信命不行啊，想想自己从年轻到现在，有吃有喝有钱花，外面的人都羡慕我，可谁又知道我的心里有多么痛吗？丧夫、抱养的残疾儿子、送出去的亲生女儿、女婿和儿媳私奔，哪一样事儿不压得我彻夜难眠？辛苦了大半辈子，到头来得到什么了呢？这些天我一直在想，是什么事儿让老天爷这么待我，我想透了。这是报应啊！”

“报应？”卢新和秦世普都疑惑不解。

“嗯，是报应！”张美花说，“振家这么些年在卢家，可去看过他的亲生父母？卢新这么大了是找到自己的亲生父母了，却忽略了自己的养父母。这些事，追根揭底都是我们的错，自己是舒服了，可人家呢？人家对孩子的爱也丝毫不比我们差啊！为什么就偏偏独有呢？我的心胸太窄了！我现在想通了，老天爷在上面看着呢，这是报应啊，报应！”

车子在乡路上缓慢地行进着，秋阳透过车窗暖暖地洒在卢新的脸上，她轻轻按了下喇叭，说：“你不必自责了，我现在想开了，很多事我们是无法掌控的，一切本该如此。这次接爹回家和我们一起住，我们又是一家人了，好日子还在后面呢。”

“是啊。”张美花说，“你回家后拉上你弟弟，马上陪他去看看他的妈妈，听说他的爸爸和残疾哥哥已经去世好几年了，唯一的姐姐也远嫁他乡，他妈妈一个人生活着，也很不容易。把她也接来吧，咱们一起住，开开心心的，再不分开。”

临近春节，电视上播了一条新闻。北方某城市的出租屋里发生了一起煤气中毒事件，家中三人都中毒，被邻居发现并报警。经医院抢救，孩子脱离危险，原因是孩子睡觉时脑袋习惯缩进被窝里，中毒较轻。孩子的父母抢救无效死亡。警察在出租屋找到死者的身份证，显示老家是山东中部某县……

死者二人的身份证在电视屏幕上出了一个大大的特写，张美花看完一下惊呆了。这二人怎么会是牛伟和彭小花呢？不是真的吧？不是真的吧？她捂着狂跳的胸口，语无伦次。

几天后，牛伟和彭小花在外地死亡的消息得到证实。张美花对卢新和卢振家说：“你俩去那座城市看看吧，趁着死者双方的人都在那里处理事情，你们就问问佳佳他们收养不？佳佳毕竟和咱们有着千丝万缕的关系，如果都不收养，就带到咱家来吧，我可是他的亲奶奶啊，我想那个白白胖胖的小家伙了。对了，再给你大姐打个电话，让她今年务必回家过个团圆年。”

张美花说着，眼泪早就模糊了双眼。

软较量

大李为人高调，干啥也好显摆。按理说，显摆咋了？又不碍大伙做事儿，不愿听就不听，不想看就闭眼，很简单。关键是大李要权没权，要钱没钱，充其量是个“一瓶子不满半瓶子咣当”的主，这年头这样的人到哪里都没人待见。大李在单位人缘一般，能说上话的自然没几个。卢六虽然和他同事，但结婚前基本没有来往，后来娶了老婆小丽，才慢慢知道了老婆大人居然和大李是高中同学，缘于这层关系，交往就多了起来。

后来大李辞职开了一家小公司，具体做什么买卖，卢六从没问过，大李也从没说过。偶尔当年的同事碰一起了，有些人总忍不住问大李公司的事儿。大李嘴角一咧，指着锃亮的小车，晃着腕上的金表，说：“公司的事儿说了你们也不懂，反正你们求着本经理也不可能再回破单位上班了！”大李嘎嘎地笑着，很放肆。听的人不愿意了，这是哪跟哪呀！

我求你？等太阳从西边升起那天吧！

这期间，卢六在一次酒桌上偶然听说了当年大李疯狂追求小丽的事儿。大家都喝了酒，胡拉八侃，本来挺寻常的一件事，讲的人却嘻嘻哈哈，欲说还休，就给此事增添了一层神秘面纱。于是，卢六心里犯了好一阵嘀咕，再见到大李就觉得别扭，好像小丽当年真跟大李那个了。渐渐地，卢六和他的来往也淡了。

谁知一个周日的早晨，大李突然给卢六打来电话，说要拉他们夫妻俩去郊外逛逛，顺便找一家正宗土菜馆打打牙祭。卢六听了，没说话，正想找个借口推辞了。大李又说："去吧，我老婆也去呢，她说想你家小丽了。"卢六迟疑了一下，就答应了。

两口子刚到楼下，大李的车就到了，中高档，锃明瓦亮，很气派，晃得卢六前后左右瞅了好一阵。大李今天戴了一副墨镜，头发也弄得油光光的，有点儿像道上人。他从车窗探出脑袋，说："不就是一辆车嘛，有啥好看的？快上车，咱也学有钱人的样子去城外呼吸新鲜空气去。"

卢六听了，顿生尴尬，他瞅了眼大李得意的神情，一肚子不畅，心说还是那个德行，真是狗改不了吃屎。

小丽自然觉察了丈夫的不悦，赶忙调侃说："怪不得今日你服务到家，原来鸟枪换炮了，不是来寒碜我家卢六的吧？"

大李脸一红，他推了下眼镜框，说："哪里呀，卢兄多优秀呀，在单位是楷模，在家里更是顶梁柱，我哪能比呀。"

说话间，车子就跑了起来，大李的演讲也开始了。从大学时自己的成绩如何优秀，到单位上班时如何受到领导重视，再到眼下自己如何在商海奋勇拼搏，越说越来劲，嘴角一会就沾满了白唾沫。卢六听了，嘴角撇了下，忍不住想笑，在单位时自己几斤几两还用说呀，你大李夸张得也太过头了吧？卢六几次想岔开话题，可插了几次话也没插上。卢六坐在副驾驶上，只好耐着性子听，直听得头昏脑涨，胸口憋闷，活动脖颈时却瞅见了小丽泛红的小脸，特别是看大李时的眼神，热热的，有点柔，卢六的心不免堵了一下。

这时，大李的妻子开口了："路边好好的景致不看，大李你瞎吹个啥呀？"

大李打了个呵呵，总算闭了嘴。

小丽这才收回眼神，转到了大李妻子的身上。她今天穿得很时髦，发型也是新做的，黄白金首饰更是该挂的地方都挂了，手腕上还吊着一个巴掌大精致的小包。哎哟，女人真是善变，一打扮就高贵了，昔日的丑小鸭咋突然就变白天鹅了呢？小丽一下被她的气势折服了，看看自己的衣着打扮，再想想平时在卢六面前要的那点小威风算个啥呀，不觉间心就虚了。小丽满脸是笑，一口一个妹妹和她聊了起来，言语间满是恭维。卢六心里那个气呀，心说钱真不是好东西，眨眼就让老婆也势利了。

等到了郊外，大李减了速，窗玻璃也全部打开了，车子在沙子路上不紧不慢地跑着。瞬间，满眼的绿色扑面而来，感觉天空格外的高远，空气更是甜得醉人。微风徐来，一车人神清气爽，惬意极了。顺着弯弯的乡路，大李开车绕了几座小山丘，竟意外发现了一大片粉红色的野玫瑰，火辣辣地开着，妖娆而招展。

大李刚把车停稳，小丽就尖叫着朝玫瑰跑去。大家也跟了过去，把鼻子凑在花上嗅了又嗅，又纷纷用手机拍照留念。这时的卢六，精神状态也渐入佳境了，他望着玫瑰丛边的绿地突发奇想，像小时候一样躺在上面连续打了几个滚，然后四仰八叉地眯上了眼，大口呼吸着新鲜的空气。卢六的身心彻底得到了放松，烦恼也都抛到了九霄云外。他突然觉得今天跟大李出来是多么的正确呀，这样的环境，这样的心情，千金难买。也不知迷糊了多久，卢六隐隐听到大李嚷嚷着上车，就下意识地抬了下眼皮，看见小丽和大李的妻子都攥着一把玫瑰花高高兴兴地到了车旁。大李的妻子绕到车的那边开车门的一瞬间，大李把一支待放的玫瑰冷不丁塞到了小丽的手里，小丽略一迟疑，用脚轻踢了他一下，接了。等两个女人都坐到了车里，大李又朝卢六喊了声：上车了。卢六没吭声，索性又把眼闭上了。大李又喊了几声，连车喇叭也按了，卢六才懒洋洋地爬起来。

卢六上了车，大李说："看你刚才睡的那个样，让人把你绑起来卖了你都不知道。呵呵，这都是给人家打工累出来的毛病。"

小丽说："他就是这个样子，晚上睡觉还打呼噜磨牙呢。"

几个人一起笑起来。

卢六瞅了小丽一眼，说："我怎么出丑都无所谓，关键是你现在快把花扔了吧，小心刺多扎手！"

小丽愣了一下，说："扎手我也乐意，要不这辈子谁给我送花呀，这可是免费的。"

卢六说："咱一个普通百姓，能踏实过日子就行，啥花不花的？"

两个人越说越多，谁也不相让。

大李打着呵呵对卢六说：“不是我向着弟妹，女人嘛，哪有不喜欢花的，你省几包烟钱不就行了。”

看卢六一时卡了壳，大李妻子接话说：“大李你就闭上你的臭嘴吧，你说你啥时给我买过花？装起个人来也不脸红！”

大李一笑，拍了下脑袋，说：“你看我怎么忘了呢，以后一定给老婆大人买花，买一大束，最最新鲜的，这样行了吧？一天一次，到时你可不要心疼钱，嫌我不会过日子呀。”

几句话把车上的人都逗乐了。

大李妻子说：“你就贫嘴吧。”

风兜够了，肚子也咕咕叫了，大李就找了一家特色饭店就餐，东西弄了一桌子。每上一道菜，大李总要东扯葫芦西扯瓢地介绍一番，就连“酸辣土豆丝”他也有事没事地弄出一大套道道来，自己俨然成了一个见多识广的美食家。

大李再介绍时，卢六忍住憋闷，微微一笑，说：“我知道，吃过的。”

“吃过？你一个小职员能吃过多少东西？咱俩之间谁和谁呀，就不要吹了。”大李边说，边示意服务员打开一瓶上好的干红，给每人倒了满满一杯。

大李说：“我开车就不喝了，再说天天在家喝也不稀罕了，你们三个喝吧。”

卢六又被噎了一下，他现在没了丝毫精神头，胃口也没了，就坐在桌边一言不发。

大李说：“兄弟，你可要多喝，这可是正宗的外国货，一般人我可不舍得。”

卢六说：“我最不喜欢外国货了，我就喜欢中国的茶，开胃养性，今中午我就喝茶了。”

这回轮到大李尴尬了，说：“那你就喝茶，本来好东西就是让女人享受的。”

“好东西？让女人享受？呵呵，不就是一瓶洋人弄的红酒嘛。”

卢六回了大李一句，带着明显的嘲讽和不屑。

小丽没接两个男人的话，径直端起酒杯，对大李妻子说：“来，干杯！”

一杯下肚，又干了一杯。不一会，一瓶酒就下去了大半。小丽再次斟满，对大李说：“感谢你的盛情招待，我敬你一杯。”小丽用杯子碰了一下大李的茶杯，一仰脖又下肚了。大李眼一亮，似乎有些惊喜，慌忙端起茶杯也一口喝了。

此时的小丽已是满脸桃花，娇羞无比，她右手食指和中指恰到好处地握捏着高脚酒杯的姿势也优雅异常。

大李瞅了小丽一眼，对卢六说：“兄弟，这下你知道了吧？女人的美是要用好东西滋养的，不光有鲜花，还要有上等的红酒呀。”

“是吗？还真没听说。”卢六淡淡地回了一句。

车到城里后，天色还早，大李非要绕道去趟商场，说给妻子买件首饰。

小丽说：“弟妹满身都是首饰了，往哪戴呀？”

大李漫不经心地说：“首饰嘛，哪个女人没有几件替换的呀，也让卢老弟顺便给你买件吧。”

小丽说：“就凭他那点工资，做梦吧。”

卢六听了，脸“唰”就红了。车子到了商场，卢六说：“你们去买吧，我和小丽在门口等着。”

小丽一噘嘴："我才不呢，不买也跟着过过眼瘾去。"说着，挽起大李妻子的胳膊就走。

卢六轻轻摇了摇头，有些无奈，他走进商场，在门口的休息椅上坐下，顺手从报夹上抽了一份本市的最新晚报看了起来。

工夫不大，两个女人簇拥着大李出来了。大李昂着头，一只胳膊夹着纯皮小包，另一只手插在裤兜里，神气极了。几个人走出商场，卢六突然想起了什么，指着大李的小包，说："你们稍等，我也顺便买个包。"

小丽急了："你又不是老板买啥包？有钱花不了呀！"

卢六一笑，说："没事拎着装门面呀。再说了，上下班放个日用品也方便呀。"说完，走到了商场外侧的地摊上。

一会儿，卢六提着一个黑亮的小包回来了。

大李调侃说："看你就没个老板样，包要用胳膊夹着。嘿嘿，外行一个。"

大李把包拿到手里瞥了一眼，说："人造革的吧？"

卢六说："没错，三十元，还搭一条毛巾呢。"

小丽听了，一把抢过包，拉开拉链瞅了眼里面的白毛巾，对卢六说："你就乱花钱吧，啥时也不节俭。"一句话，把大李两口子逗得差点乐趴下。

卢六把包拿过来夹在胳膊下，来回走了几步，还故意挺了挺肚子，笑着说："这次像个老板了吧？"

大李绷住脸，上下左右看了一遍，说："像，像极了，一个收破烂的老板。"

两个女人又"咯咯咯"笑了起来。这次卢六没拉下脸，心情看起来还不错，他说："别闹了，说点儿正事。听说城西刚建了个湖海景点，风景优美，尤其植被丰富，绿树成荫，空气特别新鲜，号称'绿色氧吧'呢，咱们也去溜达一圈？”

几个人一致说好，达到了空前的和谐。

到了景点，才发现游人如织，都成人的海洋了，好不容易才找了个车位停下。大李夹着小包冲车一按遥控器，车门“吱”的一声锁死了。他神气地领着卢六几个人拥向售票口。

等玩尽兴了，出来开车时，几个人傻眼了，靠副驾驶座的窗子被砸了一个大洞，碎玻璃洒了一地。警察赶来时，大李还在一个劲地骂卢六的破包。卢六有些歉意，说：“我把包随便放座上了，谁知道贼也没长火眼金睛，不知道里面就一块烂毛巾呀。”

大李似乎很心疼，嘴里不停地嘟哝着他的新车。

警察勘察了现场，拍了照，又做了笔录，然后很有信心地对大李说：“放心，等有了好消息，我会第一时间通知你。”

路上，大李没了来时的风采，一直数落卢六和他的包。小丽忍不住了，半笑着说：“大李，你羞不羞呀？不就是一块玻璃吗？我赔你！我家卢六还损失了一个新包和一块毛巾呢。”

“赔我？那好呀，一块玻璃好几千块呢！”大李一下提高了声音。

小丽听了，惊得伸了下舌头。

回到家，卢六大概是累了，晚饭没吃就呼呼睡了。睡得正香，被小丽推醒了。

小丽拽了拽他的耳朵，说：“就知道睡！也不关心咱本市的新闻。刚才电视上说湖海景点那里有一伙专门砸车玻璃拎包的盗贼，要游客注意呢。唉！我们要是早知道，说啥也不让大李开车去那里玩呀。”

卢六揉了揉眼睛，嘟哝了一句：“我以为啥新闻呢，大惊小怪的。电视也播了？比报纸晚了一天呢。”

流年

1

我爷爷八十岁那年，腿脚一下就不中用了，竟一点征兆也没有。

那天清早，他起床后提着鸟笼绕村子转了一圈，回来屁股还没挨上交叉板凳就摔倒了。鸟笼咕噜噜滚出好几步远，惊得里面的“红下颌”转了嗓地叫起来。叫声引得我回头看时，刚好瞅见爷爷仰面躺在地上，腿蹬手挓挲，滑稽得有些可笑。我去扶他时，却发现爷爷不会站了，两腿好像没了骨头，好不容易扶起来，稍一松手，就瘫坐在地上。我吓坏了，把他背到炕上躺好，撒腿去喊爹。爹住的院子和爷爷的院子一墙之隔，但院门不在一条胡同，一绕也有好几百米远。我气喘吁吁推开爹的房门时，他正对着墙角的尿罐一个劲地排泄着。我说：“爹，快点，快点呀，我爷爷不会走了。”也许尿声太响，淹没了我的话声，爹没回头也没吭声，很从容地把尿排完了又把灰不溜秋的裤衩提好，才冲我嚷了一句：“大清早的你报的哪门子丧？想让我一天倒霉呀！”看着爹的黑脸，我小声说：“真的，爷爷真的不会走了，你快去看看吧。”爹拧着眉头，不相信地瞅了我老大一会，才“嗯”了一声。

我又一阵小跑，刚跨进爷爷的小院，就听见屋子里骂声不绝：“我还没死呢，就不管我了？来运，你个小兔崽子跑哪去了？真是‘上梁不正下梁歪’，一个熊样！”

来运是我的小名，爷爷给起的。听娘说，我出生时爹一看是个带小鸡的，一步三跳地去给爷爷报喜，当时爷爷正在院子里喂他的“红下颌”，旁边还围着几个六七岁的毛孩子。其实，爹的到来并没有引起爷爷的注意，甚至连看也没看他一眼。爹凑到前面，讨好地说：“爹，生了。”“啥生了？”爷爷手里捏着一个蚂蚱头正要喂给笼里的“红下颌”，听了爹的话，胳膊就放了下来。三妮子她娘生了，给你添了一个大胖孙子呢。爷爷愣了一下，突然笑了，嘟哝着：“来运了，老卢家来运了。嘿嘿，这个孩子就叫来运吧。”说完，继续喂他的鸟。这次，爷爷喂的全是整个的活蚂蚱、活蜘蛛，鸟儿啄着虫子在笼子里辗转腾挪，吃得那叫一个带劲儿。

“红下颌”是一种鸟儿，浑身纯橄榄褐色，翅膀和尾部之间颜色深暗，下颌红色，眼上有一道白色条纹，学名红喉歌鸲，此鸟叫声多韵婉转，有天籁之音。我们青州人都习惯叫它“红下颌”，也是当地笼养鸟中的上品。当时整个卢村，就爷爷一人养鸟，他说画眉、百灵算啥呀，太俗气，养就养“红下颌”。爷爷的鸟儿从不喂“死食”，也就是粮食，他一年四季全喂活食，什么蚂蚱、蜻蜓、青虫，甚至壁虎，逮住啥喂啥。春冬季节就逮房屋旮旯里的蜘蛛和厨房柴草堆里的聒噪婆（土元）。当然，这些鸟食爷爷基本不动手，村里的孩子抽空就逮，逮住就给爷爷送来。他们之所以天天逮鸟食，当然是看中了爷爷的糖果。糖果就放在他房间抽屉的匣子里，花花绿绿的，总也吃不完。

这时的“红下颌”，肚子里填满了美食，精神抖擞，在笼中放声歌唱，引得蝴蝶也来偷听。正是深秋，院子里的石榴树上结满了果子，很多都咧嘴笑了，露着红红的籽儿，枝条频频低头，在向微风致意，墙角的一丛翠竹也长得挺拔，小院里一片生机。爷爷笑着，说：“都散了吧，我要喝茶了。”孩子们哪里肯走，大点儿的栓柱噘着嘴说：“我们给扑了蚂蚱，还没给糖果呢。”爷爷一笑，很大方地对爹说：“去，摘两个石榴，给这几个孩子一个，给三妮她娘一个，俗话说‘酸男辣女’，她喜欢吃。”

据说，那天爹和一帮孩子走后，爷爷没喝茶，而是就着花生和咸鸭蛋喝了一壶酒，竟醉得一塌糊涂。爷爷有俩儿子，爹是老大，老二在新疆当兵，是个开飞机的，还没结婚。娘一连给他生了三个孙女，直到我出生，老卢家才算有了立门户的，爷爷能不高兴吗？

我来到爷爷炕前时，他已经把身子侧过来了，手里正抓着一个白瓷茶碗往地下扔。显然，爷爷经过十几分钟的“休整”，又恢复了摔倒前的元气。他看到我，喘着粗气说：“来运，你怎么跑了？你可不能看我的热闹，你是我的孙子。”

我说：“爷爷，我……我去喊俺爹了。”

“喊你爹？他个……”爷爷停下话，咳嗽了几声，许久，喉结一动，竟连痰带话又咽了下去。

这一年，是1975年的初冬，我十六岁。

平日里，我在生产队放牛，两头，一头黑色的一头黄色的，很清闲，但我挣的却是整劳力的工分。这个工作和工分都是爷爷定的，他对我们四队的生产队长王麻子说："就让我家来运放牛吧，给他个整劳力的工分。"王麻子一愣，嘴巴刚要张，爷爷却又开了腔，他说："放牛可是队里的头等大事，这牛是什么？虽不敢和我二小子开的飞机比，但也差不了多少。飞机是保卫祖国的，耕牛是给大伙干活种地打粮食的。再说了，我家来运是高小毕业，在队里也算个人才吧？是人才就要重用。"王麻子挠了挠后脑勺，一时没了话。爷爷捋了下雪白的长胡须，鸟笼子一甩，说："就这样吧，要不你去公社找孙书记汇报一下？"一提孙书记，王麻子点头如鸡啄米，说："不用不用，你咋说就咋办。"

在卢村，几乎大人孩子都知道孙书记和爷爷的关系。孙书记和我二叔是战友，都在朝鲜战场打过美国鬼子，只是孙书记负伤后瘸了一条腿，转业后刚巧到我们公社干了书记。偶然间打听到了爷爷，一口一个大叔叫着，亲得不得了，逢年过节或者工作清闲了都要来家里看望爷爷。有时两瓶酒，有时一包茶叶，没少给爷爷带。本来爷爷有个开飞机的儿子就了不得，这下又有了和儿子战友的公社书记当靠山，自是硬气万分。

冬天了，无地可耕，也无草可放，牛都进了队里的饲养棚，和另外一头骡子有专门的饲养员喂养。我刚闲下来，就被爷爷点了"钦差"，每天清早去他的小院给他烧沏茶用的水。听村里的大人们说爷爷的规矩大，讲究多，都几十年了，一条一条的，具体到每件事，连做汤菜用的芫荽也要长得碧绿且茎叶对称的。耳听为虚，我觉得很多人是嫉妒爷爷闲散、舒适的生活，故意给他抹黑。可听了爷爷嘱咐我怎么烧水后，还是吃了一惊。爷爷说：“我们村里共有六口水井，论水质，就数东南角老冯家的井水甘甜，水煮沸了也没渣，你要用我屋里的那副木桶去挑，洋铁桶盛水味不正。至于烧柴，要用院墙边的那堆楸木，随便挑，先用锯锯成半米长的木段，再用斧子劈，边劈边烧。来运，你记着，在我遛鸟回来前必须把水烧开，把茶壶泡好，要不茶虫子就在肚子里咬我。”

我很爽快地答应了，作为孙子，伺候爷爷是天经地义的事儿。可干了没几天就不想去了，单说烧水用的劈柴，我就很不赞同。爷爷让我劈的柴是楸木，有十几根，表面黑沉沉的，应该是旧屋扒下的房梁。楸木，在我们青州地面是最好的木材，生长缓慢，木质坚硬不开裂，且有淡淡的美丽木纹。用楸木打制的家具，更是显得沉稳大气，百年不坏。何等金贵的木材呀，却锯断再劈碎了烧水用，不知爷爷是怎么想的。再劈柴时我多了个心眼，要是把这些楸木用其他的木头换下来，我娶媳妇时打制一套家具多好呀。

爷爷似乎看出了我的心思，让我锯木头时他就在一边静静地坐着，不挪窝，直到锯断劈碎才提溜着交叉板凳离开。看着实在心疼，有一次忍不住了，就对爷爷说：“烧水用这样的木柴太可惜了，我用家里的一些杂木棍子换几根楸木，我大了打家具用吧。”爷爷头一摇，说：“不行。楸木看着瓷实，劈着顺丝，火也硬，烧出的水应该更有味道，把这些楸木烧完再说。”爷爷太挑剔了，我觉得他的那些讲究简直就是瞎胡闹、折腾人。

就在这时，爷爷无意间的一句话让我瞬间改变了主意，并且在心里发誓要伺候到他死去。他说：“来运，好好伺候爷爷，等你娶媳妇时，我和你二叔说说，让他给你买一块上海牌手表。”

2σ

爹终于来了，走到爷爷炕前时，手里还捏着一截扫帚上的小竹棒使劲地剔着牙。显然，爹是吃过了早饭才来的。刚站稳，就被爷爷当面啐了一口唾沫。爷爷没说话，胡子微微抖着，一双浑浊的眼睛瞪着他。爹见状，慌忙扔了小竹棒，俯下身子问：“爹，您没事吧？”爷爷还是没说话。爹又笑着说：“您的身体结实着呢，刚才我以为来运胡咧咧呢，就没在意。您不会有事的，要不我扶您起来走走？”爷爷没吭声，但脸色缓和了一点儿，两只胳膊抬了抬，意思是想起来。我和爹把爷爷扶起来，试着在炕上走了几步，可双腿一直拖拉着，怎么也撑不起他的身子了。看来，爷爷的双腿基本可以断定失去行走的功能了。

爷爷不甘心，边用手捶打着双腿，边让我去喊村里的赤脚医生郝大牙。郝大牙人丑但医术不丑，尤擅中医。村里人一般的病痛经他之手，只需一两副草药熬汤喝下，保准药到病除。郝大牙来到后，望闻问切，使出了吃奶的本事，也没找出爷爷双腿不能行走的症结所在。他擦了擦额头上的汗，对爷爷说：“这个情况我从没遇到过，也没听说过，你五脏六腑都挺好，看来只有一个解释，就是年纪大了，腿部骨质疏松，没了硬度，已经承受不了全身的重量了。我先给你开几副强身健体的药喝喝，也许几天后就起来了。如果起不来，我也没有办法，那就只有躺着静养了。”

郝大牙的话让爷爷浑身烦躁起来，他一会儿说热，让我打开他身旁的窗子通风。一会儿又说闷，让我把他的鸟笼挂在窗户边的梨树上，他要听“红下颌”唱曲儿。

看着爷爷躺在炕上烦躁无助的样子，爹嘴角偷偷咧了一下，脸上平添了一丝难以觉察的笑。他把爷爷身上的被子裹了裹，跟着郝大牙抓药去了。

郝大牙的草药尽管神奇，但在爷爷身上却丝毫没起作用。再去喊郝大牙来家诊治时，他支支吾吾说啥也不肯再来了。爹说：“你不去，老家伙就骂我，他以为我黑了钱不给他看病呢。老家伙可不缺看病的钱，他二儿子刚从新疆邮来了二百块呢。”

“这我知道，可……”郝大牙欲言又止，一副难为情的样子。

“不就是去把个脉，开个方子嘛，管用不管用的先把事儿糊弄过去再说。”

“唉。”郝大牙叹口气，“关键是你爹年纪太大，零件都老化了，我使多大的劲儿也不显好呀。时间长了，有损我的名声呢。俗话说，人过七十古来稀，路上少见八十的。都这个岁数了，还想站起来蹦高呀？不要说我，就是华佗在世也不过如此。”

喝惯了清茶的爷爷，为了站起来，强忍着喝了一个多月的苦药汤，双腿也没有一点好转的迹象，终于将药碗摔了个稀碎，不喝了。没想到，八十岁的人了脾气还这么暴躁。卧床的这些日子，爷爷的吃喝拉撒忙坏了我们一家人。他虽然走不了，但周身还算灵活，白天他都要坐起来，背后倚着厚厚的衣物，端着核桃大小的茶盅品茶。一日三餐也丝毫不能马虎，要荤素搭配、稀稠相宜、咸淡更要适中。爷爷特别爱干净，容不得一点屎尿，有时人有事儿离开了，赶巧拉了尿了，必须要重新换被褥。大冬天的，隔三岔五地洗晒被褥就成了问题，也忙坏了娘和姐姐们。

起初，爹对爷爷的照顾还是很细心的，但仅仅几天，他就懒得动手了。爷爷的一日三餐和换洗的被褥、床单全由娘和姐姐们负责，给爷爷擦洗身子和拾掇拉尿的床单大多有我负责。爹就在一旁，动动嘴，指使这指使那的。有次爷爷不满地瞪他一眼，他竟扭头走了，并且两天没到爷爷跟前来。爹对爷爷态度的突然转变，让我百思不得其解，后来从爹的醉话里我才咂摸出了一点道道儿，爷爷不能走了，再厉害也奈何不了爹了。

3

爹怕爷爷是真怕，并且怕了大半辈子，这个全卢村的人都知道。但爹为啥怕爷爷，村里的人只知道爷爷的规矩大，又有个当空军干部的儿子，身份自然不一般，天长日久就滋生了一种霸气。其实，我小时候就常常听爹和娘唠叨一些事儿，隐隐猜到爹怕爷爷还有一个原因，就是爷爷手里的钱和叔叔这棵大树。叔叔是个孝子，几乎每个月都给爷爷寄钱来，每次都不少。爷爷一个人过日子，怎么铺张和讲究也花不完，这么多年他的手里应该攒了一笔钱。啥事都顺着他，他老了花不动了或者死了时，这钱不用说也是爹的。再者，叔叔特别听爷爷的话，让他上东绝不上西，哥俩再好也抵不上爷俩好，要得罪了爷爷，也就得罪了叔叔这棵“摇钱树”。因为叔叔曾说过，我结婚翻盖房子时他要出一大部分钱。

我们家一直都穷，就三间土屋，一圈低矮的围墙外加一个土坯垒的翻翅门楼，那时我们姐弟四个都小，吃喝就指着爹和娘挣的那点工分。日子虽紧巴，但爷爷留下话，赡养他的那份粮食一两也不能少，这是规矩。夏秋两季队里分了粮食，爹都要装出爷爷的那份给他送去。每次爷爷都要用秤再标一标，斤两足了，才倒进一个半人高的水泥缸里。爷爷有他的主见，常说有钱不算个啥，关键要有粮。要是碰上残年庄稼歉收，没了粮食，钱再多也得饿死。所以，每年爷爷都把口粮准备得足足的。爹给爷爷的粮食只能填到水泥缸的一半多一点，余下的地方爷爷就用叔叔给他的钱买粮填满。

爷爷生活的优裕，在卢村是谁也比不了的，当然与叔叔的地位密不可分。我记事时，叔叔已经是空军的一个连长了，他的工资、待遇都不低，听说一个月的工资比我们一家人一年的收入都高。他每个月随便寄些钱来，用爹的话说，爷爷“怎么糟蹋”也花不完。叔叔回来得很少，两三年一次，回来都是大包小包的一大堆东西，有酒有烟也有糖果，甚至还有布料。东西有给爷爷的，也有给左邻右舍的，当然也有爹和我们一帮孩子的。有时候，东西不够分了，叔叔会去村里的供销店再买些作补充。每次叔叔回来，都待个十天半月的，他除了去村里的长辈那里拜望，当年的小伙伴家里也都去聊天，聊童年、少年时的故事，聊着笑着，快乐地像个孩子。叔叔随和，很多时候会带我们一帮孩子去村里村外的沟边路沿到处溜达，追寻自己童年的足迹，也教我们做风筝、弹弓、弓箭甚至用秫秸瓤做的蝈蝈笼。叔叔真是手巧，怪不得能开飞机，能当军官呢。

叔叔每次走前，总在我们家和爹娘唠好长时间的嗑，并给爹留下一些钱补贴家用，并再三嘱咐一定要好好伺候爷爷。叔叔给爹钱总是瞒着爷爷，不在多少，爷爷知道了准会骂：“给他干啥？一个壮男人，不缺胳膊不缺腿的，从小就知道偷奸耍滑！”这时，爹就低了头，一副理亏的样子。叔叔就笑，说：“哪里，哥现在孩子多，六张嘴吃饭，的确有负担，该帮帮的。”爷爷也就不再说话，算是默认。我在一旁听着，就觉得大人都一样，喜欢无端骂人。爹也经常骂我偷奸耍滑，可我没有呀，想想自己以前的委屈，我就猜到此时的爹也很委屈。

叔叔每次回来都到我家好几次，但从不在我家吃饭，都要陪着爷爷吃。以前叔叔回来，爹也和叔叔一起陪爷爷吃过饭，但仅仅一次。吃饭时，爷爷的酒盅刚沾了一下嘴，爹的居然一口就干了，叔叔刚要给满上，就被爷爷制止了。爷爷瞅着爹，不屑地说：“孩子都一大群了，怎么还和小时候一样没规矩？这辈子没喝过酒？”听爷爷的口气，是恼了，叔叔便不敢再给爹斟酒。看着爷爷一盅一盅地咂摸着小酒，爹满肚子被酒虫子钻得难受，也只好忍着。好歹吃完饭，爹又被爷爷“教育”了好几次，什么吃饭吧嗒嘴了，什么筷子夹菜不靠边了，总之，爹吃饭的一举一动爷爷是啥也看不惯。自此，爹说啥也不和爷爷一起吃饭了。

有一年，叔叔是坐吉普车回来的，刚到村口，叔叔嫌招眼，就让车子回去了。他领着两个孩子朝村里走，边走边和村里的老少爷们打招呼，一点架子也没有。据说，那次叔叔回来时又提干了，官大了不少，已经有了两名警卫，坐飞机先到济南，再从济南坐火车到益都（那时我们青州市还叫益都县），到县武装部打了招呼，执意让警卫住下，自己才坐车来的。叔叔领的那两个孩子是我的堂弟，兄弟俩大小差不多，六七岁的样子，都长得结实，随叔叔。那时，我已经十好几岁了，对叔叔的印象已经很深了。叔叔身材高大、英俊，看上去很年轻，不像比爹小两岁的样子。叔叔腰板笔直地坐着，说话也比较严肃，有板有眼的，让人感觉可敬又可亲。叔叔和两个堂弟的到来，给我们全家带来了极大的快乐。先是爷爷初次见到了远在新疆的两个孙子，乐得一天嘴巴都合不拢，就连他的宝贝“红下颌”也任由弟弟们拎着笼子在小院里摇来晃去。我呢，一下有了两个血缘那么近的弟弟，听着他们“哥哥、哥哥”地在屁股后面喊，自然也是满心欢喜。

最高兴的应该是爹和娘，就是那次叔叔亲口允诺了以后要帮助我家翻盖新房。叔叔说：“哥是亲哥，侄是亲侄子，你们的事儿就是我的事儿，我不能不管，但话又说回来，我的事儿也是你们的事儿，你们也不能不管。”

爹一脸迷惑：“哪能呢！他叔，有话尽管说。”

叔叔一笑，露出一口洁白的牙齿，说：“爹一个人住惯了，你要勤去他的小院看看，毕竟七十多的人了，帮着他做点事儿。他脾气虽不好但毕竟是我们的爹呀，他说啥你也要顺着，答应着，别惹他生气，他一辈子也挺不容易的。我不在家，再怎么孝顺也只能给他钱花，有个头疼脑热什么的在身边照顾，就只有靠你了。把爹照顾好了，你就帮了我一个天大的忙。”叔叔说完，眼眶竟红了，还用手拍了拍爹的肩膀。

爹点着头，嘴里也嘟哝着：“行是行，就是爹打小看不惯我，我怕他稍不顺心就骂我。”叔叔说：“我当然知道，可爹骂儿子几句又算个啥呢？”

4

爷爷叫卢比邻，不俗但生僻的一个名字。听说爷爷的爹是晚清的一个落魄秀才，到他这辈时家道已经中落，只余几亩薄田和一座醋坊。老爷爷不擅耕种，更不擅经营醋坊，就好吟诵诗书，田地和醋坊的一切事务都落在老奶奶一人身上。老奶奶是个小脚女人，身子纤弱，但过日子绝对是一把好手。那时，我们家雇了四个长工，专门帮着酿造“卢家香醋”，每次出新醋，我家的整个院子里都氤氲着一股甘洌的清香之气，引逗得大街上的鸡狗和鸟雀蜂拥而至。

“卢家香醋”在青州府以东的大片地区享有较高的声誉，曾在近十年的时间里供不应求，据说，青岛还有客商前来订购。老奶奶对醋的销售以批发为主，利润虽低，但销量大，出货快，回钱也快。家里的几亩地也全种了高粱，收获后酿醋用，但这些早就满足不了酿醋的需求，老奶奶就打发伙计去二百里地的高密县收高粱，那里的高粱一眼望不到边，路途虽远，但价格便宜很多。没几年，我家的醋坊就被老奶奶经营得有模有样了。

爷爷出生时，接生婆去给老爷爷报喜，他正在摇头晃脑地诵读王勃的《送杜少府之任蜀州》，刚好读到“海内存知己，天涯若比邻”，便随口给爷爷起了个“比邻”的名字。传到产房，老奶奶一笑，说：“还是个秀才呢，就这名字也太不响亮了。”多年以后，爷爷对读书一无所长，对吃喝玩还是颇费心思的，并且自嘲说：“我名字都注定了的，啥叫‘比邻’？就是和邻居比着吃喝玩。”当然，这是后话。

爷爷的降生，自然给这座终年飘着醋香的院子增添了许多生气，也让老奶奶干得更加起劲，她要给爷爷挣一座更大的宅院，甚至想着给他娶好几房媳妇，让老卢家子孙兴旺，家大业大。但过了没几年，老奶奶随伙计去高密买高粱回来的路上就被土匪劫持了。土匪扣下了所有高粱，并给伙计留下话，让家里人带五百块大洋到潍县南边的青云山赎人。伙计们连滚带爬回到家和老爷爷把事儿说完，他竟毫不在乎，说："土匪就是土匪，就知道要钱，你们拿大洋去赎人吧，我要读书了。"可说归说，老爷爷去哪里弄钱呀，他就知道一天三顿饭有人端到跟前，渴了有人给泡茶，可大洋在哪里，他还真是不知道。期限已到，几个伙计把几天卖醋的进项凑一块也不过十几个大洋而已，这下老爷爷傻了，放下厚厚的诗书，对伙计说："我是真弄不来钱呀，你们去给夫人收尸吧，替我多给她磕几个头，就说我对不起她呀。"

等伙计们拉着一口薄皮棺材找到青云山的土匪时，老奶奶还活着。她对土匪头子说："我没骗你吧，我家那口子就是个书呆子，他除了会读几本诗书啥也不会，钱他是真不知藏在啥地方。让你的手下人传话给伙计，就说我家的大洋都埋在天井那棵大楸树下的小瓮里，不多不少六百个，都挖出来给你吧，多出的一百个算是这几天我应付的饭钱。"

土匪头子哈哈大笑，说："你这个女人不简单，可怎么嫁了那么个窝囊男人呢？"

老奶奶回来后，觉得这世道真是福祸无常，昨天还愁得钱花不了，今天说不定就穷得要饭吃，存钱不是万全之策，关键要有个能永远赚钱的手艺。于是，在爷爷十岁那年她便手把手地教他做醋的手艺。也许老奶奶太过劳累，也许那次被土匪劫持受了惊吓，一直没再生养，就爷爷一棵独苗，对他自然很是娇宠。爷爷好玩也任性，头脑好使，念书却一塌糊涂。老奶奶就狠狠心把他带在身边，让他跟着那些伙计做些力所能及的活儿。几年下来，竟基本熟悉了做醋的整套工序。

1915年爷爷20岁，我们卢家在附近十里八乡已经算是大户了。那年，老奶奶为他订下了一门亲事，姑娘美丽贤淑，是镇子上一个教书先生的女儿。挺美的一件事，可老奶奶还没亲耳听到儿媳叫一声婆婆，就陷入了一场大的瘟疫中。据青州史志记载，那场席卷弥河东岸的瘟疫持续一月有余，死人无数。老爷爷和老奶奶竟未能幸免，20岁的爷爷眨眼就成了孤儿。

后来，爷爷好多天曾一言不发，醋坊也几个月一度停产。直到把奶奶娶进家门，爷爷才稍稍活跃起来，院子里才重新氤氲着清冽的醋香。也就是从那时起，爷爷似乎看破了世事，对自己的力气吝啬得要命，哪怕铲几锨发酵好的高粱或者移动一下脚边的醋担子，也全由伙计动手。爷爷坐在厢房的椅子上，看着账簿，喝着托人从南方捎来的新茶，优哉游哉。

5

眨眼，爷爷卧床竟然两个月了，也许吃喝拉撒全让人照料的原因，他的脾气收敛了不少，很少再高声大嗓地嚷嚷了。起先，村里的老少爷们每天都有来看望他的，礼节性地问候几句，再拉一些家常，爷爷高兴得不得了，聊着聊着，一天的日子也就过去了。可时间一长，来看望的人就少了，爷爷免不了烦躁。好在那些来给他送鸟食的孩子天天登门，捉住的蜘蛛和聒噪婆（土元）都在火柴盒里装着，恭恭敬敬地送到爷爷的炕前。

爷爷斜靠在炕头上，边喝茶边吩咐我给“红下颌”喂食。鸟笼就挂在炕头对面的一个铁钩上，铁钩用一根火柴棒粗的整根铁丝制成，铁丝两米有余，铁钩的另一头直接绑在房梁上。打开笼罩，“红下颌”看见食物就在笼中兴奋得蹦跳鸣叫，鸟笼随之如秋千般晃动。爷爷眯眼呵呵笑着，一脸的惬意。孩子们得到的奖赏有糖果，有花生，最诱人的一次是爷爷冬储的“小国光”苹果，大冬天的能吃上苹果，那是怎样的享受呀。爷爷说：“只要你们天天来，吃个苹果不算啥，过年时我一人给你们一支小鞭炮，二十响的。”孩子们欢呼着，“呼噜噜”拥出门去。

人去房空，屋子里静了很多，“红下颌”吃饱喝足，昂着头叫得正欢。爷爷说：“来运，这鸟儿十八岁了，比你还大两岁呢，它天天陪着我，给我唱歌听，比你爹强多了。你爹有三天没来了吧？再怎么说，在你爹结婚单过之前我还养了他二十多年呢。”我支吾着，点了点头。

看着爷爷的脸有些难看，我赶忙岔开了话题。我说：“爷爷，这‘红下颌’真十八岁了？一个鸟儿哪能有这么长的命呢。”

“十八岁不算啥，听说这“红下颌”能活三十岁呢，大鹦鹉更是长寿，能活五十岁。这只‘红下颌’虽是笼养，但我每天早晚各遛一次，平时全吃活食，喝的水里我总是掺着从郝大牙那里弄来的土霉素药末，消毒杀菌呢。这鸟儿的命还早呢，只要我不死，它的好日子才开始。”

我说：“就是，还早呢，爷爷能活一百岁。”

爹再次来到爷爷身边时，日子已经进了腊月，大街上稀稀拉拉的鞭炮声、吆喝卖糖葫芦的、敲梆子换豆腐的，各种声音混杂在一起，有些年味儿了。

爹对爷爷说："快过年了，今年的年货让我买吧？趁着大雪还没来，碗筷、糖果什么的我先置办着。"

爷爷鼻子哼了一下，说："谁不让你置办了？这么多年了不都是你置办？腿在你身上，我又没拦着你。"

爹感觉爷爷理解错了，赶忙解释："我……我是说你今年走不动了，你过年用的东西也有我给你置办。"

爷爷鼻子又哼了一下，说："那好呀，你去置办吧。"

"可……可你要给我钱呀。没钱，我可买不来。"爹一扭身，赌气地坐到了炕前的高凳上。

爷爷说："那就算了，过年你兄弟就回来了，让他去买吧。我哪有钱呀，有个千儿八百的还留着养老呢。对了，让你去公社给你兄弟挂电话，让他过年回来趟，你挂通了吗？"

千儿八百还叫没钱？这简直就是一笔巨款。可从爷爷的嘴里那么淡淡地说出，估计把爹给吓着了。好一会儿，他才堆了一点笑，起身给爷爷掖了掖身边的背角，说："打通了，兄弟说过年要站岗，好好保卫祖国，没空呢，等天暖和了就回来。"

"哦。"爷爷出了一口气，耷拉着脸，有些失望。

6

老奶奶死前，可以说把老卢家香醋的买卖做到了巅峰，尽管四五个伙计白天不停地干，酿制的香醋也供不应求。那时，老奶奶在镇子上不光盘下了两间门面房，专营"卢家香醋"，应该也攒下了不少银圆。有人猜测我家的银圆这次不可能还埋在天井老楸树下，有可能藏在醋坊的地窖里，也可能藏在房子的夹壁墙里，至于多少，没人知道，更没人见过。老爷爷还是痴迷他的诗书，一天到晚摇头晃脑诵读不疲，对家里家外的大小事情一概不问。老奶奶挖苦他说："大清国早亡了，皇帝也跑到满洲里去了，你的书读得再好，也中不了状元了。"老爷爷一声长叹："唉！状元虽考不成了，但我还是秀才呀，凭这个也足以光宗耀祖了。"看着老爷爷满脸的自豪样，老奶奶知道老爷爷怎么扶也是个扶不起的阿斗了，就把全部心思用在了爷爷身上。教他酿醋，教他管账，当然也告诉他赚的银圆怎么藏，藏在哪。

爷爷虽念书不好，但也能领会亲娘的良苦用心，就暗暗下定决心，准备把醋坊好好经营下去，把老卢家的门户结结实实地撑起来。但老爷爷和老奶奶被瘟疫夺走性命后，爷爷寻思了多日，积压在心头的很多事情竟突然明了了。那时，正逢乱世，军阀混战，土匪更是多如牛毛，烧杀抢劫之事如家常便饭，你辛辛苦苦赚了半辈子钱，说不定瞬间就成了他人之物。更何况疟疾到处爆发，稍有不慎就命归黄泉。人何苦这样委屈自己呢，要吃要喝要玩要高兴才对呀，只有实实在在享受了，才叫有福呢。

就是从那时起，爷爷过上了讲究的生活。一日三餐所需的水、肉、菜以及粮食都是有要求的，除了新鲜，还是有很多说法的。如黄瓜要有刺还要顶着花，豆角要不老不嫩笔直的，芹菜的茎要一扎半长（约30厘米），叶子之间的距离还要相等，韭菜要粗细高矮基本相同且叶子碧绿的，对于鸡鱼更不能含糊，要现宰现下锅，猪肉要瘦的就不能有一点肥的，要肥的就不能有一点瘦的。爷爷的讲究让奶奶无法下厨，也没有那么多的心思给他到处买这些东西。

奶奶家虽不富有，可绝对是书香门第，她的脾气极好，从不与人争吵，一言一行都显得温雅贤淑。当初老奶奶之所以看上她，有一个人起了至关重要的作用，那就是老爷爷。老爷爷说："书上讲，一个好女人可以影响一个家庭的三代人，让一个家庭的美德很好地传承下去，所以，娶一个好媳妇是最最重要的。"老奶奶有些不解，问："怎么就影响三代人呢？""你想呀，好媳妇不光能善待自己的公公婆婆，还能善待自己的丈夫和孩子，这样的女人德行好，定能惠及子孙。"老奶奶茅塞顿开，一下就相中了镇子上那个斯文的教书先生的女儿，并下了聘礼。

奶奶嫁入卢家，没能得到婆婆的教诲，却领教了丈夫的任性和讲究，让她苦不堪言。奶奶实在扛不住了，爷爷就让人帮忙雇了村里的唐二妮给他做饭。唐二妮是个寡妇，但人长得清爽，蒸馍炒菜更是一把好手。她有个六七岁的儿子，叫宝根，天天尾巴似的跟在身边，唐二妮就主动提出孩子的饭不白吃，她可以空闲里帮着打扫院子。爷爷哈哈一笑，欣然应允。

爷爷对饭菜的讲究很快就传遍了卢村，也传到了镇子上。很多人都说爷爷出洋俏，不知道天高地厚。爷爷一笑，说我自己赚的钱，我爱怎么花就怎么花。想出洋俏的人多了，可兜里要有钱呀。也有人对爷爷赞赏有加，说老卢家的儿子就是有派头，比他那个书呆子爹强多了。爷爷的吃喝一出名，那些有好菜好肉的卖家就主动送上门来，但价格要比市面上高很多，爷爷也不计较，只要好照单全收。听人说，爷爷吃豆腐也有专门给送的，一次二斤，要卤水点的，但豆腐要四四方方的，长了窄了都不行，还要看着白，吃着嫩，下锅还要经水煮。吃个豆腐还这么些臭讲究，谁伺候呀？别说，还真有几家卖豆腐的争着送，爷爷出的是一斤顶五斤的价钱。

如此风光的日子，爷爷只过了五六年就到头了。看着几个债主吵吵嚷嚷地逼上门来，要将醋坊抵走，他才觉得自己败家了。其实，爷爷败家并不是败在吃喝上，吃喝才花几个钱呀。爷爷有句名言，叫“吃不穷，喝不穷，算计不到才受穷。”但这次，爷爷的确没有算计到，是败在了赌钱上。他的“邪名”过大，被一些不三不四的人盯上了，和他套近乎，请吃喝，终于陷进了他们预设的局中。爷爷越陷越深，不能自拔，并且赌注很大，先是输光了醋坊的日常收入，又输掉了镇子上的门面房，这次老卢家的醋坊也保不住了。看热闹的人围了一层又一层，看着爷爷低头挠脖子的窘样，不少人偷偷乐出了声，甚至想说爷爷的赌注下小了，要是再大些，把老婆孩子一起抵了才叫过瘾。

债主赶走了伙计，要占醋坊时，一直不说话的爷爷开口了：“别动我家的醋坊，这可是老辈人传下来的，再怎么着也要给我留下，我还指望它养活一家人呢。”

“给你留下？那我们的钱呢？你拿啥还？债主们也急了。”

爷爷一指天井里的大楸树，说：“不就是四百个银圆吗，把那棵楸树砍了吧。”

“砍树？你倒想得美，那才值几个钱呀！”

“值五百个银圆呀，爱要不要！”爷爷梗着脖子，用手指着大树上的枝枝杈杈，“看清了，我这棵楸树可是结银圆的。”

此时已是深秋，树叶早就落光了，人们仰头仔细打量，高高的枝杈中隐隐有几个黑乎乎的东西挂在上面，像鸟窝。直到有擅爬树的人上去弄下“鸟窝”，人们才恍然大悟，是几个装着银圆的小帆布袋，原来老卢家的钱都藏树上了。

醋坊到底保下了。奶奶瞅着低头耷拉肩的爷爷，领着爹和叔叔的手，平静地说：“比邻，这乱世中钱多了不一定是好事，咱钱没了就没了吧，权当没挣，只要你不再赌了，能让我们娘仨吃饱饭，就对得起你死去的爹和娘了。”

奶奶的大度，让爷爷鼻子一酸，竟真的在以后的几十年里从没动过赌钱的念头。

7

瘦死的骆驼比马大。虽然爷爷输光了镇子上的门面房和家里的全部积蓄，但毕竟还有一座醋坊，和村里的大多数人比起来，还是算阔的。醋坊的伙计都辞掉了，爷爷亲自干，奶奶打帮手，虽慢，但也减少了开支，赚个吃喝和零用还是可以的。爷爷长得结实，手艺也娴熟，酿醋对他来说是小菜一碟。爷爷每七天出一次醋，香醋“滴滴答答”从发酵的高粱胚斗里通过一根塑料管再慢慢渗到一个大缸里，平均下来一天几十斤的样子，除了村里村外的乡亲上门买一些醋，余下的爷爷就用醋担子挑着赶集去卖。虽辛苦，但过得也算充实。爷爷钱不赌了，但酒和茶依然要喝，饭食上的档次降了，但讲究还是有的。再普通的蔬菜也要吃个新鲜，叶子黄了或者蔫了，干脆扔给鸡吃。邻居有死的家禽，拾掇好煮熟了，满怀好意地给爷爷送点过来，刚走，他就直接扔垃圾里了。用他的话说：宁吃鲜桃一口，不吃烂杏一筐。人就那么个肚子，千万别让自己糟蹋了。

爷爷再怎么讲究，奶奶也高兴，毕竟他现在是自食其力，有理由好好享受一下。再者，唐二妮辞退了，不在她面前走来走去了，她觉得心里敞亮了不少。那时，爹和叔叔一个七岁，一个五岁，小牛犊般在脸前跑来跑去，奶奶看到了无限希望。

爹十岁那年，日本鬼子还在中国横行，但气数基本已尽。镇子上、村子里乱糟糟的一片荒废，奶奶权衡再三，还是决定送爹和叔叔去镇上的学堂念书。要去读书了，爹和叔叔还没有大名，奶奶对爷爷说："孩子的乳名是我起的，这个学名你起吧。"

爷爷好像早就有所准备，随口说："就叫卢大卢二吧。"

"这个不行，太土了，孩子一辈子的称呼呢。"

"不土，名字就是个记号，叫着顺口就行。我的名字多雅呀，还不是'瞎子点灯白搭油'，一点用没有。"

爷爷的口气坚决，说法也有道理，奶奶就默认了。但她还是弄不明白，对孩子的名字爷爷是十分看重的，这次怎么就草率了呢？当年爹和叔叔刚会说话时，对自己的称呼，爷爷和奶奶争论了好久。我们青州是古九州之一，千百年来有汉、回、满、蒙古等多个民族居住在一起，虽和谐共处，但很多生活习惯和礼仪还是不同的。譬如对父亲的称谓，回族人喊"大大"，满族人喊"哲哲"，而汉族人大多喊"爷"，但我们邻村刘家庄的人却喊"爹"。爷爷问为什么？有老人说："刘家庄刘姓的先祖是康熙年间的武举人，因有功名，他的子孙都称父亲为爹，以示尊崇。"爷爷听了，没吭声，但爹和叔叔开始学话时，就让俩儿子也喊他

“爹”。奶奶不同意，说：“满卢村的人都喊爷，咱的孩子为啥喊爹呢？”爷爷说：“满卢村就孩子他爷爷是秀才，满肚子学问，就该叫‘爹’！”

爹和叔叔念了没几年书，镇子上就乱成了一锅粥，穿着各色军服的队伍你来我往，杀气腾腾。更可怕的是一个漆黑的晚上，一发炮弹竟落在了小学堂的房顶上，幸好没伤着人，学堂却被夷为了平地。没法上学了，爹和叔叔就在家帮着爷爷干活。那时，我家的二亩薄地还在，地里的农活和醋坊的营生冲突时，便把人分成两拨忙活。醋坊的活儿要脏些累些，爷爷就占下了，奶奶只好忙地里。这时候，爹总是抢着跟奶奶去地里，他说：下地不光日头太毒，庄稼叶子还容易把胳膊划破了，就让弟弟留在醋坊吧。其实，爹是多了个心眼，跟着奶奶多自由呀，奶奶在地里锄草施肥，他就在地头的草棵里到处扑蚂蚱、逮蝴蝶，玩得那叫一个欢儿。奶奶疼爱孩子，大多时候自己累死也舍不得喊他一声。而叔叔在醋坊，又是提水，又是搅拌高粱糟，和爷爷干一样的活儿，忙得浑身汗津津的。

镇子上五天一集，颇为红火。逢集时，爹和叔叔都要一人挑一个担子去卖醋。担子是专门用来挑醋的，一头一个小木桶，上面有盖子，装满醋，不多不少四十斤。哥俩儿每次清晨挑担出门，过弥河上面东西走向的小木桥，一路向西四里地就是镇上的大集了，中午卖完返回，也挺辛苦的。爷爷和奶奶看着儿子能替自己干活了，从心眼里高兴。

可时间不久，因为两件小事，爷爷对爹逐渐产生了反感。

先是小麦收割后，天气突然变得特别闷热，爷爷估计有雨要下，就让奶奶带爹去地里种豆子。奶奶在前面用镢头刨坑，爹在后面跟着撒豆种，一个坑两粒豆。望着空荡荡的一片地，爹不一会儿就干够了，奶奶催他，他就嚷着要撒尿，可尿都撒了几次了，瓢子（用葫芦锯开做成的盛东西的物件）里的豆种还有很多。天热人乏，爹是真干够了，就嘟哝着回家。

奶奶说："离晌午还早呢，再说抢在下雨前种完，咱就省得浇地了。咱俩加把劲，种完这些豆种就回去，要不你爹会骂咱们的。"

爹眨眨眼，说："天热，我身上的水分都变成尿撒完了，现在口渴得厉害。"

"那就喝水呀，水壶在地头放着呢。"

爹答应一声，端着盛豆种的瓢子，迈步朝地头走去。

天气越发热起来，奶奶和爹似乎也干得快起来，不一会儿，爹说豆种没了。奶奶直起腰，不相信地看着爹，说："这一瓢子豆种应该能种两个畦子的，还差一大截呢。"爹不说话，不满地把空瓢子伸到奶奶面前晃了晃。

奶奶一笑，说："傻孩子，娘还不相信你呀？回家吧。"

大雨过后，爷爷去地里查看豆种的出苗率，临走去地头的杂草中解手时，竟发现了一堆豆苗，在雨水的浸润下昂着绿莹莹的脑袋挤在一起，十分招人喜欢。当时爷爷觉得奇怪，谁会在这里撒一堆豆种呀，黄豆贵如油，这豆芽急火炒了更是一道绝佳的菜肴。爷爷觉得捡了个大便宜，一棵棵拔出来，用大襟褂子提回了家。饭桌上，奶奶无意间问爹那天种豆的一句话，竟让他支支吾吾，满脸通红。爷爷一下明白了，啥也没说，端起酒盅一下把酒倒进了嘴里。

再就是爹和叔叔每次赶集卖醋回来，叔叔总是喊饿，满屋翻腾着找东西吃。奶奶就笑着说他：“真是个饿马虎，你哥和你挑一样的担子也不饿。”

叔叔边吃边打着呵呵：“谁知道呢，哥大几岁，也许肚子顶熬，我不行，再不吃点东西就前胸贴后背了。”

有一次，叔叔赶集回来又喊饿，看着爹坐在一边淡然的样子，爷爷的神经像突然受了刺激，顺手拿起旁边的一截竹竿，朝叔叔当头就打。奶奶赶忙阻挡，说：“你凭啥打他？孩子就是喊饿，没犯什么错吧？”

爷爷说：“我打的就是这个，为什么哥俩儿一块出门，回来他总喊饿？我就打他个死心眼！”

“死心眼？啥死心眼？”奶奶一头雾水，叔叔更是委屈得泪珠子“吧嗒吧嗒”掉下来。

多年后，我才从村里人的闲聊中得知，当时爷爷之所以打叔叔，有双重意思。一是嫌叔叔太老实耿直，怕以后在社会上会吃亏。二是嫌爹太过奸猾，表面看着规矩，背后却总好耍小聪明。其实，他第一次听人说起爹卖的醋里曾有过小鱼和小虾时，他觉得好笑，反唇相讥说：“我要有那个酿醋的本领，直接卖鱼卖虾多好呀！来钱也快。”当他再次听人说见爹在弥河边往醋桶里掺水时，爷爷就信醋桶里有鱼虾的事儿了。那时的弥河水碧清碧清，两米深的水底都看得一清二楚，小鱼小虾成群结队，多得数都数不清。原来，爹每次卖醋都不和叔叔一起走，他先到邻村转悠一圈卖个三两斤，途径弥河时再用河水把卖掉的部分添满。这样，他就有钱在集上吃包子或者火烧，到家时肚子自然就不饿了。

兔崽子！老卢家哪有这样的种呀！爷爷有事没事就嘟哝几句，看来，爹的确给老卢家丢人了。

8

奶奶死时，全国基本解放了，镇子上驻扎了大批解放军，“咚咚咚锵锵锵”的欢庆锣鼓整日不停。奶奶的病很蹊跷，脸色蜡黄，浑身没劲，爷爷求遍了镇子上的医生，甚至连城里的洋诊所也去看过，都说不出病因。奶奶喝了无数的中药和西药，都不见疗效，最后瘦得皮包骨头，说话都没了力气。奶奶的病，前后苦熬了两三年，再次让我们卢家成了穷光蛋，钱花光了，两亩薄地和醋坊里所有的酿醋家什都让爷爷卖光了。奶奶弥留之际，她微睁着眼睛，看看爷爷，再看看爹和叔叔，满眼的柔情和不舍。奶奶走后，爷爷让人揭去了醋坊的青瓦和房梁，给奶奶换回了一口薄皮棺材。醋坊除了四面光墙，啥也没有了，弥河东岸曾经风光十余年的“卢家香醋”终于随风而逝了。

爷爷对奶奶的善举终于换来了好的结果，土改时，我们家被划为贫下中农，成了根红苗正的人家。看着村里几个就知道拼命干活、拼命攒钱、拼命买地的人家被划成了地主，天天批斗游街，爷爷这个穷光蛋第一次感到了少有的自豪。

1950年春天，解放军到村里动员参军，一个家庭有两个或两个以上成年儿子的尽量要一人参军。部队领导找到爷爷时，爷爷二话没说，把爹和叔叔叫到跟前让他们表态。

爹问：“现在全国都解放了，还当兵干啥呀？”

部队上的人一笑，说：“蒋介石跑到台湾了，但想反攻大陆的贼心不死，我们不能不管吧？再说了，现在美国鬼子都入侵朝鲜了，我们是邻居，也不能不管吧？你放心，只要想当兵，有的是机会舞刀弄枪，说不定还会成为全国的战斗英雄呢。”

爹听完，脑子里立刻浮现出听人说起的战争场面，遍地的死尸，血肉模糊，血流成河。爹吓得吐了下舌头，对爷爷说："俺娘刚入土不久，我要给她守三年孝呢，这当兵的事儿就让弟弟去吧。弟弟比我聪明，说不定能当个军官，给咱老卢家光宗耀祖呢。"

事后，叔叔参军成了一名飞行员，两年后上了朝鲜战场，竟屡立战功，为家乡人赢得了赞誉。叔叔的立功喜报寄到家里时，爷爷才知道叔叔改名字了，一个富有时代特征的名字——卢援朝。爷爷当着村里很多人的面直夸叔叔的名字好，一看就是一个"精忠报国"的好兵。村里人夸赞叔叔能干的同时，也没忘了和爹开玩笑，说："老二都成战斗英雄了，你眼馋不？"

爹撇撇嘴说："不眼馋，这兵是我让给老二的，要是换我，现在都穿'四个兜'的军官服了。"

爷爷眼一瞪，说："就你？怕是战场还没上，裤子就尿湿了吧！"满屋子的人哈哈大笑，爹臊得满脸通红，赶紧溜出了屋子。

不久，叔叔的立功喜报又寄来一次，一年后居然提干了。他的名气越来越大，就连镇子上县城里也挂了号，村里、公社里的干部时不时来家里坐坐，对爷爷嘘寒问暖，我们老卢家重又风光起来。也许因了叔叔的缘故，给爹提亲的也一下子多起来，爷爷内心高兴，却一直没有急着定下来。瞅着爹整日抓耳挠腮的猴急样，爷爷暗暗嘀咕了一句："没出息！"其实，他是想再等等，尽量给爹物色一个更好的。

就在这当口，却发生了一件事儿。

那段时间，爹一直在离家十几里的一个水库工地上出工，吃住也在那里，十天半月回不来一趟。那天中午，工地上改善伙食管大包子，猪肉粉条馅的，据说爹那次吃了十二个。吃得急，又喝了一瓢凉水，下午就拉起了肚子。没办法，队长便让他回村里的卫生所拿点药吃，顺便休息一下。爹回到家，刚推开院门，却和一个人差点碰了头，尽管天已经擦黑，那人也匆匆夺门而去，爹还是看清了是村里的寡妇唐二妮。走进屋里，爷爷正坐在如豆的灯光下喝酒，一个酒壶，一碟炒鸡蛋，把爷爷的脸催生得红扑扑的。他光着膀子，胸脯也急剧地一起一伏着，不知是酒气还是激动所致。也许爹自觉平日里所受的委屈不少，这次终于攥住了爷爷的把柄，能发泄一下了。他大声对爷爷说："你和这样的女人勾搭在一起，就不怕俺娘在梦里骂你？"

爷爷没吭声，继续喝他的小酒。

"你都多大年纪了，还整日弄这些事。你就没想想俺哥儿俩还都是光棍呢！"爹有些委屈。

"我弄什么事儿了？"爷爷高声反问。

"唐二妮那个寡妇会对你好？不就是看上了你手里老二给你寄来的钱吗？"

"你放屁！我没有对不起你娘的地方！"

爹说："你们的事儿早就在村里传开了，我也不信，可这次是我亲眼看见的！"

"你亲眼看见啥了？看见我们在一起睡觉了？你个猪脑子！"爷爷猛地把酒盅摔到了地上。

最终，爹还是怯了爷爷的威风，心里又憋闷，饭也没吃，当夜就返回了工地。

不多时，爷爷就给爹定下了一门亲事，女方家也是地道的贫农，两家在政治上算是门当户对。秋种一结束，爷爷就张罗着把爹的婚事办了。爹结婚时，几乎全村的人都送来了贺礼，一毛钱或者两毛钱，有关系特好的，就提溜来二斤散酒。叔叔专门从新疆邮来了一床毛线毯子和两块喷香的洋胰子，让所有见过的人都馋得不行。唐二妮没上贺礼，但她捎信给爷爷，说她要领着儿子去县城投奔自己的姑姑了，姑父在联合工厂上班，也许日后能帮上自己的儿子。家里的屋子就空下来了，虽破，但三两个人住还是很宽敞的，让爹结婚后去那里住，权当给她看着家吧。爷爷高兴，爹更高兴，爷俩不用天天见面了，心里没了隔墙，多好呀。

唐二妮和儿子最终没有再回卢村居住，她的老屋几年后就彻底卖给了爷爷，具体多少钱，谁做的中间人，没人知道。随着大姐、二姐、三姐和我的诞生，这所屋子就渐渐融入了卢家的感情，难分你我了。

9

爷爷躺在炕上的日子里，和我聊了很多。他说自己一辈子经历了很多事儿，受过苦，也享过福，穷得叮当响过也肥得流过油，走过正路也走过歪路，让人嘲笑过也让人羡慕过。他说我是个好孩子，是老卢家的种，这么小就不嫌他脏，给他端屎端尿的，心正、厚道，随我叔叔。他还说，爹小心眼太多，就会算计些鸡毛蒜皮的事儿，所以一辈子啥也弄不好。

爷爷说：“有件事我憋了好些年了，没跟任何人说过，和你说是想让你知道，以后不要跟你爹学，他再不好，你也要好好养活他，谁叫他是你爹呢。”也许是激动，爷爷咳嗽了几声，好大一会儿，才说：“这些年我的口粮一直有你爹和叔叔供应，你爹给粮食，你叔叔给钱，我再买成粮食存起来。”

说着，爷爷一指墙角里的水泥大缸，继续说，“这口大缸每次盛上你爹给的粮食，我再买上二百斤放一起，不多不少正好满满一缸。一次，你爹一直没送粮食来，我就先买了二百斤盛缸里了，等你爹弄来时我就让他直接倒缸里了。可事后发现，这缸还差一拃的距离没盛满。我就纳闷了，每年都是一样的粮食，就是干湿稍微有差距，也不能差这么多呀。我就琢磨着你爹又耍了小心眼，以为浑水摸鱼我没数呢。你猜怎么着？最后他又给我补了粮食，差了我整整五十斤小麦呢。你爹有很多不好的毛病，我都能忍受，但这一点却让我很生气。给亲爹的口粮都克扣，还算个人吗？打那以后，他每次给我送粮我都要再称一次，就想给他提个醒，心不能再歪了。”

虽然爷爷是亲的，爹也是亲的，但听着爷爷数落爹的“劣行”，我还是臊得慌。

爷爷说：“来运，俗话说‘七十三，八十四，阎王不叫自己去’，我今年八十了，怎么说也还能活四年呢。那时，你正好二十岁，也能说媳妇了，爷爷如果能看一眼我的孙子媳妇，死也闭上眼了。”

我心里一阵儿难受，忙说：“等开春暖和了，你就能站起来到处遛鸟了，我说过，爷爷能活一百岁呢。”

爷爷又说：“现在都进腊月了，我得这病应该也两个多月了，再怎么说你叔叔也应该来看看我吧。现在早就不打仗了，全国有那么多的解放军，要站岗也不差他一个人呀。我估摸着你爹根本就没给你叔叔打电话，他不知又想干什么？”

我说：“叔叔现在是大官了，他不用抱枪站岗，可他要指挥呀，要不一个部队会乱套的。”

爷爷没有吭声。

叔叔那时已经是正师职的干部了。反正我是觉得他很忙，要指挥千军万马的。

俗话说“腊七腊八，冻死叫花”，一点不假，腊月初八的早晨，天格外冷，还刮起了雪花。爹把我叫到爷爷的天井里，边说边轻轻跺着脚。他说村大队部要派人去淄博的洪山用小车推炭，过年分给村里的卫生室、代销店还有几户烈军属取暖用，回来后生产队每人记三十个工分，另外大队部还有五毛钱的补助。就去四个人，想去的都争破头了，他专门找了大队书记才给我争取了一个。我说行，可爷爷你要照顾好呀。爹说：“就一百多里路，顺利的话明天下午就回来了，这次对你是个锻炼，老东西你就不用惦记了。”

天虽冷，但我们推着小车不停地走，还是出了汗，等走到洪山时天还没黑透，谁知炭厂居然没炭了。我们只好在炭厂的储物间里将就了一晚，直到第二天下午才买上炭，马不停蹄地往回赶。回来就累了，走走停停，进村时已经是腊月初十的晌午了。一到大队部，就有人告诉我爷爷死了。我一惊，放下车子就往家跑。爷爷的院门上已经贴上了白纸，灵棚还没搭，爷爷就躺在屋子的正中央，身下铺着薄薄的一层麦秸瓤。娘和三个姐姐都坐在爷爷的旁边抽泣，爹在一旁走来走去，显得很焦躁。除了家人，屋子里还有村里的丁书记和卫生室的郝大牙，他俩有一搭没一搭地说着话。我跪在爷爷身边大哭起来，他的脸上盖着一层黄表纸，严严的，我无法想象爷爷此时的表情，是痛苦还是快乐呢？

爷爷怎么就走了呢？两天前还是好好的。我突然觉得人生如灯，明灭就在一瞬间。

至于爷爷的死因，爹的解释是心脏病突发或者急性脑溢血，反正他看到时就死了。但村里的很多人来帮忙料理爷爷后事时，却发现了一个无法遮掩的事实。爷爷的左耳朵缺了一小块，豁口很不规则，推测应该是被老鼠咬掉的。也就是说，爷爷死后的较长时间里一直没人来过，才让饥饿的老鼠钻了空子。爷爷卧床的事儿大伙都知道，身边是一时也不能离人的。再怎么说，爹这个不孝的名声是逃脱不了的，有这样的混蛋儿子，谁还愿意来帮忙呢？来帮忙就等于放纵和宽容了他的不孝。来帮忙的人一哄而散，灵棚也没人来搭。爹没有法子，只好带着三个姐姐在大街上见人就磕头，央求他们来家里帮忙，但无人理睬。最后，丁书记和郝大牙来了。丁书记说："给你弟弟的电话早就打过去了，说不定今晚就回来了，等他回来再说吧。"

叔叔回来后，披麻戴孝在门口一跪，家里立马就拥满了人，有头有序地忙碌着，爷爷的葬礼如期进行。这次跟叔叔一起回来的还有婶婶和我的两个堂弟，他们虽然和爷爷相处不多，但还是哭得很伤心。看来，亲情是无法割舍的。

爷爷的葬礼，叔叔坚持承担了一切开支，说自己照顾爷爷不周，应该的。帮忙的人散去后，他对爹说："咱爹腿都站不起来了，挺严重的，可当初你打电话怎么就说他摔折了腿呢？原以为静养几个月就好了，才给你寄了二百块钱来。可要过年了，爹的腿还没好，你为啥就不告诉我一声呢？你要是打个电话，我保准回来，爹就不会出事了。唉！爹临死脸前也没个人，死后还让老鼠咬了耳朵，算个啥事呀？看他表面风光，其实他一辈子也苦呀。"叔叔说着，眼泪一下滚满了脸颊。良久，叔叔又说："其实，你怎么待爹，我心里很清楚，我不在爹的身边，有啥资格要求你呢？我再标榜自己孝顺又有啥用呢？你以后好好过日子吧，没人管着你了，你是咱卢家的老大了。”

这次，叔叔待了一天就回新疆了。那天，下了一场大雪，铺天盖地，把地上的一切都掩盖了，放眼望去，一片洁白。走时叔叔给爹留了一些钱，说是让他过年过节时替自己在爷爷和奶奶的坟前烧烧纸。爹紧紧攥着钱，点了下头。

10

爷爷死后，爹的名声在村里一度下落，人们见了他像躲瘟神。那时已经实现了生产责任制，他也很少再和人交往，每天就是地里家里两头跑，没事就在家窝着。多年以后，爹病倒卧床时，也许某件事儿突然刺激了他的神经，他攥着我的手，说：“来运，当年你爷爷的死是我不对，我猪狗不如呀，你可不要学我呀。”

我说：“哪能呢，爷爷活着时就嘱咐我要好好善待你。你别胡思乱想，安心养病吧。”

“嗯……我……我……”爹看着我，嘴唇哆嗦着，激动得好久说不出一句囫囵话，“其实，我就是财迷心窍，想给你爷爷置办年货时从中落下个三核桃俩枣的，可他却说让你叔叔回来时置办。没办法，我就骗他说你叔叔过年回不来，这下他总该让我置办吧。谁知，唉！我真是该死，我压根就没给你叔打过电话呀。”

也许爹是真的想要忏悔，也许有必要让我知道爷爷死亡的真相，他最后的日子里，还是断断续续和我聊了一些当时的情况。

腊月初八我去洪山推炭刚走，爹就问爷爷要钱割肉包饺子。寻思着爹的一肚子小心眼，爷爷气不打一处来，说：“我没钱。你给你爹包碗水饺吃还能伤天理呀？”

爹一愣，说：“啥时你也说没钱，就攒着让老鼠咬烂了吧。那好，这腊八饺子咱不吃了。爹扭头就走。”

爷爷骂了句：“滚！你就不配是老卢家的种！”

爹走了几步，又回来了。他指着爷爷说：“你也不想想，你攒那么多钱干啥，你死了钱再多还不是我的！”

爹一直憋着气，中午愣是没进爷爷的屋门，饭也没送。下午三四点钟的时候，在娘的催促下才拿着一个煎饼进了爷爷的屋子。可他走到炕前时，惊呆了。爷爷炕头的被子上、炕上炕下密麻麻撒满了钱的碎片，很小，指头肚大小。爷爷仰天躺着，手里攥着一张“大团结”还在撕，稍大点的纸片再用食指和拇指的指甲一点一点地掐。他干得很慢，但很认真，像在精心做一件事情。爹发现时已经很晚了，爷爷枕头里的钱基本撕光了。

见此情景，爹一下暴跳如雷。他想夺下仅存的几张钱，可刚凑到爷爷面前就被当面吐了一口浓痰。

爷爷鄙夷地说：“我的钱要给谁我说了算，这些小碎片你是拼不起来的，我让它们都变成废纸！”

“让你撕！让你撕！”爹嚷嚷着，疯了般压上去，用爷爷的扎腰带捆住了他的双手。看着爷爷喘着粗气一个劲地蠕动，爹头也没回地走了。

直到第二天上午，爹稍稍消了气，才再次迈进爷爷的屋子，但此时爷爷已经咽气了，几只老鼠听到脚步声才从他的头上迅速撤离。炕头对面的鸟笼里，“红下颌”头上血肉模糊，也死在了笼中。至于爷爷何时死的，是否突发疾病，不甚明了。但后来据经常给爷爷送鸟食的孩子们说，腊八下午四五点时，他们从爷爷的院子边经过，听见爷爷屋里的“红下颌”转了嗓地叫唤，声音凄厉，听着有些瘆人。他们就爬上墙头往屋里瞅，透过爷爷奢华的玻璃窗，隐约看到“红下颌”在笼子里上蹿下跳，最后竟拼命般地用头撞鸟笼。不难推断，爷爷的死应该是爹走后不久，而“红下颌”是最后也是唯一见证爷爷死因的，它想挽救爷爷，但无能为力。当时，叔叔把“红下颌”和爷爷葬在一起时说过一句话：“鸟儿呀，你比我有福呀，爹养了我也养了你，但我没有看到爹咽气的那一刻，一辈子遗憾呀。”

以后的很多年里，叔叔一直没再回过卢村，就连爹去世他也没回来。他说爹娘都没了，故乡对自己已经不重要了。但他没有食言，我家翻盖房子时他果真寄来了三千元钱，我结婚时他不光给我买了“上海”牌手表还给我寄来了一辆“金鹿”牌二手自行车，让我的婚礼锦上添花。

爹走后几年，我跟他通电话时问过一句话：“叔呀，爷爷和奶奶没了，老家就真的没有你留恋的东西吗？”

过了好一阵儿，叔叔才说：“老家是我的根，当然留恋了。但现在年纪大了，等有机会我一定回去，去墓地看看爹还有我的哥。他们躺在那里也不知相处得咋样？我想他们呢。”

叔叔的话很慢，也很低，说到最后竟带了哭腔。

附录一

爷爷的葬礼上，我家来了很多吊唁爷爷的，种地的、玩鸟的、做小买卖的都有，地方党政军的领导也来了。当然，他们的到来大多是冲着叔叔的脸面。但不管怎样，爷爷一生颇为传奇，就连死都给人留下了无限猜想。所以，很多人来追悼、怀念他也是应该的。

但谁也没有想到，唐二妮的儿子宝根也来了，并且是专门从北京的大学校赶来的。他跪在爷爷的棺材前，泣不成声。他说：我娘这么多年来一直告诉我，不要忘了比邻大伯的恩德。当年我娘是看上了大伯，想和他一起过日子，但大伯死活不同意，说为了孩子也为了死去的妻子。他俩是清白的，甚至连手都没拉过，娘都不相信天下竟有这样“不开窍”的男人。我们娘俩最困难的日子里，是比邻大伯暗地里一直接济，才让我走到了今天。

宝根的一番话，也不知真假，竟让在场的很多人唏嘘不已。

附录二

2005年腊月初八，是爷爷去世30周年的祭日。我和三个姐姐在爷爷的坟前烧纸祭拜，回家后竟有一老一少两个人找上门来，其中的老人说是爷爷当年的穷小朋友，两人年龄虽然相差不少，但很合得来，家住三里外的窦村，年轻人是他的孙子，陪他来的。老人说，新中国成立前奶奶生病那阵儿，我们家已经够穷了，爷爷却突然养起了鸽子，很多人都背地骂他不知死活，穷困潦倒了还摆当年少爷的臭架子。其实，爷爷养鸽子是有原因的。那年秋天，年景不好，但邻村的大地主宫无德不光家里储满了粮食，地里更有望不到边的红高粱，村里很多人没粮下锅向他借粮时，他竟开出了借一斗粮食还三斗的条件。爷爷气不过，就耍了个心眼，临时借养了朋友的二三十只鸽子，去啄食宫有德的高粱。鸽子们每次装满了嗉囊飞回来，爷爷就让它们喝一种用生石灰浸成的水，鸽子喝后就会反胃，把嗉囊里的高粱全部吐出来。攒多了，就分给穷光蛋的朋友们吃。

老人还说，他就是当年吃过鸽子嗉囊里吐出的高粱，才得以存活，以致后来子孙满堂。他随儿子在国外生活多年了，今年回家过年才知道爷爷已经去世多年，特来看看，也算是怀念和感谢吧。没想到正逢祭日，我们老哥俩的心儿还通着呢。他朝爷爷的遗像恭恭敬敬地鞠了一躬，抬起头时，竟然泪流满面。

民国初期的爱情

那是民国初期，四十岁左右的丁兆清，生意已经做得相当不错了。

丁兆清身材瘦削，举止文雅，丝毫没有殷实富足的商贾之相。因在家排行第二，人们便称他丁二爷。丁二爷曾中过晚清的秀才，自然有满腹的诗文。茶余饭后，抑或走在街上，他都能随口吟些风雅的句子出来，引得他人拍手叫好。

丁兆清年轻时曾得过一种病，一生气或者一激动，太阳穴就鼓凸起来，脑子生疼，像有千针在扎，苦不堪言。他遍寻了无数名医，均见效甚微。那时的丁兆清，就早已腰缠万贯了。因了这病，竟搅得他整日心情郁闷，连和家人交谈的心思也没了。

后来，有人送了一副偏方，熬了几包草药喝下，病竟好了。这人姓王名祥，是镇子上的一个落魄书生。丁兆清因了他的治病之恩，遂以兄弟相称，交情日渐深厚起来。

王祥父母双亡，家境贫寒。每次丁兆清约他相聚，一壶清茶，抑或一桌酒菜，边品边聊。什么诗书之礼、孔孟之道，甚至一些雅闻逸趣，王祥都能信手拈来，滔滔不绝。丁兆清听着，亦喜亦愁。想想自己也曾饱读万卷诗书，也曾有过凌云的壮志，可眼下兵荒马乱，狗屁诗文又有何用。丁兆清感慨万千，再见到王祥时就说："兄弟，你跟我到柜上支些银钱，回家置些田产，娶妻生子吧。眼下你诗文读得再好，也弄不出黄金屋、颜如玉的，先填饱肚子，再图进取吧。"似乎是一语中的，王祥也没推让，就随他去了账房。走时偶一回头，丁兆清看见了他眼角有点点泪花在闪。

丁兆清的太太名唤柳雀，温柔贤淑，是恩师的女儿。柳雀自幼和丁兆清一起读书玩耍，朝夕相处十余年，可谓青梅竹马。老先生见丁兆清精明厚道，临终之时，便将柳雀托付给他。俩人跪在先生床前，呜咽良久。丁兆清说："您放心走吧，我会善待柳雀的。"

洞房花烛，暗香浮动。丁兆清轻拥柳雀在怀，说："雀儿，今生今世，我就娶你一人为妻，如有食言，天诛地灭。"柳雀忙用纤手捂住丁兆清的嘴，两行珠泪悄然滑落。

些许年后，女儿才姗姗而至，夫妻二人自然爱若珍宝。再后来，柳雀便一直不曾生养。眼瞅着丁家的家业越来越大，丁兆清也在一天天衰老，柳雀心中深感愧疚。

这种愧疚已经缠绕柳雀很久了。

忍不住了，柳雀便说："兆清，你就娶房小妾生个儿子吧。"

丁兆清不肯，说："雀儿，你忘了花烛夜我发过的誓吗？"

"那誓不算的，都怪我不好。再怎么说，你也该给丁家留股血脉啊。”

丁兆清笑着说：“若真娶了小妾，不疼你了，你不会骂我吧。”

“为了丁家，我就是死了又怎样呢。”柳雀说完，眼角就红了。

丁兆清心头一热，什么也没说，就走开了。记不清柳雀以后又说了多少遍这样的话，丁兆清就是不答应。只在心里说，柳雀真是个好女人，我一定要善待她。

这话说着说着，十几年就过去了。已是中年的丁兆清，生意更是如日中天。

尽管如此，这些年里，最让丁兆清惦记的还是王祥。他隔三岔五就让人送些钱米给王祥，再隔段日子，就把他请到家里来，还是一壶清茶，抑或一桌酒菜，边品边聊。王祥的口才还是极佳，只是言谈中又多了些许锋芒。

此时的王祥，在丁兆清的不断馈赠下，日子大有好转，有房也有田了。就连水灵灵的媳妇也弄到了被窝里。王祥激情澎湃，前些年寒窗苦读的劲头儿复又滋生，在媳妇的肚子里连年耕种。几年下来，收获颇丰，养了四个白白胖胖的小子，倒也可爱。

没了生活的压力，闲暇时，王祥就在小院里吟诵诗文。吟的最多的当是稼轩、少游的句子，铁马冰河，凄婉悲壮。国家破败，王祥觉得自己一个手无缚鸡之力的落魄书生，所能做的也只有这些了。

那天，是春末夏初的第一天。丁兆清心情极佳，便约了王祥来家中小酌。八仙桌就放在庭院，阳光暖暖的，偶有微风轻拂。两人推杯换盏，好不惬意。

不知不觉间，酒已半酣。丁兆清起身斟酒时，身子一晃，衣袖扯到了桌子角上，“吱”的一声，桌子就挪了位。地面又稍有不平，桌子上的茶水、菜汤就溢了出来。丁兆清连忙抱拳，冲王祥歉意地一笑。王祥也一笑，忙起身去挪桌子，轻轻地一拉一推，想把它弄稳了。可弄了半天，桌子更颠了，像极了一个腿脚不齐的瘸子。王祥有些尴尬，用手摸着额上的汗水摇了摇头。柳雀见状，忙寻了一块瓦片过来，可瓦片厚了点儿，怎么也塞不到桌子腿下，就又寻了一块薄的，还是不行。柳雀也急了，双颊飞红。

丁兆清忍不住笑了，随手从兜里摸出一把银圆，“哗啦”一声洒在地上。大洋银光闪闪，映得王祥揉了眼睛使劲去瞅。“用它垫吧，多轻省。”柳雀抬头瞄了一眼丁兆清，王祥也刚好扭了脖子去看丁二爷，三人目光一对，不由得大笑起来。

桌子平稳了，两人又推杯换盏，兴致依旧。

不多日，王祥回请丁二爷。酒席也摆在庭院里，庭院里有几株紫藤，曲曲弯弯的枝蔓爬满了小院，小鸟低唱婉转，十分的诗意。丁兆清禁不住吟道：“小院青藤唱鸟语，天上宫阙未曾闻。”王祥听了，遂拍手叫好。二人谈古论今，渐入佳境。

几杯酒下肚，王祥有些激动，就说：“二爷，你初来我家，还没见我的几件宝贝呢。”

“宝贝？”丁兆清一愣，随即觉得王祥喝得有点儿大了。

王祥摆了摆手，一脸的得意。一会儿，妻子领着四个孩子来到了面前。孩子大的十岁多一点儿，小的也就五六岁，长得老实乖巧。

丁兆清一下笑了：“宝贝，是宝贝。”他说着，从兜里摸出一把银圆，“来，孩子们，这是大伯给的见面礼。”

几个孩子没动，都一个劲地看王祥。王祥就说：“大伯给的，有啥不好意思的，接了吧。”

孩子们呼啦一下就围到了桌子边，桌子被猛地碰了一下，腿也跛了，盘子里的菜汤就溢了出来。

“你看这——”王祥话说了一半，就拿眼瞅了一下丁二爷。

丁二爷没言语，微微笑着。

王祥干咳了一声，说：“孩子们，一人一条桌子腿，给我抱牢了。”话音刚落，四个小家伙每人抱着一条桌子腿，乖乖地蹲在了地上，样子挺滑稽。

王祥又说：“二爷稳当了吧，这宝贝可比啥都珍贵啊，金钱又怎能相比呢？”

丁兆清听了，脸色一下就变了，心也跟着一紧，像被刀捅了一下，生疼。他站起来，看也没看王祥一眼，扭头就走。

过了几天，镇子上便有了传闻，说媒婆踩平了丁二爷家的门槛，他要纳妾了。王祥听了，脸上便多了一丝苦笑。心想，这次柳雀亲授的激将法看来要成了，只是我这“忘恩负义”的骂名要背多久呢。

又过了几天，丁家果有了喜事，大红的鞭炮“噼里啪啦”地响了很久。王祥没有收到请柬，便随在人群里去瞧热闹，原来是丁家的新店铺开张。丁兆清红光满面，神采奕奕，正招呼着伙计们忙这忙那。柳雀也站在旁边，满脸的笑意。有人心下疑惑，便问：“二爷，听说您今天娶亲，俺可是专门来讨酒喝的。”丁兆清愣了一下，过去握着柳雀的手，动情地说：“真是瞎说，我这辈子一个就知足了。说完，眼角就红了。”

面对众多道贺的乡邻，丁兆清拱了拱手说：“承蒙乡亲抬爱，今后这几家店铺所赚钱两，丁某将全部上奉国家。国家有难，国家有难啊。”丁兆清说着，又是一脸的忧虑。

王祥站在人群里，悄悄叫了声好。

卢四玩水

卢村四周到处是三四米深的大湾，据说是早年修建护村的土围墙时留下的。湾边长着清一色的柳树，很粗，有的枝干歪斜，整棵树就匍匐在湾面上。那时雨水多，到处的湾湾汊汊相连，湾里常年有水也有鱼，一到夏天，大人孩子抽空就往水里钻。扎猛子、玩狗刨，天长日久，卢村的不少人就练就了一身玩水的本领。

卢四算是玩水的佼佼者，几十米宽的大湾，他能一个猛子扎过去，浮出水面喘口气，再一个猛子扎回来，浮出水面时，卢四的手里就多了几条一拃长的鲫鱼。人们瞧见了，有拍手叫好的，也有不服的，说在死水湾里耍这点儿把戏不算啥，有能耐去大江大河扑腾几下试试。卢四听了，啥也不说，就笑笑，用破上衣兜着鲫鱼回家了。

那一年，到处学大寨，卢四和十几个劳力被大队派到黄河以北的惠民县改良盐碱地，回来时正赶上汛期，黄河上仅有的一座小浮桥被冲得七零八落，大伙儿又推着独轮车，一下傻眼了。卢四说：“你们先去附近村子住几天，等水小了修好了桥再走吧，我回去给你们请假。”说完，把小车扛在肩上，就下了黄河。大伙儿一下懵了，还没弄清怎么回事，就见卢四已经跳进黄河游了一大截。也怪，他的胸膛一直露着，身子也直直地，在湍急、浑黄的水中很惬意地飘着，他腾出一只手，朝大伙儿挥了挥，继续朝对岸飘去。等大伙儿疲惫地回到家，卢四早被老婆调养得精神抖擞了。大伙儿就说：“好个卢四，没想到你玩水真有一套呢，胳膊还不用在水里划拉，是啥绝技呀？”卢四大嘴一咧，说：“屁绝技，那是踩水。”“哦，听说过，头一次见呢。厉害，厉害！”大伙儿是一脸的羡慕。

有一年夏天，县里来了个姓丁的驻村干部，很年轻，听说特别喜欢体育。刚来没几天，就嫌闷了。晚上吃饭时，就对大队长卢茂才说：“你们村也没个体育锻炼的地方，我看村里的男人大多会水，咱何不抽空来个玩水比赛，多少给点儿奖励，热闹一下嘛。”卢茂才忙说：“好啊，我这就下通知去。”

村里的会场在大湾的旁边，湾边的一棵歪柳上挂着一口铁钟，卢茂才刚敲了几下，就把卢四两口子引了出来。卢四的家紧挨着会场，每次敲钟都是最早出来。一会儿，会场上就聚了不少人。卢茂才还没把比赛的事说完，就有人急了，说：“怎么个玩法啊？”

“玩法？这个简单。”卢茂才话说了一半，就扭头喊卢四。他说：“卢四，明天晌午比赛时，你捎个碗来，我闭眼朝大湾里狠劲一扔，大伙就钻水里去摸，谁先摸上来，谁就赢，奖一个男劳力两天的工分。”

“真的？说话可要算数！”大伙儿嚷嚷着，又都去看月光里的卢四。

卢四光着膀子坐在地上，大口抽着纸烟，一句话不吭。

卢茂才说：“卢四你可要参加，要不比赛就没意思了。”

卢四说：“就那点工分还不知秋后换成几两粮食，不值得折腾。要我看，咱一个大队也别太小气了，奖五斤小麦，当场兑现。”

“对，就五斤小麦！”大伙儿也随着喊起来。

卢茂才咬了咬牙，说：“五斤就五斤！明天大伙儿好好比赛，县里的小丁看高兴了，说不定还有好事等着你们呢。”

大伙儿高兴得直跺脚，个个摩拳擦掌，恨不得比赛马上开始。五斤小麦，对所有卢村人来说诱惑力太大了。一个家庭一年才分几十斤小麦，磨成面粉就更少了，除过年过节或来了客人打打牙祭，平日里根本就不舍得吃。那年月，小麦金贵啊。

卢四两口子回到家，孩子早睡了。看着炕上三个黑瘦的孩子，老婆说：“明天摸碗没事吧？”

卢四说：“没事，一摸一个准。”

“先别吹，你踩水是好，可扎猛子摸东西，狗蛋、栓子也挺能的，虽比你差些，可五斤小麦会馋得他们使出吃奶的劲儿。”老婆显然有些担心，又对卢四说，“要不咱想想办法。”

卢四说：“这有啥想的，明晌我尽力就是。”

“明天就晚了，这五斤小麦必须是咱的！”老婆嘟哝了一句，就低头想起事来。

那一夜，卢四窗台上的蜡烛破天荒亮了半宿。

第二天晌午，卢茂才和小丁赶到赛场时，大湾旁早就围满了看热闹的人，卢四、狗蛋等十几个比赛的也穿着短裤做好了准备。小丁说了几句开场白，卢茂才又补充了几句，无非是大伙儿好好比赛，拿出卢村的最高水平来。说完，把五斤小麦放在地上，随手把一只黑不溜秋的哨子塞进嘴里，又接过卢四老婆递来的粗瓷碗，朝卢四他们晃了晃，一下扔了出去。碗在水面打了个飘，激起了一片涟漪，不见了。卢茂才两只腮帮子一鼓，“吱”的一声哨响，那些参赛的奋力一跃，一猛子朝湾中央扎去。卢四笑了一下，带着几丝狡黠，一个鱼跃朝湾里扎去，但这次的动作明显不如以往矫健，身子跃出不远，就“扑”地一声落进了歪柳附近的水面上，这多少让看热闹的人多了一丝遗憾。不一会儿，水面上就露出了一个个脑袋，急急地换口气，又沉没在水中。岸上看热闹的人，个个伸长了脖子瞪着眼，唯恐漏掉了最好的景致。足足一袋烟的工夫，狗蛋一手举碗，一手拍打着水面，兴冲冲地游上岸来。

岸上立马一阵儿嘈杂，有人喊起来：“卢四，你的绝技呢？”

“卢四，你小子这次遭背运了，快上来吧，小麦没你的份了！”

卢四老婆更是满脸的焦躁，喊得也凶：“卢四，你想气死我啊，你脑袋被驴踢了？你死水里吧！”

又过了一袋烟的工夫，水里的人早都上了岸，可卢四连头也没露一下。卢茂才和小丁这才慌了，觉得卢四本事再大，这么长时间也该出来换口气的，赶紧让狗蛋他们下水寻找，十多个人摸遍了大湾的角角落落，也没摸到卢四的一根汗毛。卢茂才又令各个生产队弄来了四台抽水机从大湾向外抽水，浑浊的湾水从碗口粗的胶皮管里一个劲地钻出来，卢四老婆站在旁边，神情木然，泪水早就淌满了脸。

临近傍晚，人们发现卢四的两条腿紧贴在歪柳的树干上，脚丫子朝上，像在玩杂技。大伙儿七手八脚去拽他，竟一动不动，顺着身子往下摸，才发现卢四的脑袋和脖子卡在了歪柳的树根里。大伙儿费了好大劲儿，才把他的脑袋拽出来，等弄到湾边上，卢四早就冰凉了，他的眼睛大睁着，脸竟憋成了紫茄子。他老婆"哇"的一声，边哭边不停地捶打卢四的胸膛。一个活蹦乱跳的人，说死就死了，的确让人心疼。大伙儿唏嘘着，就凭卢四玩水的本事，一个猛子扎多远啊，可谁知竟被湾边几条交叉的树根要了命，都觉得这事儿太不可思议了。

等发送了卢四，天气更热了，小丁也觉得更加烦闷，就找了个理由回县城了。卢四老婆整天哭哭啼啼的，身体明显垮了，又带着三个孩子，卢茂才看她可怜，就让她每天帮大队敲敲钟、烧点儿水，干些琐碎的营生。

那年夏天，出奇地干旱，几个月滴雨未下，大湾很快就见了底。一天，一群孩子在湾底玩耍。突然，一个男孩的脚被东西绊了一下，他"哎哟"一声，弯腰从歪柳裸露的根旁摸起了一只粗瓷碗。此时，卢四的老婆正站在湾边望着歪柳发呆，她瞧见粗瓷碗，浑身抖了一下，疯了般冲到孩子身边。"给我！这是俺家的！"她吼了一声，一把夺过粗瓷碗，塞进怀里，快步朝家去了。

"呸！臭婆子，一个破碗，你想吓死我啊。"男孩望着卢四老婆的背影，低声骂了一句。

打劫

1

天黑下来时，由远而近，冬梅听到了摩托车的噗噗声。她知道朱子刚回来了。他那辆破旧的老“宗申”排气管上锈了一个洞，发动起来就像一个破锣发出的声音，噗噗的，老远就往耳朵里钻。冬梅拢了一把额前的头发，快步走到门前的田埂上。隔田埂几步远，就是一条三四米宽的土路，坑坑洼洼，从田间一直延伸到外面的乡路上。果然，摩托车昏暗的灯光晃到她跟前停下了，是朱子刚。

冬梅有些喜悦，说：“你走时说今晚不回来了，我有点累，也就没准备晚饭，小强去奶奶家了，我凑合着吃了半个西瓜。你进屋洗把脸，我去做饭。”

朱子刚没吭声，把摩托车随便一支，蹲在车边抽起了烟。夏夜的热风，夹杂着一股浓烈的烟草味，把朱子刚熏得有些烦躁，一会站起，一会蹲下。冬梅喊他吃饭时，他竟打了个激灵，夹烟的手指被烟头狠狠地烧了一下。他悻悻地甩了下手，走到门口，朝趴在旁边的大黑狗猛踢一脚。狗嗷的一声，眨眼就消失在无边的夜色中。

饭桌上两个菜，一个辣椒炒肉片，一个凉拌黄瓜。这都是朱子刚平时爱吃的菜，一瓶冰镇啤酒也开了盖。冬梅说："今天我高兴，陪你喝一杯。"边说边把朱子刚和自己面前的杯子倒满了。一仰脖，一杯啤酒就进了冬梅的肚里。她没有夹菜，又摸起了酒瓶。等又一杯啤酒下肚，她的脸上已经泛起了红色。朱子刚轻轻抿了一口，把一片肉填进嘴里，一阵吧唧后，就抽起了烟。丝丝缕缕的烟雾中，朱子刚微眯着眼睛，一眨不眨地看着冬梅。灯光下，这个三十五岁的女人头发凌乱，衣服也不讲究，脸上也明显有了皱纹，过度的操劳让她衰老得像五十岁。冬梅是有些老相，但两眼明亮，给朱子刚的感觉就是上学时老师常挂在嘴边的"目光坚定"。冬梅被看毛了，不好意思地一笑，说："看啥？没见过啊？"

朱子刚没言语，自己也觉得奇怪，这个和自己相处一年多的女人觉也睡了，饭也吃了，也见过多次面，怎么就总记不清她的面容呢？此时的冬梅，小脸被啤酒浸润得红扑扑的，在昏黄的灯光里竟有了几分妩媚。

朱子刚捻灭烟头，问了句："卖鸭的钱，厂里给送来了吗？"

冬梅说："这么晚回来，以为想我了呢，谁知是想钱了。"她边说，边用手轻轻点了一下朱子刚的额头。

朱子刚赶忙接茬，说："当然想你了，我是担心人家给了钱，你一个女人在家不安全啊。"

冬梅说：“那还差不多。钱早送来了，五千二百元，一个子不欠。我算了一下，这五千元就能把这些年的账全部还上了，剩下的钱给你和小强添件衣服。唉！苦日子总算熬到头了。”她说着，又起身拿了一瓶啤酒。

朱子刚说：“你受累了，钱来得不易，要放好啊。”

“你放心吧，藏得可严实呢，明天我就去还账。屠宰厂的王厂长今天和我说了，看我一个女人家不容易，他答应以后每一批鸭苗和饲料的钱厂里都先垫付，卖鸭时再扣除。真是太感谢他了，这样我就先把欠账还了，免得见了人家都不好意思说话。”冬梅说着，就走到墙角的一袋饲料前，从袋子的深处抠出一个黑色方便袋，鼓鼓的，朝朱子刚晃了晃，又放了进去。走时，顺手又把自己一双满是泥巴的胶鞋放在了上面。

朱子刚眼睛一亮，随即端起酒杯一饮而尽。他一把搂住走到面前的冬梅，说：“再干两年，等我有积蓄了，就结婚。”

“还要两年啊？小强想爸爸都想疯了，他说幼儿园里的小朋友都有爸爸，就他没有。”说归说，冬梅还是满脸兴奋，像一个满怀期望的待嫁少女。

2

冬梅的命不好。

她本来有个幸福的家庭，丈夫是同村的，从小虽称不上青梅竹马，但还是知根知底的。丈夫人厚道，也疼媳妇。那时的农村，已经很少有种植庄稼的了，头脑活泛的都在自己的责任田里围上一个院子，开起了小工厂，有给工厂加工配件的，也有自己做农副食品的，干啥的都有。广阔的田野被分割成若干个小“天地”，稀稀落落的，人们各自为战，忙碌着，一片欣欣向荣的样子。冬梅和丈夫商议后，觉得自己没啥本事，但能吃苦，就养起了鸭子。养鸭子只要和当地的屠宰厂签下合同，就可以两个月养一茬，风险不是很大，回钱也快。

养鸭虽赚不了大钱，但比种庄稼要好，养家过日子还是绰绰有余的。可好景不长，儿子小强一岁时，丈夫突患白血病，冬梅砸锅卖铁花光了全部积蓄，又欠下了几万元债，也没能留住丈夫的生命。临终前，丈夫盯着冬梅的脸，两眼含泪，一句话也说不出来。她知道，丈夫是牵挂自己和孩子，心里有万般的不舍。冬梅的泪水像断线的珠子，一颗一颗滚落在丈夫瘦削的脸上。她紧紧攥着丈夫的手，轻声说：“你放心，你放心，我一定会照顾好孩子的。”丈夫真正走了，她才感到心里空得没了任何东西，一下就病倒了。

两边的老人要照顾，自己上大学的妹妹也要供应，儿子又那么小，病床上的冬梅越想越不行，烦躁和苦恼一股脑地压过来，让她喘不过气来。脑子整天昏昏沉沉，眼前丈夫的影子总是晃来晃去，她感到自己嗅到了死亡的气息。一天，她梦中觉得脸上滑滑的，像一条温柔的小蛇在爬，睁眼时看到了儿子小强。他坐在床头，一双小手在自己脸上不停地抚摸，口齿不清地喊着“妈妈”。儿子天真可爱的小脸，冬梅只盯了一秒，就泪流满面。她伸手轻轻捏了下儿子的脸蛋，又看了眼一边的母亲。母亲年近古稀，背驼着，这些天更加苍老了。不知为啥，就那一瞬间，冬梅突然觉得身上有劲了，试着起了两次，竟下床了。

她觉得生活还得继续，就打算把鸭子再养起来，以后尽可能地让母亲和儿子也享受一下生活的美好。可给丈夫治病的两年间，鸭棚就闲置了，风吹雨淋早就不成样子了。望着几近废弃的鸭棚，冬梅犯了愁，缺钱缺人手啊。她走亲串友借钱找人把鸭棚拾掇好，又在鸭棚的一头新砌了一座二十平方米的小屋，冬梅把一些简单的家具搬过来，就算安了家。这样照顾鸭子方便，也免得时间白白浪费在来回吃饭的路上。望着自己即将展开的战场，黑瘦的冬梅俨然像一个久经沙场的将军，叉腰站在鸭棚前，一脸的自信和从容。

望着鸭棚里毛茸茸的小鸭，冬梅开心极了，细心地照顾着，她在心里一遍遍地念叨着小鸭快快长大。等鸭子快上市时，却突然遭到了一群黄鼠狼的偷袭，一下子拖走了十几只，还咬死了好几十只。鸭棚里晚上都是长明灯，这些黄鼠狼胆子也太大了。冬梅伤心不已，她让母亲过来帮忙带孩子，自己拿着木棍整夜坐在鸭棚里眼也不眨，乏了就用手使劲拧自己的大腿。受累了，也总算换来了成果，鸭子出栏时净赚了两千元。她给儿子买了零食，给妹妹寄了点生活费，一分钱没敢乱花，就又上了第二排鸭苗。这次冬梅不再幸运，小鸭长到一个月时却突遭瘟疫，等打上疫苗喂完药，鸭子也死了一大半，辛辛苦苦养到出栏，本钱也没赚出来。丈夫在世时，打疫苗什么的根本不用自己操心，这次是自己疏忽了，冬梅暗暗下决心，争取再养时一定要早预防。自己年轻受这点挫折算个啥啊，关键是父母也跟着受累。白天帮着做饭带孩子，晚上还要来做伴，虽说相隔不远就有住家，但毕竟是在村外的田地里，黑漆漆的夜色中，门口的狗一叫，冬梅就心里发虚，总觉得有人趴在窗口窥视。

其实，真有人在黑夜里窥视过，也敲门骚扰过。开始冬梅和孩子自己住在鸭棚外的小屋，是有点害怕，可一想有啥可怕呢？自己穷得叮当响，绝不是劫财的，无非是自己村里或者附近村里的光棍渣男想趁机占自己便宜而已。只要自己挺住了，不怕他们，他们也就死心了。那些好色之徒看敲不开门，就捏着鼻子在窗下说些难听的话，冬梅就在屋子里拿着菜刀大骂，也用开水朝窗子外泼，等屋外静下来时，她一下瘫在地上放声大哭。

时间一长，父母也就知道了，心疼她，母亲就每晚都来陪她睡觉。屋小，天热，看着母亲蜷缩在小床上大汗淋漓的样子，冬梅愧疚不已。母亲白天尽可能地帮她干点活，偶尔也和冬梅聊一些张家长李家短的事儿，她知道女儿心里忘不了丈夫，但还是话里话外地希望她再找个伴把日子好好过下去。公婆是开明人，也多次让她早早物色个好人家。开始冬梅不同意，觉得丈夫才走了不到一年就嫁人，从心里感觉对不起丈夫在世时对自己的好。可又一想，一个女人上有老下有小，再能干，也很难撑起这个家的，也就默认了。可事实并非如此，介绍了几个，不是年龄不符，就是双方都有孩子很难融洽。有次一个亲戚给介绍了一个大她十几岁的男人，年龄大了些，面容也苍老，可人家是单身，想来想去冬梅勉强同意了。可交往了没几天，那人不知听了谁的闲话，突然嫌冬梅有个儿子负担重再也不见人影了。冬梅烦透了，后来又有人给提了几个，她也使性子不再见面了。

眨眼，小强就上幼儿园了。那天下午放学，冬梅去镇子上接小强。孩子刚走出幼儿园门口，就被身后一个胖胖的男孩推了一把，小强跌倒在地上。冬梅看在眼里还没弄清原因，就听男孩说了一句：“没有爸爸的家伙，我让你再和我抢玩具！”冬梅一下懵了，才多大的孩子呀，怎么会说这样的话呢？她一急，跑过去也推了男孩一把，谁知男孩竟哇哇大哭起来。这时，一个壮实的男人几步跨过来，朝冬梅的脸上就是一巴掌：“也不看看是谁的儿子，你也敢推呀！”男人一手叉腰，一手指着冬梅大声吼着。冬梅觉得委屈：“明明是你家的孩子先把我家孩子推倒的，你讲不讲理啊？”看着小强躺在地上的样子，不知冬梅哪来的力气，用头朝男人狠狠撞去。人高马大的男人一侧身，用脚一勾，冬梅就实实地趴在了地上。围观的人渐渐多起来，有说笑的，有指划的，也许被男子的粗暴吓住了，就是没有拉架的。

“欺负个女人算啥本事！”话音未落，一个黑瘦的男子窜到近前，一块砖头已经落在了壮实男子的前额上。鲜血流下来的时候，壮实男子突觉一阵晕眩慢慢蹲在了地上，双手捂面，指缝间是一脸的惊恐。

派出所里，办案民警指着黑瘦男子说：“朱子刚啊朱子刚，你怎么还惹事啊？”

黑瘦男子气呼呼地说：“他就是欠揍，一个老爷们打一个女人的耳光，也真下得去手。等他从医院包扎出来，老子还揍他！”

民警说：“看你能的！那人再不对，你也不能下那么狠的手。过几天医院法医鉴定处消息反馈来，要是伤口大了，成轻伤，你可要判刑的，就算轻微伤，你也脱不了拘留！”

“拘留就拘留！我不怕！”黑瘦男子气呼呼地说。

民警也来气了，说：“再逞英雄进局子，还想娶媳妇不？真是不知天高地厚！”

冬梅听着听着脸就变了色，她看了看黑瘦男子，又一下攥住民警的手，说：“他是好人啊，好人怎么能去坐牢呢？

况且、况且那家伙先打的我，他儿子也是先推的我儿子啊！幼儿园那里很多人都看到了。”

民警一笑，说：“你们可以说说当时的情况，我记录一下，等见到伤者调查后才能综合情况处理。放心，我们不会冤枉好人的。”

就在那时，冬梅知道了黑瘦男子叫朱子刚，也隐约知道了他还没有媳妇。后来，案子处理时，民警让朱子刚赔壮实男子两千元医药费，免于拘留了事。朱子刚满脸通红，伸出两只手，说：“快铐上，还是拘留我吧。”

“为啥？”

“我没钱给他！他就是坏，破个头还讹人两千块呢！”

民警说：“他虽有错在先，但你把他打成轻微伤了，法律规定必须拘留。看你也算打抱不平，我们从中调解，可操了不少心，是为你好啊。”

冬梅听了，脸上的紧张样缓和了不少，急忙上前轻轻打了朱子刚的手一下，说：“快放下，这钱怎么说也不该你拿，姐交上，咱快回家。钱算什么呀？咱只要心正就行了。”

那天中午，从派出所出来，冬梅说啥也不让朱子刚走，非要在镇上的小饭馆招待他。朱子刚眨巴着小眼睛，又摸了下脑袋，答应了。饭桌上，冬梅说了不少感谢的话，越说朱子刚越不好意思，说都是他不好，性子急，连累冬梅白白花了两千块的冤枉钱。朱子刚长得黑瘦，模样也一般，浑身上下透着股子野气，目光游离但柔和。他端杯喝酒时总先看冬梅一眼，目光躲躲闪闪，羞涩而胆怯。冬梅也脸颊绯红，心更是狂跳不已。走时，两人留了电话。冬梅说：“我的鸭棚就在村外的岔路旁，门前竖着一根高高的竹竿，是做电视天线的，好找。对了，旁边还有一条大黑狗呢。你抽空一定去玩啊，我包水饺给你吃。”

过去了不少日子，朱子刚却一直没来玩。开始，冬梅觉得朱子刚人正气，是个可以说话的人，后来，想得多了，竟隐隐觉得朱子刚就是自己的亲人，有点离不了了。冬梅忍不住打他的电话，不接，发短信，不回。出于担心，冬梅竟打听着找到了朱子刚的家。邻村一个破旧的院子里，一个老女人静静地坐在树下，一脸的沟壑和苍老，两眼呆呆地望着墙角几只刨食的鸡。

冬梅如实相告，说了自己和朱子刚的相识，因联系不上，担心他出事，才来家里看看的。

老人是他的奶奶。

她唉了一声，说："我这个孙子两岁就没了爹娘，是跟着我长大的，没啥文化，从小就喜欢和村里村外的野孩子玩，养成了打架斗殴的坏毛病。改不了了！"老人又一声叹息。

冬梅说："他挺仗义的。"

"这孩子是仗义，也善良，但天天和些社会上的闲人在一起，能有啥好？我急在心里，可管不了啊。不瞒你说，我孙子坐过十年监牢。"

"十年监牢？"冬梅着实吃了一惊。

他不光打架斗殴，还学上了赌钱。那次就是因为输了钱，人家追着要债，他才抢了一个女人的包。可事后才知道那女人为给孩子治病，好歹回家借了那么多，是去医院交药费的。女人单身，拉扯着孩子不容易，孩子的救命钱被抢了，一时急得犯了心脏病，当场就不行了。包里只有八百元钱，但毁了人家一条命，十年监牢他不冤枉。

老人的大度，让冬梅有些意外："朱子刚现在干啥呢？"

"他说在一家建筑工地当小工，要好好挣钱，给我养老送终。吃住都在工地，好几天回来一次。我信他，我觉得他能改好的。这孩子也三十好几了，要是能娶上个媳妇，我苦了一辈子也值了。闺女啊，你也多操操心，这孩子多少还有点良心，要是能有个好媳妇管着，一辈子准正经着干。"

冬梅答应着，说："奶奶你放心。"

3

朱子刚是个劳改犯，冬梅却没觉得一点害怕。正如奶奶说的他还有点良心，一定能改好的。况且再怎么，朱子刚对自己也是有恩的，说啥不能忘。抽空她还是一次次打他的电话，朱子刚终于接了。

冬梅说："忙啥呢？老不接电话。一个人在外要保重身体啊。"朱子刚嘿嘿笑着，半天说了句谢谢。声音干巴巴的，有些哑，冬梅似乎看到了他在工地劳劳碌碌的样子。又说："不要太累，要学会爱惜自己呀。对了，我这排鸭子快出栏了，长得可好了。你有空来这里看看吧，我给你做清炖肥鸭吃。"

电话那边说了声好，紧跟着是唾沫下咽的声音，细微，但冬梅听到了。

冬梅心里一笑，这家伙知道过日子了。

几天后的一个傍晚，朱子刚的摩托车就停在了鸭棚前。排气管噗噗的漏气声，挑逗得大黑狗拖着铁链一个劲地狂吠。此时，冬梅炖鸭的铁锅里已经有了汤水开沸的咕咕声。丈夫去世后，她已经逐渐适应了他的角色，家里家外、脏活累活，甚至杀鸡杀鸭的血腥活也不在话下了。最让冬梅不敢相信的，是自己做事变得泼泼辣辣，胆子更是大了不少，她早就不让母亲来陪了，不想让母亲跟着自己遭罪。

朱子刚给小强带来了一个塑料挖掘机玩具，橘红色，结实的四个车轮和长长的挖臂让小家伙异常高兴。喷香的鸭肉对他已经没有丝毫诱惑，他抱着挖掘机直接奔向了棚角一堆剩余的沙子。圆形小木桌上，鸭肉和啤酒的香气已经缠绕在了一起，让冬梅和朱子刚都觉得心情不错。几杯啤酒下肚，朱子刚的脸色变得黑红，话也多了起来。他和冬梅聊了不少，啥都聊，包括自己小时候怎么逃学，怎么偷奶奶放在枕头里的钱买零食吃。他说到高兴处，就嘿嘿笑，把眼睛笑成了一条线。冬梅静静地听着，不忍打断他，她觉得朱子刚心里藏了太多的快乐童年，是需要一个忠实听众的。夜色早就把大地罩得严严实实，小强也在里间的床上甜甜睡去，朱子刚还在说着往事，可对自己十年牢狱的事儿却只字不提。冬梅再次起身给他倒酒，短袖衫里高耸的双乳不经意间轻触了一下他的肩头。朱子刚一激灵，抬头看了看冬梅，竟一下把冬梅的胳膊捉住了。

“我……我……”朱子刚卡了壳。

“你什么？”冬梅一笑，把朱子刚的手轻轻拿开了。

朱子刚的脸腾一下更红了：“我……我喜欢你。”

“喜欢我？”冬梅又一笑，“我一个带着孩子的寡妇，没人喜欢的。”

“我喜欢，我喜欢。可……可……”朱子刚嘟哝着，眼光也暗淡下来，刚才的亢奋如退潮般眨眼远去。

冬梅没有接茬，自己倒了一杯，说："再次谢谢你的出手相助，干了吧。一仰脖，酒杯空了。"她坐下，不眨眼地看着朱子刚。

朱子刚端起酒杯也一口干了，他说："谢啥啊，真的没啥可谢，是我给你添了麻烦。天不早了，我该回去了。"说着，晃晃悠悠站起来就往外走。走了几步，突然一个趔趄，冬梅慌忙去扶，竟一起倒了。朱子刚是真喝多了，倒地的一瞬间，一股酒气连同重重的身体一股脑地朝冬梅压下来。冬梅清醒，是完全可以翻身起来的，但这个念头只在她脑子里存了几秒就消失了。她躺在地上，任朱子刚的身体实实在在地压在上面，她脑子一片空白，觉得上面的人就是自己的丈夫。此时，身体里沉寂多时的一种原始情愫在慢慢萌动，让她不能自已。看着上面有点惊慌，失了阵脚的朱子刚，冬梅死死抓着他的手按在了自己鼓鼓的胸脯上。

后来，冬梅对那晚的疯狂进行了数次回忆，确定朱子刚是天亮后才离开的，也确定朱子刚信誓旦旦说要娶自己的。虽然那晚的事不是很光彩，但两人都是单身，也算不得不道德。其实，从那夜开始，她已经渐渐喜欢上朱子刚了，对他有了一种依赖感，朦胧而真实，那丝埋在心底的相思，每日每夜都在折磨她。在两人相识的一年多时间里，冬梅曾数次问过他说的话管不管用。朱子刚每次都点头答应，可就是不见行动。有次冬梅急了，就把事挑明了，说："你坐过牢，我结过婚，半斤八两谁都不亏。你掂量一下，如果行就去领证。如果不行，以后你就权当我弟弟，咱们永不提结婚的事。"

朱子刚说："我一个坐牢的你不嫌弃我就烧高香了，只是我觉得现在太穷，不能给你和小强什么。"

冬梅说："给啥我也不稀罕。前些天我又去看你奶奶了，她盼你娶媳妇快盼出病来了。”

朱子刚听了心一沉，老大一会没说话。

其实，朱子刚在恋爱上并不是一张白纸。他认识冬梅之前，在网上结识了一个姑娘，那个漂亮劲儿，一下就把朱子刚的心拴住了。聊了很久，也给姑娘发了不少大红包才好歹见了一面。

姑娘说：“我很喜欢你，可你送我什么礼物啊？”

朱子刚大方地说：“我送你一条金项链吧。

姑娘朝他一笑，嘴巴差点贴到他的腮帮上，让他的骨头都差点酥了。后来，在饭店一个雅间里，那姑娘突然解开上衣抱住了他。朱子刚还没反应过来，就被几个推门进来的男子撞上了。姑娘哇哇大哭，说朱子刚要强暴她，让那帮男子替她做主。“报警！报警！”几个男子嚷着，一副打抱不平的样子。朱子刚明白是碰上讹人的了，警察一来自己就更说不清了。主要是奶奶，那么大年纪了，再也经不起自己的折腾了。权衡再三，朱子刚掏了三千元才平息了那场“强奸未遂”事件。这件“玫瑰没摘反遭刺”的亲身经历，他对谁也没说，觉得窝囊，就一直憋在肚子里。以后的日子里，朱子刚还时不时想起那个姑娘，觉得美真是让人无法拒绝。

若扯到结婚这事，虽说自己坐过牢，可没婚史，最多算个大龄青年，朱子刚心里还一直奢求能有个理想的婚姻。他对冬梅说不上喜欢还是不喜欢，只是觉得她能干，说话还合得来。可模样实在一般，皮粗肉糙的，最要命的是有一个儿子，这以后在人面前多没面子啊。他原想和冬梅表面上保持着关系，暗地里有合适的姑娘也谈，到最后实在不行了，再上冬梅这碟现成菜。可现在冬梅摊牌了，这块“鸡肋”让朱子刚左右为难。

朱子刚叼上一支烟，边摸打火机边笑着说："行行，怎么不行呢？但你还要再等等。"

4

这一等，又过了好几个月，又一排鸭子要出栏了。

朱子刚知道冬梅缺人手，吃过午饭就过来帮忙。等鸭子过好秤装上车，拉着去了屠宰场，就下半晌了。冬梅对朱子刚说："累了吧？你先喝点水歇歇，在这里吃晚饭吧。"

朱子刚说："不了，多年不联系的几个朋友打电话非让去玩，实在推不了，我去看看，说不定晚饭在那吃了。"

冬梅说："你去吧，不要待得太晚了。"

谁知这黑灯瞎火了，朱子刚又回来了。吃过饭，两人就聊天，东一葫芦西一瓢，聊着聊着夜就深了。朱子刚把烟头扔地上，用脚狠狠地捻了又捻，瞅着墙上的石英钟，说："我要走了。"

冬梅看着窗外黑咕隆咚的夜色，有点生气地说："随你！腿在你身上长着呢。要走快走，我也困了，明天还要去好几家还账呢。"

朱子刚扭头看了一眼墙角的饲料袋，又看了一眼石英钟，说："那我真得走了。"

"快走，快走！"冬梅起身轻轻地推了他一把。

这时，房门猛地被推开，闯进四个人来。有的拿着短棍，有的拿着菜刀，头上都戴一头套。冬梅看到的第一眼就感觉像极了电视上的劫匪。她正懵着，有人低声吼道："都坐好了别动，把钱拿出来！"

朱子刚赶忙上前，指着屋里乱七八糟的东西，说："哥们开玩笑吧？你们看看这样子像有钱吗？"

"去你的！找揍是不是？"一人上来，抬脚就踹。

朱子刚一下倒在地上，起了几次也没起来，捂着肚子哼哼起来。又有两个人上前逼住了冬梅，还用菜刀的刀背压在了她的脖子上，另两个人直接上前掏出随身带的绳子把朱子刚捆了个结结实实。朱子刚一个有野性且善于打架的人，居然瞬间就被弄成了"粽子"，让冬梅有些失望。她看看几个蒙面人，又瞥了一眼墙角的饲料袋，心里咚咚地敲起了鼓。

冬梅哭了，指着朱子刚对几个抢劫的哀求着说："他是我的亲戚，今晚是来串门的。我没钱，好歹养点鸭子赚个生活费，孩子太小，你们可怜一下，放了我们吧。"

"放了你们容易，快把钱拿出来！快呀，听到了没有！"一个人边说边踢了朱子刚一脚。他夸张地叫了一声，瞅了冬梅一眼，又哼哼起来。

冬梅擦了一把脸上的泪水，说："看你们年纪也不大，怎么能干这样的事呢，这是犯法的。再说了，我确实没钱，要不等我再养下一排鸭子时给你们留着。"

"你个娘们还真会说胡话，你糊弄鬼啊！"一个瘦瘦的人不怀好意地笑着，一把就把冬梅薄薄的上衣拽下了一大块。两团雪白突然间袒露出来，随着冬梅急促的呼吸有点夸张地颤着。屋子里瞬间静了下来，五双眼睛齐刷刷射向冬梅的胸脯。她下意识地捂着胸脯，大声嚷着："流氓！你们这些流氓！"瘦男人说："流氓？好！今晚我就先流氓了你！"说着，一下把冬梅按倒在地，就去解她的腰带。冬梅躺在地上，感觉浑身瘫软，一点劲也没了。她的脸上再次淌满泪水，喉咙里却止不住地发出"救命啊，救命啊……"

朱子刚喊道："别胡来！"

此时，冬梅的腰带已被拽开了，露出了一截粉色的内裤。

"你这个畜生！"朱子刚挣扎着爬起来，一脚就把瘦男人从冬梅的身上蹬了下去。看着瘦男人趴在地上狗啃屎的狼狈样，那三个家伙竟咧嘴笑了。瘦男人似乎受了莫大的侮辱，一骨碌爬起来，朝朱子刚劈脸就是一巴掌。朱子刚毕竟被绳子绑着，扑腾了几下，就被按倒了。瘦男人使劲地踢他，踢腿踢肚子也踢脸，不大一会，朱子刚的脸上就出了血。

瘦男人还在踢。冬梅猛地爬起来，"嗷"地大叫一声，疯了般一头朝瘦男人撞去。她一边骂着，一边用手用牙撕着咬着他的身子。看着冬梅出人意料的猛烈抵抗，一旁看热闹的几个人好像突然醒悟了自己的身份，一拥而上把冬梅死死扭住，让她动弹不得。得到解脱的瘦男人朝冬梅吐了一口唾沫，继续去踢朱子刚。

"我让你踹老子！钱呢？钱在哪？踹死你！"

朱子刚躺在地上，大睁着眼睛，使劲地挣扎着："等着，看我改日怎么弄死你！"

突然，冬梅吼了一句："住手！我给你们钱，我给你们钱行了吧！"

屋子里再一次安静下来。几个人松了冬梅。冬梅走到墙角的饲料袋前，一下把袋子推倒了。随着饲料颗粒的涌出，一个鼓鼓的黑色方便袋也暴露在大家面前。

"拿去！把钱拿去啊！"冬梅喊着，两眼死死地盯着方便袋，一下瘫倒在地上。

几个蒙面的家伙捡起袋子，甚至看也没看一眼，就落荒而走。

5σ

几天后，朱子刚和冬梅领证了。

准备婚礼的时候，朱子刚接到了一个电话，看样子有点神秘，他避开奶奶和冬梅，走到小院的角落里，说："你给我听好了，也告诉那几个下三烂的家伙，我朱子刚现在是有家庭的人了，再赌钱什么的烂事最好不要约我，要不饶不了你们。我欠你们的赌债，那晚就已经还清了。五千二百元，我这辈子是无法还清冬梅的，也一辈子对不起她。"

婚后，朱子刚对冬梅说："我有个事儿想和你商量一下。当年那个被我抢包女子的儿子，我打听着读大学了，咱每年都挤一点生活费给他吧，他跟着姥爷生活也不容易。"

冬梅说："这个是必须的。只要咱好好干，啥都不是事。"

朱子刚看着冬梅，再一次满心温暖起来。这个女人到底喜欢自己什么呢？自己也算个人吗？他清楚，出狱后赌钱和谎话就从没离开过自己的生活。

"好好干，好好干。一定要对得起冬梅，让她和小强幸福。"他在心里一遍遍地说着。

一日，朱子刚突然开心地哈哈大笑。对冬梅说："你知道吗？你嫁了我，亏大了！真的亏大了！"

画斋雪无痕

1

清光绪末年，青州府出了两个绝佳的画师。一个是偶园街南边“真墨斋”的掌柜，姓冯名立字中环，很年轻，擅画人物，他的人物画形神兼备、气韵生动，让人过目难忘。再一个是偶园街北边“凌云斋”的掌柜张子选，此人年过半百，画的一手好花草。据传有一年初夏，张子选画了一幅牡丹挂在门前供行人观赏，竟招来了三三两两的蜜蜂和蝴蝶，在画面上翩翩起舞。于是，观者无不拍手叫好，张子选更是名声大振。其实，张子选心里明白，那画之所以神奇，是牡丹的花蕊上自己刚刚涂了上好的香粉。

冯立和张子选虽在一条街上开着画斋，却不相往来，有时偶尔见了面，招呼也不打。冯立的画斋里挂的全是自己的作品，从古到今，清一色的人物，栩栩如生，价钱也合理，有时遇上确实喜欢但又囊中羞涩的顾客，他也慷慨相赠。而张子选的画斋除了经销自己的画作，还有全国各地名家大腕的字画，价格更是高得离谱。但青州府毕竟辖区庞大，历史文化积淀颇深，富豪名士也多，不惜重金买来送人跑事儿抑或自己收藏的大有其人。因此，“凌云斋”的名家字画销路不错，给张子选带来了不少财源。

2

这天，“凌云斋”里来了一个顾客，令几个伙计吃惊不小。这不是“真墨斋”的掌柜冯立吗？真是稀客呀。伙计中有招呼入座的，也有慌忙上楼告知张子选的。张子选下楼时，瞥见冯立气定神闲，正背着手在厅堂挂着的字画前观赏。他心里不由一凛，感觉有啥事发生，但还是赔了笑脸，双手一拱：“哎呀，冯掌柜前来，敝斋生辉呀。”

冯立微微一笑，说：“哪里，我受朋友之托来买些字画的。”

张子选“哦”了一声，心稍稍平静下来，说：“那就请您挑吧，价钱好商量。”

冯立又微微一笑，说：“不用挑，只要画斋里你的作品我全要了。”他又一指挂在厅堂正中的几幅字画说，“这几幅京城名家的我也要了。”

张子选闻听，高兴得心都要跳出来了，这可是从买卖开门那天起最大的一宗生意呀。他脑子一转，边让伙计沏茶，边说：“冯掌柜那里的东西高雅金贵，为啥偏偏看上小店的东西呀？”

冯立哈哈一笑，说：“朋友是江南大画商，我的东西卖腻了，换换口味嘛。”

“那就谢谢冯掌柜了。”张子选也是哈哈一笑，赶忙吩咐伙计将画卷了。

看着装好的满满两箱字画，冯立付完现银，对张子选说：“那就让人把箱子抬到大街中间的路口吧，我自有主张。”

此时的偶园街上，行人商贩如织。冯立站在街心，从箱子里抽出一幅张子选的画作，高声吆喝起来：“卖画了，张子选的花草图！”

一会儿冯立的身边就围满了看热闹的人。有人问：“是‘凌云斋’的掌柜张子选吗？”

“是呀。”冯立嘴上应着，手也没闲着，又打开了几幅索性扔在地上。

“张掌柜的花草画可是值钱，五两银子呢，这样扔地上岂不糟蹋了。”有懂行的觉得心疼，就嚷嚷起来。

冯立一笑，大声说：“哪里，这画不值钱，我是五个铜板一幅刚从‘凌云斋’买的，卖十个铜板一幅，就赚得不少了，有要的尽管拿走。有多要回家糊墙上当年画的，我平本就卖，只收五个铜板。”闻听此话，人们还是满腹疑虑，觉得张子选乃青州名流，画作便宜得近乎白送，肯定假货无疑。冯立看出了人们的疑虑，又说：“我是‘真墨斋’的掌柜，这是张子选的亲笔无疑，如若有假，我愿以人格担保。至于卖得便宜，我觉得这画就值这些，再多就是坑大伙儿了。你们有喜欢的，尽管放心。”看着冯立满脸认真，很多人就顾不上什么了，再说不就几个铜板嘛。一时间，两大箱画作就被抢买了大半。

“凌云斋”的雅间里，张子选正摸着白花花的银子乐呢，有伙计进来告知，说刚才冯立高价买走的字画正在街口贱卖呢。张子选一惊，起身就朝街上跑去。

张子选来到冯立身边时，他正举着自己的一幅画吆喝：“还有最后一幅，五个铜板了，谁要？”

一个落魄模样的书生走上前，捏着一个铜板，怯怯地说：“我就这些了，卖我吧，我也好去同窗那里换碗酒喝。”

冯立把他的铜板一推，爽快地说：“钱免了，画就送你了，反正不值钱。”

张子选见了，肺都气炸了。他指着冯立说：“你……你太过分了，我这些年的声誉和颜面都让你给我糟蹋了！”

“过分？”冯立脸色一变，立马威严起来，他指着箱子对张子选说，“东西是我买的，我愿意怎么卖就怎么卖，这个你管不着吧？”

“你……你……”张子选连气带急，一时之间竟说不出话来。

冯立从箱子底拿出几幅东西，打开，朝大伙晃了晃，说：“这些所谓的京城名家字画，虽然可以乱真，但毕竟是假的，张口千两白银，这是把人往死里坑呀！”说完，几把就撕了个稀碎，手一扬，纸片随风而去。

人群里一片唏嘘，就连张子选也愣在了那里。

冯立怒气未消，大声说：“就凭这些骗人的勾当，也配说颜面和声誉？”他用手一指张子选的门面，说，“大丈夫做事光明磊落，千万不要玷污了‘凌云’二字呀！”

人群里一片叫好。

半天，张子选才说了句：“好你个冯立，算你狠！”悻悻而去。

冯立哈哈大笑，一脚把装画的空箱子踢了个四分五裂。

3

过了没几天，冯立和伙计正在“真墨斋”忙活，张子选领着几个伙计走了进来。冯立还没言语，张子选就一屁股坐在厅堂的椅子上，从怀里掏出几张银票摇了摇，对冯立说：“把你的画作数数，我全买了。”他翘着的二郎腿微微颤着，两眼盯着冯立，一脸的狡黠和得意。

冯立双手抱拳，略一沉吟。张子选又说：“你开着画斋，该不会不卖吧？”

冯立一笑，说道：“哪里，非常欢迎，只是我的画作现在涨价了。”

涨价？张子选心里咯噔了一下。他想我的画作你冯立买时，我是撑破了胆子才要了十两银子一幅，你这次就是往死里涨一倍不就是二十两银子嘛。呵呵，我这次买下来一个铜板也不卖，当街就找几个乞丐撕了擦屁股，看我怎么羞死你！

想到这，张子选不屑地说：“是吗？那就报个价吧。”

“不用报，每幅画儿都标着价钱呢，你自己看吧。”冯立说完，做了个“请”的姿势。

张子选哼了一声，挥手示意伙计去看。的确，每幅画的下面都贴着一张小纸条，上面写着价钱。伙计把画斋里的画作看了个遍，走到张子选跟前，怯怯地说：“掌柜的，那画儿最低的还一千两银子呢。”

“什么？”张子选一下子从椅子上站起来，几步走到画前，看了几眼后，大声对冯立说道：“你也太狠了吧？就你的画儿也敢要一千两银子！”

冯立依然微微一笑，说：“张掌柜有所不知呀，我的画儿早就涨价了。你看，这上面的岳飞、文天祥、辛弃疾、杜甫等等人物，要么忠肝义胆、气贯长虹，要么风流倜傥、才华横溢，我是用心血和情感把他们画成的，他们的精神和作为令我辈汗颜呀。你说，你画斋那些所谓的名家字画能和这些作品比吗？”

张子选听了，脸色暗红，好久没说出一句话来。

冯立又说：“张掌柜，你看要多少幅，我好吩咐伙计给你卷了装箱呀。”

张子选只觉得喉咙发干，张了张嘴，又闭上了。他心里把冯立恨得牙根都疼，自己在青州府这块地盘上摸爬滚打几十年，也多少算个知名人士了，没想到到头来让一个年轻人算计了。这些年自己虽然攒了些积蓄，可要买下这满画斋的画儿还是远远不够的。况且，这么高的价钱买来的画儿就是当众毁了，对冯立的影响恐怕就是全青州府的人都知道他的画金贵得不得了。这样一来，他不光有了大把的银子还提高了自己的名声。

咳，我何苦呢！

张子选越想越气，扭头往外就走。

走出老远，冯立那句“恕不远送”还在耳边嗡嗡作响。

4

日子一天天过去，“凌云斋”的生意却逐渐冷清了。因为冯立“当街卖画”后，整个青州府只要与字画沾边的人都知道五个铜板就能买到张子选的花草图，即使人人都知道冯张两家一定有什么纠结，冯立是故意诋毁张子选的，但再去花五两银子买画，还是觉得很没面子，况且张子选五个铜板一张的画作在民间就有足足两大箱呢。买的少，张子选就画的少，加上原来那些销路很好的名家字画现在基本没人问津了，不出半年，“凌云斋”的生意竟到了关门的地步。

相反，“真墨斋”的人气却出奇地旺起来。每天前来买画、赏画的足有数十人，上至州府的官员和商贾，下至青州府辖区的平民百姓，只要喜欢冯立的画作，都会走进“真墨斋”坐一坐，顺便喝一杯上好的日照绿茶。

“真墨斋”真正清静下来，往往是掌灯时分，冯立都会站在楼上靠北的窗前遥望北方，一脸的愁绪，他脑子里全是维新志士谭嗣同的点点滴滴。几年前，他在京城习画，受新思想的影响，曾追随谭嗣同变法维新，那时是何等的艰难和豪壮。如今，志士已去，自己侥幸捡得一命，却在小城卖画苟活。回来途径廊坊、天津的路上，到处是荷枪实弹的外国兵，流离失所的难民更是随处可见，这些早就深深烙在冯立的脑海，可他也只能是悲愤和无奈。其实眼下，全国各地到处都是流浪的饥民，哀鸿遍野，大清朝廷表面的浮华早就遮盖不了满目疮痍。近几日，青州城里城外骤然增多了不少灾民，听说朝廷在北边跟外国兵干上了。冯立就新招了几个伙计，专门在东城外搭棚赊粥，把每日画斋所赚银两全用在粥棚上，虽然锅少粥稀，但冯立觉得心里还是稍稍安宁了些。

5

这天照例吃过早饭，伙计来开“真墨斋”的店门，见门前竟坐着一人。这人眼睛半眯，衣服褴褛，脑后垂着一条黄不拉叽的小辫，好像是一个乞丐。伙计喊他起来，他睁开眼，起身来到画斋前的街边竟张口大骂起来，骂声吸引了不少路人过来围观。伙计听了好一阵，也没听明白叫骂的缘由，无非就是一些乱七八糟的脏话。伙计开了门，就对他说：“大清早在我们门前叫骂可不应该呀。”

谁知他嘴巴一撇，说：“我就愿意骂，你管得着吗？这大街不是你家的吧？”

伙计听了，气得几步走到他跟前，说：“我是管不着，可你在我家门前骂我就管，还要揍你呢！”

正吵着，冯立出来了。问清了争吵的原因后，朝那人一拱手，说：“咱们素不相识，也没冤仇，不该在我门前叫骂呀。朋友也许途经此处困乏了心情不好，我能理解。让伙计给你弄些吃的，垫垫肚子，你再赶路吧。”

那人听了，没说话，竟一下躺在地上两手捂脸干哭起来，哭几声，两眼就从手指缝里看一阵儿。等“真墨斋”的伙计把饭菜端来，他坐起来，接过饭菜看也不看，一扬手扔出老远。滚落在地上的饭菜立马被几条狗围住吞咽起来，他斜眼瞅着，又哈哈大笑起来。围观的人都说，这人准是个疯子，哪有这么不识人敬的。冯立微微一笑，朝大家拱了拱手说：“既然这样，大家都散了吧，此人我会善待的。”

围观的人渐渐散去，“真墨斋”也有三三两两的顾客上门了。谁知那乞丐模样的人又开始叫骂起来，谁劝也不听，气得伙计上前就要揍他。冯立赶忙阻拦，说：“随他去吧。”两人便转身进了画斋。

那人站在街上骂了一阵儿，显然累了，就到街边的树旁躺下了。过了不久，又起身朝着“真墨斋”骂开了。每次见伙计拿着鸡毛掸子冲到门外，他都慌忙把头扭向别处，骂声也几乎听不到了。如此三番了几次，就晌午了。冯立刚要吩咐伙计再给他弄些饭菜吃，却见街角处有人朝他招手，那乞丐扭身偷偷溜了。冯立感觉里面有事，就把伙计叫到身边，低声吩咐了几句，让他偷偷跟着乞丐弄个明白。一会伙计回来，说：“那乞丐跟人去了一家酒店吃饭去了，我偷偷观察了一下，和他一起吃饭的竟是‘凌云斋’的伙计，看来那人是他们雇来故意捣乱的，咱可要防着他呀。”冯立“嗯”了一声，说：“就让他骂吧，他成心来捣乱，撵他也不会走的。我们动粗打了他，只能让不明就里的人笑话，说我们‘真墨斋’不配斯文。”

伙计愤愤地说：“那我们就天天听着他的骂忍气吞声？依我看，再闹就把他打个半死！”

冯立一笑，说：“这人肯定不是我们青州府的人，说不定就是一个外地泼皮，或者就是一个逃荒要饭的。我们惹他干啥？今后只要他来，任他叫骂，咱不光不还口，还要一日三餐给他送吃的，做到仁至义尽。”

伙计噘着嘴，说：“那咱也太让人小瞧了，他天天骂咱还得天天给他吃喝，我不干！”

冯立微微一笑：“兵书上不是说‘欲擒故纵’吗？”

冯立说着，起身走到一幅画前。画面上是一个白发老者，坐在一处空旷的山巅，正一手端碗喝酒，一手轻捻长须。他一眼睁着，一眼微眯，嘴巴猿似的突着，一副放浪形骸又志在必得的样子。他身边有一个酒坛，身后是连绵的群山，那情那景，令人遐想万千。然而令人费解的是，画面上没有丝毫利剑的影子，可左上角却题了“剑客”两个好看的篆字。

“欲擒故纵？”伙计皱紧了眉头。

“嗯。你知道这幅画为啥叫‘剑客’吗？”

伙计摇了摇头。

“因为真正称得上剑客的当属高境界，用心杀人，不是用剑。”冯立意味深长地说了一句。

“哦。用心咋杀人呢？”伙计似懂非懂地点了下头，又摸了下脑袋，一脸的疑惑。

天刚转过晌午，那乞丐又来了。衣服还是褴褛，只是脸色微红，好像喝了酒。他在“真墨斋”前的街面站定，东一榔头西一榔头的脏话就顺口出来了。骂了一阵儿，见“真墨斋”的伙计出来，那乞丐就又止了声，把头扭向别处，两腿也慢慢朝旁边挪去。然而，这次伙计手里拿的不是鸡毛掸子，是一把茶壶和一个茶碗。伙计走到他面前，揶揄道：“别走呀，就在当街骂，渴了有茶喝。”伙计放下茶壶和茶碗，扭身走了。那乞丐大概觉得惊奇，也真渴了，先傻愣愣地站了一会儿，就干脆坐在地上喝起来。喝完，眯着一对小眼朝四周看了看，摩挲着搭在肩前的猪尾小辫又骂开了。

接下来的日子里，除了下雨天，乞丐每天都准时前来叫骂。中午和晚上却都去一个固定的酒店吃喝，尽管偏僻，也都逃不过冯立的眼睛。早餐和一天的茶水，“真墨斋”照常供应，要吃要喝随他的便，扔了也无妨。开始，总有一些看热闹的围在旁边，整天闹哄哄的，真就搅了“真墨斋”的清静。至于生意，影响似乎不大，“真墨斋”的人物画在青州地面独树一帜，根本就没有竞争的对手。天一长，看热闹的也觉得俗了，没啥意思，自然就不再围观了。更有仗义之人，见“真墨斋”胸怀如此坦荡大度，免不了对乞丐指责一番。可乞丐我行我素，依然如此，不觉间就过了数月。

6

已是初秋，街头的菊花次第开放了，花花绿绿的，美了整条偶园街。此时的乞丐头发蓬乱，但衣服明显光鲜了不少，走路的姿势和叫骂的腔调也似乎有了底气。

这天一早，街上来了一个屠夫，身高力壮，他挑着一担猪肉，急匆匆向东关早市而去。走到“真墨斋”门口时，肉挑子不小心轻轻碰了乞丐一下。屠夫也没当回事，刚走出几步，乞丐就在后面骂开了，声音很大，也很难听，整条偶园街都被骂声裹住了。屠夫听了，扭身回来，放下担子，一下就把乞丐的脖领子揪住了。

“你再骂一声试试，老子弄死你！”

乞丐脖子一梗，说：“你算个什么东西，也不打听打听在这条偶园街上谁我不敢骂？哼，就连大字号的掌柜也支棱着耳朵听我骂呢！”

屠夫满脸鄙夷，轻轻一推，乞丐就摔了个四仰八叉。

“好你个杀猪的！”乞丐爬起来，晃着一头乱发，朝屠夫拼命撞来。

屠夫一弯腰，顺手从肉担子上摸起一把杀猪刀，转身就迎了上去。

乞丐倒地时，血也跟着淌了一地。瞬间，看热闹的人就围了一圈。屠夫毫无惧色，用脚狠狠踢了乞丐几下，说：“臭要饭的，耍什么横呀？老子杀你比杀个猪容易多了！”

这时，几个人簇拥着一个穿着华丽的年轻人快步跑来。年轻人拨开看热闹的人群进来，他看了看躺在地上抽搐的乞丐，一脸惊恐，指着屠夫大喊：“杀人了，你杀人了！快把刀扔了跟我去见官！”

此时的屠夫，握着滴血的尖刀，正杀得兴起。听到喊叫，不由心头一怒，对着喊叫的人就是一刀，那人“扑通”倒地。眨眼间，地上就躺了两具尸体。见地上溅满了鲜血，看热闹的人一下散开了，远远地，伸头望着。屠夫傻了般站了好久，突然哈哈大笑起来。他大声说：“我虽然粗鲁，也算个本分人，一辈子就会杀猪，做梦也想不到今天连杀两人，我知道杀人偿命，只可怜我的老母妻儿呀。”说完，一刀捅进了自己的心窝。屠夫倒下时，脸上滚满了泪珠。

不值得，不值得呀！可谁叫泼皮偏偏碰上了莽汉呢。人们唏嘘不已。

此时，冯立正站在二楼的靠街窗前，意外目睹了这场惨剧。他知道这个乞丐如此德行，早晚就是这个结局，但没想到会这么快，更没想到会是三条性命。想起自己“欲擒故纵”的伎俩，冯立陷入了深深的自责中。

血溅偶园街，风吹菊花零。

这是光绪二十七年，即公元1900年秋天的事儿，《青州府志》有记载。

7σ

“真墨斋”门前又恢复了往日的景象。

斋外风清气爽，小鸟啁啾。斋内窗明几净，万分素雅。

在自家的正厅里，冯立跪在一幅画像前久久凝视。画像上的人五十多岁，面容清瘦，眉宇间满是慈祥。

冯立言语哽咽：“爹，‘凌云斋’多行不义，生意无望，唯一的儿子也被人捅死了。儿子不孝，但总算给您报仇了，您就瞑目吧。”

泪水模糊中，冯立的思绪又回到了两年前的京城。

自己追随谭嗣同变法维新，虽然干的是些跑腿送信的杂差，变法失败后仍受牵连被抓入狱。父亲得知后，心急如焚，拿出所有家财进京搭救。待一层层关系找上去，总算得到了主审此案官员的回话，说冯立年轻无知，基本没有参与此事，可以保释出狱。官员还让人捎信，说自己的上司非常喜欢古人字画，让父亲弄几张打点一下。父亲听了，知道儿子的性命有救，尽管那时囊空如洗，还是欣喜异常。

他连夜赶回青州，变卖了乡下还算气魄的老宅，好歹从“凌云斋”掌柜张子选手里买下了两幅古人字画。他又赶回京城，托人小心翼翼送上后，却等来了一个惊天消息。两幅古画全是赝品，那个主审官员大怒，声言处死冯立。父亲当时吓得冷汗淋漓，好歹回到青州，找到张子选说明此事，希望他能换成真品或退还银两。可张子选听了，哈哈大笑，说：“不可能的，‘凌云斋’的字画没有赝品，即使有也不退换，只能怪你瞎了眼。”父亲说哑了嗓子，那钱可是自己卖祖房的钱，几代人的心血呀。张子选任父亲苦苦哀求，甚至跪在了他面前也无动于衷。父亲回到家后，就一病不起，但他还是托人卖掉了乡下的田产，又求亲告友凑了一大笔钱，托一个可靠朋友去了京城。父亲对朋友说：“不管怎样，一定让冯立活着回来，我等他。”

数月后，冯立九死一生，回到家时父亲瘦得就剩一把骨头了。父亲躺在床上，气息奄奄，但面露微笑，连说回来就好，回来就好呀。父亲交给了冯立一大把借据后，说："几辈人留下的房屋田地全没了，就给你留了这处临街的房子，没舍得卖，就是让你有个安身之所呀。好好画你的画，好自为之吧。"

冯立怎么也不明白，当初"凌云斋"把父亲害得那么惨，他怎么到死也没怨言呢？

冯立面色凝重，恭恭敬敬地又向父亲的画像磕了三个响头。

刚站起身来，伙计跑来高兴地说："掌柜的，'凌云斋'关门了，房子好像被人顶债了。呵呵，这偶园街上的害人斋终于没了。"

"为啥？"冯立有些意外。

"听说张子选的儿子虽然年轻，却好赌，在外欠下了大笔赌债。那天被屠夫捅死后，债主都逼上门了。张子选那点儿老底哪里够呀，再说儿子死了，他也没了再开画斋的兴趣了。"

冯立听了，没说话，眉头就紧了。

"多行不义必自毙。"过了好久，冯立才缓缓说了几遍，声音很轻，像是说给自己听。

8 σ

这年的冬天特别冷，直到11月底，青州地面才迎来了第一场雪。飘飘洒洒，壮美异常。

此时的冯立，破例喝了一杯青州陈酿，冒雪来到院子里。他看到地上一片银白，正如自己此时的心境，感慨良多。他想起了瞑目的父亲，更让他喜溢胸怀的是今年5月的廊坊大捷。

“恨人的洋夷，原来你们也是纸老虎呀！哎，要是谭先生地下有知，也该稍稍欣慰了。”冯立喃喃着，禁不住高声吟诵起诗词来：

剑外忽传收蓟北，初闻涕泪满衣裳。
却看妻子愁何在，漫卷诗书喜欲狂。
白日放歌须纵酒，青春作伴好还乡。
即从巴峡穿巫峡，便下襄阳向洛阳。

这是杜工部的《闻官军收河南河北》，冯立虽身在家中，但表达的却是同一种喜悦情怀呀。

这时，几个伙计顶着满身的白雪走进来。对冯立说：“掌柜的，我们终于找到了。”

“那就好。”冯立一脸喜色。

“张子选住在东郊关头的一所小院里，听附近的人说，他几乎足不出户，也不和人交往。我们进去时，屋里也没生炉子，快冻死人了。他正蜷在土炕上迷糊，人瘦了不少。”

“那个屠夫的家人呢？”

“也找到了，孤儿寡母挺可怜的。”

“那就快去吧。米面、豆油、猪肉一样都不能少，让他们过个富足的新年吧。对了，从今以后，只要我们‘真墨斋’能吃上饭，每个月都要给他们送些米面，就当是我们自己的家人吧。”

冯立说完，深深舒了一口气。

看到伙计们扛着米面，提着肉油，踩着积雪“咯吱、咯吱”地走出院门，冯立掸了掸身上的雪花，信步上了“真墨斋”的二楼。他推开窗子，此时，雪已经停了，天也稍稍放晴了。目之所至，天地一片清爽，整条偶园街也在大雪的亲吻下更加洁净了。

欲壑崇祯年

1

明崇祯二年夏天，青州西南山区的宫家庄出了一桩奇事，穷书生龚茂才竟然捉住了一只罕见的银狐。

待人们三三两两拥进他家看热闹时，龚茂才正脱了破旧的长衫，准备到鸡窝前的一个深坑里捉狐狸。人们围拢过来，见两三米深的坑里一只银色的狐狸正在不停地转动着身子，发出“嗷嗷”的叫声。

原来，龚茂才家的三只鸡连续两夜丢失了两只，怪的是一夜一只，既没听见鸡叫，也没看见鸡窝旁掉落的鸡毛。龚茂才除了两间破草房，这三只鸡可是最值钱的了。平日里诵读诗书，仅有的一点薄田也是老母亲照料，好歹混个半饱。而这几只鸡下了蛋，除了换点儿生活的油盐，还能偶尔犒劳一下自己和母亲。开始龚茂才以为是贼人所为，竟毫不体谅孤儿寡母的处境，这让他大动肝火。

太阳刚泛红，龚茂才就在鸡窝前挖了一个大坑，上面放了几根很细的木棍，木棍上铺了些茅草，茅草上又撒了一层细细的泥土，弄得和地面一样。陷阱弄好后，龚茂才直了直腰，嘿嘿笑了。就凭鸡窝里唯一的一只鸡，他想贼人今晚一定还会来的，到时这陷阱将不费吹灰之力把他捉住，即使不报官，也要当众羞辱他一番。

一大早，陷阱塌落，龚茂才知道人已落坑，就跑到街上吆喝起来。等他回到篱笆院里探头朝坑里看时，惊呆了，一团耀眼的银色直逼自己的双眼，原来是一只银狐。狐狸偷鸡不是奇事，但这是一只百年罕见的银狐，且偷鸡像过日子一样慢慢来就有点儿奇了。龚茂才见偷鸡的不是贼人，面色稍稍平和了不少，但他还是决定下去把狐狸弄上来再说。

龚茂才光着膀子，腰里别着一把菜刀，提着一条破床单让人用绳子拴住他的腰放到了坑底。此时的坑口边挤满了密匝匝的脑袋，瞬间让坑底阴暗了不少。龚茂才握着菜刀仔细看时，竟把他吓了一跳。狐狸"嗷嗷"低叫着，身子直立，两条前腿不停地朝自己作揖，两眼也亮晶晶的，似有眼泪溢出。龚茂才望着狐狸，突然生了恻隐之心，想把它弄上去放生。他把狐狸用破床单严严地裹住，喊一声，自己又被人拔了上去。

"快打开看看是怎样的一只银狐。"有人嚷嚷着。

"看啥，不就是一只狐狸吗？一棍子打死算了，免得以后再偷人家的鸡。"更有人大声说。

龚茂才蹲在地上，一手握刀，一手使劲裹着床单，看着蜷缩在里面的狐狸，一时没了主意。

这时，村里的大财主宫梦财说：“打开看看，如果是一只成色好的银狐，我出五十两银子买了，这皮子可不多见呀。”话音刚落，就招来了一片嘘声。更有嫉妒的，在肚子里直骂：“没想到整天就知道‘之乎者也’的穷酸书生也要发财了。”

龚茂才闻听，心里一阵激动，觉得两只鸡换五十两银子也太合算了。他把刀插到腰里，慢慢打开床单，先露出了一条毛茸茸的大尾巴，再是健壮的腰身，然后是一张满是忧郁的狐狸脸。龚茂才一手摁住狐狸脖子，一手攥住狐狸后腿，他感到双手触摸的分明是一张无比温和、柔软的裘皮大衣，暖得他心里也痒痒的，怪舒服。

“哎呀，真是少见的尤物，通体银白，没有一根杂毛呀。”人群里发出一片赞叹声。

“好！我要了，快给我用绳子捆好了，我要敬献衡王。”宫梦财嘴里说着，更是一脸的高兴。

人们这才知道，一向吝啬的宫梦财这次如此大方，原来是要巴结衡王。衡王驻藩青州，可是皇室宗亲呀。人家啥也不缺，但这银狐肯定是个稀罕物。好个宫梦财，比这只狐狸还狐狸呀。

这时，龚茂才的老娘挤进人群，蹲在狐狸面前，摸了摸它的脑袋，说：“才儿，放了它吧，咱可不做伤天害理的事，不就是两只鸡吗？得罪了狐狸，咱家会祸事不断的。你是读书人，咱要积德谋取功名呀。”龚茂才听了，皱了皱眉，又瞅了一眼银狐，见它双眼紧闭，有大颗泪珠滚出。他把母亲支走，说：“我自有办法。”他把攥狐狸后腿的右手松开，从腰间猛地拔出菜刀，举过头顶，大喊一声：“都躲远了，免得溅一身血！”众人纷纷向后避开，整个院子似乎一下大了许多，很空旷。剩下的一只鸡也跑到了鸡窝上，伸头探脑地瞧热闹。此时的银狐，伸了伸两条后腿，眼睛也瞪得老大，一副悲哀可怜的样子。

“嗨！”龚茂才大喝一声，菜刀剁了下去。

胆小的还没来得及捂眼，就见银光一闪，狐狸腾空跃起，一口叼住鸡窝上的鸡，如闪电一般，穿过人群的空隙，越墙而去。

等人们反应过来，有大嚷着放跑了可惜的，也有暗暗高兴的，穷酸书生到底没有白得五十两银子呀。宫梦财急得满地跺脚，就差用脑袋撞墙了。龚茂才哈哈一笑，扬了扬手中的一小截狐尾，说：“留下这截尾巴，它也该长记性了。”

当晚，龚茂才睡得很香，还做了一个奇怪的梦。

他梦见一只银狐对自己说：“我是你今天放生的狐狸，就住在村南大黄山上，我的家门口有一棵千年歪脖子松树。我已经修炼了九百九十九年，再有一年就成仙了。可前些日子我的妹妹死了，是饿死的。今年大旱，庄稼已无收成，满山的野果更无收获，勉强弄点食物，妹妹还要先给自己的七个孩子吃。本来妹妹是和我一起修炼的，就要成功了，可她偏偏遇上了真心相爱之伴，痴心不改。为了孩子，夫妻俩先后饥饿而死。妹妹死前，叮嘱我一定要替她照顾好孩子。没办法，我才去偷你家的鸡，别怪我贪心叼走你家最后一只鸡，如不那样，七个孩子都会饿死的。看你心地善良，也为了报答你的恩德，我想帮你一把。明年的今日我就修炼成仙了，你可将我的那截尾巴做一支笔，需要什么时就写在纸上，定会实现。但千万记住了，我只帮你做三件事，多了就不灵了。”

醒来，龚茂才反复想着梦中的情景，觉得可喜又可怕，竟半宿难眠。

2

宫家庄以宫姓居多，也有其他姓氏，但都人丁不旺。譬如龚茂才家，从他老爷爷那辈就单传，到他都四辈了还是单传，自己眼瞅着就小三十了，还光棍一根。要说凭自己给龚家传宗接代，壮大宗族，看来是前路渺茫。他爹在世时，看龚家人单势孤，家里又穷，总觉得矮人一等，做梦也想倚棵“大树”直直腰。就私下找到村里宫氏家族的族长，大财主宫梦财商量。他习惯地吸了一下鼻子，说：“我家龚姓和你们宫姓原本是一家，不知祖上哪辈人写名时弄混了，才出现了现在的情况。我想你们再续家谱时就把我家也写进去吧，至于辈分我家就按最低的排，反正又不是外人。”龚茂才的爹说完，又吸了下鼻子，弯着腰，满脸讨好地看着宫梦财。宫梦财听完就笑了，声音很大也很果断地说：“不行！咱两家的姓氏根本就不是一回事。”

“一回事，是一回事嘛。”龚茂才的爹仍在坚持着自己的说法。

宫梦财背过脸去，不无讥讽地说：“白面馒头和地瓜面窝头哪能都上大席呀？”

龚茂才的爹听了，脸色一红，讪讪地说：“那以后再商量吧。”

“以后？永远没有以后的。”宫梦财说完，又笑了，嘎嘎的，很刺耳。

龚茂才的爹弓着腰走了，自此落下了一个病根，至死腰也没有直起来。

爹死后，龚茂才家的日子更是雪上加霜。自己又不会农活，就靠老娘田里田外地忙活，勉强度日。龚茂才诗书读得也算勤苦，虽不至于“头悬梁，锥刺股”，但也没有荒废时光。可多年下来，却连个秀才也不是。久了，就免不了遭人白眼说笑。年龄渐大，婚配就成了头等大事，娘托了多个媒婆到处说亲，到底也没弄成。很多人家听说是龚茂才，就朝地上狠狠啐一口痰，说：“就是宫家庄那个穷得要死，笨得要命的龚茂才？你告诉他，下辈子吧！”有时晚上“之乎者也”读乏了，龚茂才也躺在床上想“书中自有黄金屋，书中自有颜如玉”的佳句，想着想着就伤心落泪。唉，就是能娶个丑点的姑娘为妻也不枉自己读书多年，可人家不肯呀，难道我龚茂才命该如此？

龚茂才尽管活得卑微，可也有许多让他开心的事儿。比如自己的龚姓，爹觉得不好，可他觉得很好，关键是历史上出了不少有名的人物。像西汉为官的龚遂、龚胜，南宋拜大哲学家朱熹为师的龚郯，要么执政，要么为学，哪个不是名垂青史呢？龚茂才偶尔在街上说这些时，听的人就觉得好笑，都死了几百年的人了，夸他有个屁用呀。再就是村里的穷人家，遇上红白公事，请不起先生，就吆喝他去写点儿喜联或挽联啥的。龚茂才有求必应，心情也好，一手握笔，一手稍稍捏着破旧的衣袖，写些漂亮的墨字。赶巧碰上说好的，他就一拱手，说：“多指教，多指教。”此时，龚茂才轻轻掸一下破旧的长衫，头微昂着，觉得多少为读书人挣得了一点颜面。

3

又一个夏天快过去时，龚茂才终于用那截狐尾做成了一支笔。很简洁，但挺有意味，笔杆是一截拇指粗的竹子茎，墨绿色，上面刻了“神在”二字。没事时他就拿在手里把玩，好几次望着笔头上自己一根根精挑的狐毫笔锋，龚茂才就觉得格外手痒，可他却从不写字。他脑子里总浮现起那晚的梦境，怕好梦成真，白白错过了一次绝好机会。

终于，龚茂才忍不住了。他想写几个字试试。可写什么呢？他绞尽了脑汁，觉得眼下最现实也最需要的应该是女人。没有女人自己的家就不像家，自己传宗接代的大事就是空想，更关键的是男女间的鱼水之情自己还未尝试，瞎做了男人。对，就写女人，可写女人未免太俗气了，就写“婚配”吧。龚茂才心里乐着，手也没闲着，细细研起了墨。等大笔吸足了墨，龚茂才悬腕一挥，纸上就多了“婚配”二字，端庄素雅，文气不凡。他站在桌前端详了好久，又吟诵了一阵“关关雎鸠，在河之洲。窈窕淑女，君子好逑”，才把笔用清水细细冲刷了，用纸裹好，藏在了抽屉里。

一夜无梦。醒来时已近半晌，窗外枝头有喜鹊在叫，婉转清丽。老娘进到房间，脸上的沟沟壑壑里满是笑容。她说：“孩子，有个天大的喜事，不知能不能成真。要是成了，就是咱龚家的先人积德呀。”

龚茂才忽地爬起身子，问：“啥事？快说说。”

“刚才刘家屿的刘善大员外托马媒婆来提亲了，说人家小姐相中你了，要死要活地非你不嫁呢。你说，这大户人家倒提媒，不是哄咱玩吧？”

“嗯。管他呢，先应了再说。”龚茂才嘴角多了一丝笑。

说起刘员外家的小姐，龚茂才一点也不陌生。几年前的清明，他出去踏青，顺路去了村南的广福寺。见一个妙龄女子正在烧香，旁边站了一个女子提着一个玲珑锦盒等她，看发髻，应该是一个丫鬟。妙龄女子站起转身的一刹那，双眼正与龚茂才投来的目光碰了个正着。龚茂才心一颤，哎呀，姑娘明眸善睐，面如凝脂，真乃天下美人也。看着姑娘被丫鬟搀着袅袅而去，他竟傻了一般，情不自禁地一路跟随。跟到刘家屿村里的一座大宅院前，龚茂才一下清醒了，就凭自己的穷酸样不是找骂吗？他停住脚，躲在一个拐角处默默看着。刚巧丫鬟在轻叩院门，姑娘回过身折了一枝桃花。那满树的桃花在院门口开得正盛，衬着她一袭淡绿的裙裾，煞是好看。龚茂才禁不住随口吟了几句："院门桃花映佳人，佳人已在桃花中，今日有缘睹春色，明年还来就桃花。"姑娘听了，满脸笑靥，朝龚茂才看了一眼，扭身进了院门。

和姑娘虽是偶遇，但这么近地一睹芳容，已是缘分不浅。可龚茂才回家后却喜欢得不行，心想若娶姑娘为妻，这辈子就是下地狱也值了。可人家是刘善大员外的女儿呀，龚茂才当然明白两家的门户之差，纯属妄想。可心里的相思越来越浓，就托了媒婆去提亲，还写了当时的诗作让她交给姑娘，希望打动她的芳心。很快，媒婆就回来了，没笑也没骂，说："刘大员外给你备了份礼，你自己看看吧。"龚茂才打开一个小小的食盒，里面满是疥蛤蟆，伸胳膊蹬腿地挺瘆人。他凄然一笑，啥也没说。

可才几年，他刘员外是怎么了？龚茂才百思不得其解。

天刚过晌，马媒婆又来了。见了龚茂才就说："你个穷小子哪来的福气呀？方圆十几里的大户子弟去刘家求亲的都踏破门槛了，可怎么偏偏就相中你了呢？"

龚茂才赶紧给马媒婆让座端茶，说：“还请您老多多美言呀。”

“美言个屁，人家就等着你一句话呢。”马媒婆倒也直爽。

“我愿意，我一百个愿意呢。”龚茂才说完，忍不住又问了一句，“那……那人家刘员外又如何看得上我呀，不是要笑俺娘俩吧？”

“要笑？嘿嘿，我实话告诉你，人家是觉得你日后能大富大贵，还怕高攀不上呢。”马媒婆压低了声音，故作神秘地说。

这句话把龚茂才娘俩简直弄懵了，你看我，我看你，再说话时就磕磕绊绊了。

马媒婆嘴巴一撇，说：“这样吧，既然同意，咱就把话说明了。刘员外在青州府的东关刚买了一座宅院，还算气派，就当作女儿的嫁妆了，你们找人看个好日子完婚即可。到时，不光有大批的陪嫁，连丫鬟也一起陪小姐过来呢。到时，你就安心读书求功名吧。”

龚茂才娘俩这次听了，竟傻了一样。好久，老娘才伸手在龚茂才的大腿上拧了一把。龚茂才“哎哟”一声，老娘说：“看来不是做梦，儿子，你有福是咱先人在保佑你呀。”

龚茂才这才意识到美梦成真，便站起来整了整衣衫，朝马媒婆恭恭敬敬地作揖拜谢。

马媒婆也是满脸喜色，说：“礼钱刘员外说了给我双份，你发达了只要忘不了我就行。”

“那是，那是。”龚茂才乐得咧着嘴，点头如鸡啄米。

4

秋忙一过，龚家买了几挂鞭炮，“噼噼啪啪”响过，就把媳妇娶进了东关的大宅院。刘家到底是大户人家，陪嫁的东西人抬车拉排了老远，就连龚家待客的花销也包了。刘员外是场面之人，朋友也多，前来祝贺的自然不少，嫁女不亚于当年儿子大亲的场景。瞅着龚茂才大白天捡了个有钱有势的老丈人，宫家庄的人眼都红了，谁肚子里都窝着一团火，动不动就想骂娘。宫梦财更觉得心里别扭，好个穷酸书生，眨眼就住上了城里的大宅院，搂上了娇滴滴的媳妇不说，单凭刘家的陪嫁品在村里也算上是大户了。想想龚茂才以后就是和自己平起平坐的人了，这大婚的场面自己可要去捧场呀。他换好衣服，带了足够的贺礼，坐马车去了青州城里的东关。

话说青州，自古就是九州之首，人杰地灵，文化底蕴深厚。自明太祖执掌天下，就有宗亲在此驻藩，世封衡王。现传六世七王，现任衡王朱由棷，是宪王朱常庶的三子。青州设府，辖十三县，地域广阔，沃野千里，各种生意俱全，实是富庶之所。

听说宫梦财给龚茂才贺喜去了，宫家庄的人都坐不住了，纷纷结伴前去贺喜，一时城里有名的三家酒楼客满。酒楼里到处挂着大红的喜幔，贺喜声也一直不断，龚茂才未醉犹醉，感到了前所未有的荣耀。

宾朋散尽，龚茂才进入洞房时天已黑了。

洞房里，红烛摇曳，春心荡漾。

龚茂才轻轻走到娘子面前，双手揭去大红盖头，望着娇羞无比的娘子，突然深深鞠了一躬。他满含歉意地说：“娘子嫁我受屈了。”

娘子轻启朱唇，说：“我不求大富大贵，只要你安心诗文，待我好就行了。”

龚茂才轻拥娘子入怀，凝视良久，才问：“娘子，我该怎么称呼你的芳名呀？”

娘子浅浅一笑，面若桃花，柔声答：“你猜。”

“你叫桃花。”

“桃花？你怎么知道的？”娘子满脸的惊喜。

龚茂才攥着娘子的纤纤玉手，也是满脸的惊喜：“我猜的。你还记得那年的清明吧？院门桃花映佳人，佳人已在桃花中。”

说到这里，娘子摆了下手，接着说道：“今日有缘睹春色，明年还来就桃花。”

龚茂才听了，心中大喜。喃喃道：“就桃花……就桃花。”随即把她搂得更紧了。

一夜无语，一夜云雨。

事后，龚茂才知道了娘子的芳名。很雅，叫碧桃。

自此，龚茂才把宫家庄的破房子门锁了，地也不种了，就在东关的大宅院定居下来。里外衣衫一新，三餐也无忧，本可以更好地吟诵诗书，追求功名。可每天下来，总有客人来访，或城里的富家子弟，或宫家庄的大户主人。每天迎来送往，哪还有时间读书呀。真是应了“富在深山有远亲，穷在闹市无人问”的老话。龚茂才嘴上没说，肚里却得到了极大的满足。每次看着他们对自己“仁兄”“仁弟”地叫着，心里就骂：“都是一群狗眼看人的家伙！”

开始来了客人，就在书房沏一壶新鲜的“日照绿茶”，边品边谈些优雅的诗文，也很惬意。日渐熟了，正巧饭时，龚茂才就对客人一番挽留，一罐老酒，几个小菜，照样喝得酒酣耳热，激情澎湃，随口弄些“之乎者也”的风雅句子出来。都知道龚茂才虽无功名，但多少也算饱读之士，青州府附近的很多富家子弟都愿意找上门来附庸风雅，或品茶吟诗，或煮酒谈词。一时间，名噪一方，给读书人陡增了不少颜面。

再以后，一些富家子弟耐不住寂寞了，就约龚茂才去外面的茶楼叙话。茶楼是环境极其雅致，档次也极尽奢靡的那种。每次品着淡雅的茶香，听着琵琶女子亦喜亦忧、婉转逶迤的弹唱，龚茂才恍若活在人间天堂，竟乐此不疲了。

四季在很快地变换着颜色，远离了春种秋收的龚茂才似乎很难感觉到。他每天都被朋友拉出去品茶、喝酒，半年下来，青州城里高档的茶楼酒店几乎光顾遍了。每次回家，天就黑了，有时竟是深更半夜。进到卧室，多半酒气熏天，碧桃见了，微微皱起眉头，说：“夫君再这样下去，毁了自己，也辜负了大家对你的期望。”

龚茂才满嘴喷着酒气，含混不清地说：“啥……啥期望？”

“你是读书人，当然是功名呀。”

“不急……不急。嘿嘿，会……会有的。”龚茂才靠近碧桃，就势抱住了她。

碧桃挣脱开，自己坐到一边，幽幽地说：“我喜欢读书人，以前我曾在脑子里想象过你‘秉烛夜读’的样子。一点如豆的烛光，一副捧卷的背影，勤勉而执着，真得令我起敬呀。可自我嫁过来，一次也没见过呀。”

说着，碧桃不免伤心起来。可龚茂才仰卧在床上，已响起了鼾声。

接下来的几天，龚茂才看出碧桃是真伤心了，就闭门谢客，在家专门陪她说话，偶尔也读几句诗文。

趁这空儿，老娘也过来偷偷嘱咐了儿子几次："要好好读书，考个功名，不要让你岳父和碧桃失望，人家对咱有大恩呀。"

龚茂才每次听了就"嗯"一声，再不说话。

可时间不长，他的心就又被外面的花花世界吸引了，脑子也乱糟糟的。眼前总是形形色色的绝色美人，一会儿是哀婉冷艳的琵琶女，一会儿又成了婀娜妩媚的戏台女子，就连烟柳巷那些站街拉客的妓女他也觉得风韵万千。

又被朋友拉出去玩时，龚茂才认识了一个纨绔子弟，叫钟乐。听说他爹在衡王府当差，管着上上下下一帮人，家有金银无数。这公子哥出手阔绰，却不通诗文，为了应付老爹布置的命题文章，常让龚茂才帮忙代写。为了答谢，就领着龚茂才频频出入风月之所，听曲喝花酒，见了漂亮的女子就一掷千金包养。自己玩乐，也让龚茂才玩乐。起初，龚茂才不肯，满心只有碧桃。可时间长了，就觉得碧桃美归美，但太中规中矩，缺了风尘女子的浪漫和娇媚。酒到酣处抑或情到浓时，龚茂才对钟乐的盛情"安排"就接受了，且淫欲越来越大，经常编造种种借口整日在外逍遥。

终有露馅的一天，碧桃负气回了娘家，数天不归。龚茂才觉得心亏，就到岳父家请罪。刘员外哪受过这样的气，指着龚茂才一顿臭骂，就差叫人打他了。看着龚茂才跪在地上，满脸的羞赧和尴尬，碧桃又满心不忍，也跪在父亲面前请求再给丈夫一次改过机会。刘员外一声长叹，和龚茂才约法三章："一、让他改邪归正，勤习诗文，早日考取功名。二、再做如此龌龊之事，龚茂才要写休书，还碧桃自由。

三、东关的宅院和陪嫁品一并收回。”龚茂才一一应允，磕头拜谢。

回到家，龚茂才一夜难眠。他想了很多，说到底是钱惹的祸，可钱又的确是个好东西。当年在宫家庄时，温饱无常，自己和老娘还有过世的父亲受了多少屈辱呀，做梦都想有钱。现在好了，温饱无忧，住好房穿新衣，也有人巴结了，却让钱弄得满心烦恼。人人都想读书得功名，都觉得是一辈子最荣耀的事，可得了功名不就是想当个大官，拿更多的俸禄，活得更舒坦吗？绕来绕去，不还都是为了钱吗？

天亮时，龚茂才终于想明白了，有钱就比没有好。

5

龚茂才又把狐毫大笔拿出来时，是在夜里。那夜月光很亮，远处有箫声飘摇而至，低沉悲凉。微风吹来，窗前的几杆翠竹枝叶轻颤，诗意萌动。他研着墨，心绪却一直没有平静下来，他想的当然还是那晚的梦境和那只千年的白狐，只是不知这次的结局如何。

龚茂才写完“金钱”二字时，心一下揪紧了。他只看了几眼，就匆匆收笔歇息了。

第二天，龚茂才来到书房，见书桌上放着一个包裹，鼓鼓囊囊的。打开，一片耀眼的金黄。金子，是金子！龚茂才高兴得差点叫出声来。他抓起一把，仔细看着，眼都直了。良久，又把金子放到自己的腮上，使劲揉压着，感受了一下真实。他把包裹提起来，掂了掂，满脸的得意和满足。

过了不几日，青州府大大小小的街巷里都在传着一件事：衡王府失窃，丢了黄金数千两。

龚茂才听了，啥也没说，但心里还是吃了一惊。再次听说此事，是从钟乐嘴里。钟乐坐在“大东风”酒楼的雅间里，酒已微酣，对龚茂才说：“衡王府里戒备森严，也不乏大内高手，怎么会失窃呢？爹回家说，据当时巡夜的领班讲，那晚没有什么异常，就是下半夜院中好像闪了一道银光。天明听库房的人吆喝金子无端少了数千两，才觉得那道银光值得怀疑。可银光又算个啥呢？”

龚茂才忙说：“是呀。莫非贼人是个会飞檐走壁的白衣人？”

“这个不好说，但府里的确丢了黄金。衡王这些天正发怒呢。”钟乐又说，“衡王府里金银无数，丢点也没啥大不了的，我就觉得那贼人太厉害了，真是高手在民间呀。”

见龚茂才没有答话，就咂了咂嘴，无比羡慕地说：“那金子也够贼人挥霍一辈子的了。”

“是呀。这等好事轮不到咱弟兄头上，眼馋也白搭。来，喝酒！”龚茂才端起酒杯，一饮而尽。

眨眼，这年就到了皇帝大考的时候。

期间，龚茂才读书甚少，出外应酬却多得数不过来，考功名是没有一点指望的。频繁的放荡生活，就连他的举止和谈吐也没了以往的斯文，变得俗不可耐。龚茂才本想放弃，在家过悠闲日子。碧桃看在眼里，急在心里，就劝他还是试一试为好。结果，龚茂才铆足了劲儿也没通过县、府、院的初试，还是童生一个。

岳父刘员外专程过来，对龚茂才万分失望。他不无揶揄地说：“童生，童生，你是老童生了，我都为你脸红呀。唉，这样吧，我给你出些银子，捐个监生，去省里好歹乡试一下，别把你的才华埋没了。”

龚茂才没说话，朝岳父深深鞠了一躬，算是答谢。

结果，又是名落孙山。

这次，刘员外彻底感到了失望。他把龚茂才狠狠骂了一顿，说：“读书不入仕，赚钱不养家，把个如花似玉的姑娘嫁给你，算我瞎眼了！”

如此责备了几次，龚茂才受不住了。心想：靠我读书入仕是不可能了，可我有的是金子，照样是人上人，别以为我离了你的接济就活不成！他来到岳父家，从怀里掏出一包金子放到桌上，说：“以前多仗岳父照顾，这么些年一直有愧于心。你看那个宅院啥的所有你刘家的东西算二百两黄金够不够？”

刘员外大吃一惊：“用不了，用不了。可你怎么会有这么多的金子呀？”

“是一个朋友借的。放心，我绝不会偷和抢的。”龚茂才说得镇静，也坦然。

“既然是借的就免了，你又不是外人，还是拿回去吧。你误会我的意思了，谁不希望自己的孩子有出息呢？忠言逆耳，还请贤婿谅解呀。”刘员外一声长叹，一脸的尴尬。

“不，以前就算我借您的，现在两清了。以后再有用得着的，我再来拿。”

“也好，也好。”见龚茂才很坚决，刘员外就收下了。心想，女婿又不是外人，就算我临时替他保管吧。

龚茂才走后，刘员外望着几块黄澄澄的大金锭，满脑子疑惑。他突然想起了去年风传的衡王府失窃一事，可转念一想，心就安了。就凭龚茂才那个鸡架子身材也能进入王府行窃的话，真是活见鬼了。

看着岳父被金子镇住了，对自己说话也客气多了，龚茂才禁不住偷偷大笑。他觉得浑身轻松，以前对岳父的惧怕和内疚渐渐没有了。龚茂才又雇用了几个下人帮忙料理家务和杂事，自己就做起主人来了。碧桃再劝他读书，他说啥也听不进去了，每天早出晚归，在外风流快活。

终于有一天，龚茂才觉得下体瘙痒异常，挠也挠不透，关键是撒尿的物件通体红肿，尿口流脓，痛苦极了。他这才知道自己染了花柳病，可悔之晚矣。龚茂才怒火中烧，不由怨恨起那些风尘女子来。生气归生气，还得怨自己。龚茂才急忙去找青州府治疗花柳最好的先生，丝毫不敢怠慢。

龚茂才满肚子烦闷在家转圈的时候，碧桃也每日躲在卧室里神情忧郁。龚茂才以为自己很久没碰碧桃冷落了她，顿生愧疚，就过来好言安慰，却被碧桃一把推开了。龚茂才讨了个没趣，心里又虚，就讪讪地走开了。接下来的日子里，碧桃像是心事重重，就连吃饭也不踏出卧室一步，都有丫鬟送进去，也是好歹吃几口。

忍不住了，龚茂才在院子里拦住碧桃的丫鬟，悄悄问她。丫鬟噘着小嘴，没好气地说："还好意思问呢，都怪你！"

龚茂才赶紧点头："可……可到底为啥呀？"

"为啥？你在外风流快活，染了一身病，把小姐也传染了，她都没脸见人了。"

"是吗？"这次龚茂才真是慌了，"不碍事，我去请最好的郎中给治不就成了。"

"小姐可拉不下这脸呀！她一直洁身自好，这不是要她的命吗？”

龚茂才听了，叹一口气，转身朝碧桃的卧室走去。

轻轻推开卧室门，龚茂才柔声喊道：“碧桃，碧桃。”

没人应声。他走到卧室中间，两眼四处找寻。

卧室的房梁上垂着一截绳子，碧桃吊在上面正晃悠呢。她的身子依旧纤细清秀，只是小腹大了，微微鼓着。

龚茂才大吃一惊，几欲昏厥。

“碧桃，我的娘子，我的儿子呀！”他一声哀号，惊得窗外的小鸟扑棱棱乱飞。

6

消息传到刘家峪，刘员外老泪纵横，悲痛欲绝。他用手不停地拍打着自己的脑袋，嘴里喃喃着：“碧桃，爹对不起你，都怪我糊涂，不该听信梦里白狐的话呀。”白狐？家人听了，都是一头雾水。

跪在地上来报丧的龚家下人，抬头低声问道：“老爷，请您安排小姐的后事。”

这时，站在刘员外身边的几个儿子早就沉不住气了，都嚷嚷着要去弄死龚茂才，方能解恨。

刘员外稍稍平静下来，咬了咬牙，说：“事已至此，妥办后事，停棺十二天。小姐要锦衣绸裤，头枕金砖，脚蹬银石，身子周围洒满金钱。灵棚、祭棚包括到墓地的长亭棚都要楸木扎制，上面覆盖白绸，三十六只喇叭的响器班子更是不能少，场面要越大越好，小姐死得窝心呀！”

龚家下人慌忙磕头，一一应允。

那时的青州府辖区，丧事习俗种种。如果家里死了女人，很多事情要听死者娘家的。如几日的殡期、对死者有什么要求等等。特别不是善终的，如上吊、喝毒药等死亡的那就麻烦了，娘家人肯定以为虐待了自己的女儿或姐妹，出殡这天大都会来闹，要么打砸抢，要么故意出些难题，加以刁难。只有这样，才显出娘家人不好惹，给死去的姐妹多少挣点面子。

下人回来和龚茂才如实一说，他悬着的心才稍稍放下来。只要刘家人对自己没有皮肉之苦，不故意刁难，破费点银子还不是小事一桩。他吩咐下去，就按刘员外的意思办。说着容易，可办起来就难了，花费的银子像流水一样，只是碧桃入殓就把龚茂才心疼得不行。从东关的宅院到乡下宫家庄的龚家祖坟，足有十五里地，按刘员外的意思路两旁要搭长亭棚，便于送殡的沿途休息，也方便亲朋好友在各个路段等候拜祭。棚子要用楸木搭建，楸树是青州一带最好的树材，生长缓慢，木质虽优价钱也不低。这样一来，待长亭棚搭好，再用白绸一盖，那银子的花销就大了。

全部布置妥当，龚茂才又支派人去刘家传话，让过来看看合不合意。娘家那边不点头，这殡肯定出不了。来人是龚茂才的两个大舅哥，领着数十个族人，在碧桃的灵柩前大哭了一场，就从院里的灵棚看起，倒也没说啥，但长亭棚才看了数十米，就嚷嚷开了。要么说楸木用的料小了，要么嫌棚子搭得矮了，反正是一百个不满意。

这时，有人喊了一句："搭的什么烂棚子？烧了，重搭！"

话音刚落，就见长亭棚燃起了火苗，瞬间，就成了一条火龙。

龚茂才当然知道刘家在故意作践他，让他败家，但自己无理可讲，只好紧紧腰带忍着。

十里长棚再次搭好。这次棚子也高，用料也大，裹着的白绸更是上好的绸缎。可刘家来人，还是一句话："不行，烧了！"看着长棚又成了火龙，再瞅瞅刘家那帮火气正盛的族人，龚茂才呆坐在椅子上，一句话也说不出来。

如此两番，龚茂才就觉得花费有些捉襟见肘了。他只好偷偷去找钟乐，让他求求自己的父亲，仗着在衡王府当差的身份，去刘家说和。刘家还算是给了面子，答应长亭棚一事好歹也就算了，但龚茂才必须披麻戴孝给碧桃送殡。

不觉间十二天已到，碧桃也要入土为安了。响器班子的人也算卖力，挺胸鼓腮使出了全部能耐，三十六支大喇叭仰天哀鸣，声声呜咽。小唢呐也"滴滴答答"像"泪洒蕉叶"，凄凉哀婉，整个东关都笼罩在一片悲痛之中。龚茂才披麻戴孝，紧紧跟在碧桃的灵柩之后，痛哭流涕，几次哭倒在路中。看热闹的人挤满了数里长的石板路，一些妇女孩子随着灵柩走走停停，竟一直跟到了墓地。

其实，龚茂才对碧桃还是很有感情的，她的死也让龚茂才痛心不已。让龚茂才送殡，本是刘家想借机侮辱一下他，没想到却让很多看热闹的夸赞不已。那些不明就里的人都说，龚茂才也真是一个痴情汉子，碧桃要是泉下有知，也该舒心了。

碧桃入土，龚茂才像卸下了千斤重担，绷得很紧的那根弦一下就断了。没想到，自己却生了一场大病。

7

等身体康复，自己的花柳病也基本治愈了。龚茂才感到了几个月来少有的轻松。他吩咐下人备好马车，他要到宫家庄的老宅看看，顺便去一趟祖坟。

看着低矮破败的老宅，龚茂才思绪万千。当年缺衣少食却能安心读书，现在啥也有了，心也浮躁，书却读不下去了。他又来到祖坟，更是一番伤感。龚家一直人丁不旺，地里也就没有几个坟头，且大小不一，连个墓碑也没有，杂草丛生，显得越发凄凉。他突然看到碧桃的坟头有几处松动的土，虽不明显，但还能依稀看出是钝物接触的痕迹。正在疑惑，本村正在地里干活的几个老人过来搭话。

一老人说："你家祖坟被贼人惦记上几个月了，还好，没人得逞。"

龚茂才一头雾水，问："有啥好惦记的？"

另一个老人接话说："这十里八乡可都传你家娘子入殓时放了不少金银细软呢。"

龚茂才这才猛然想起，吃了一惊。心想是应该安排两个看墓的，丢了钱财事小，真要被人挖坟开棺，岂不坏了自家风水，被人耻笑一辈子。

想归想，龚茂才嘴上却说："哪里哪里，没啥值钱的物件，外人瞎传罢了。"

"就是有也不碍事的。据说贼人数次开挖都没得逞，只要镐头一碰坟头，人就被摔出老远，浑身像被东西撕咬般疼痛，听说还有一道银光在坟头盘旋呢。如此这般，谁还敢盗宝，自己保命要紧呀。"老人边说边擦了擦额上的细汗。

龚茂才听了，呆呆地站了好久，没言语。

老人又说："都说你家娘子的坟有神仙保护着呢。"

“是呀，是呀。”几位都是一脸的认真。

龚茂才“唉”了一声，不知是对几位说法的认同还是自己心里有愁，拱了拱手，说：“真是越传越神，那就由它好了。还望各位爷们干活的空里多多替我留心瞅几眼呀。”

“好说，好说。”

此时的龚茂才，酸甜苦辣尽在肚中。

8

龚茂才很长一段时间没出去应酬了。说是应酬，其实就是吃喝玩乐。看他一直闷在家里不言语，老娘就时不时地过来和他聊些杂事。一个人的时候，龚茂才想了很多，想得最多的还是碧桃和刘家。刘家对自己有恩不假，可自己也没少给金子呀。碧桃的死虽然多少与自己有关系，可她毕竟是寻了短见，你们刘家借此糟蹋了我多少金钱呀，还让我像儿子样披麻戴孝，细细算来我应该不欠刘家的了。唉，当时亏了手头有些金子，要不可就完了。可再想想，有钱固然是好，可光有钱没有权势也白搭呀。自己如果权势在身，你刘家再厉害又能对我怎样呢？他奈何不了我呀！

道理是这个道理，可就怕人脑袋钻了牛角尖。龚茂才还真钻牛角尖了，他就想做个有权有势的人，让青州府的人都知道自己的能耐。

崇祯十年春，也就是1637年的春天，又一次迎来了举国关注的大考。

龚茂才心里窃喜，恨不得马上开考。就在这节骨眼上，老娘却病了，整日昏昏沉沉，没有一丝气力。龚茂才寻遍青州府的大小名医，都声言治不了。最后，他费尽周折，托钟乐的父亲才算把衡王府里的名医请来了。望闻问切后，先生微微摇头，说："这样的病症还从没见过，怕是老太太来日不长了，就熬些草药喝着看她的造化吧。"

送走先生，龚茂才知道这世上能救老娘的只有自己了，狐毫大笔一挥，老娘就大吉大利了。可银狐托梦时说得很清楚，就帮三件事，前两件都已兑现，就剩一件了。可眼下却碰上了两件要紧事，老娘的病和自己的功名。唉！真是愁死人呀。龚茂才看着病榻上的老娘，一时没了主意。

已近三月，看看离开考的日子越来越近，龚茂才似乎看到了自己着官袍、跨骏马，高榜得中的情景。那是怎样的一个场面呀，在青州府长长的大街上，锣鼓喧天，观者如潮，就连衡王也在向自己拱手道贺呢。

龚茂才偷偷一笑，狐毫大笔就干脆利落地写了"功名"二字。

果然，龚茂才这次从县试开始，顺利进入府试、院试，连过三关，取得秀才。又从乡试的"秋闱"到第二年礼部的"春闱"，从省城到京城，一路折桂，直抵殿试。开榜那天，龚茂才高榜得中，名列榜眼。龚茂才万分幸运，又被皇上钦招入翰林院任编撰，官从七品。能在皇上身边干差，这让龚茂才兴奋不已。然而此时，老家却快马来人告知老母病逝。于是，龚茂才只得向崇祯帝告假，给老娘送葬守坟，行大孝之道。崇祯知道后，很是高兴，称赞龚茂才乃大孝之人，准丁忧守制三年，期满再另行任用。

9σ

龚茂才还没回青州，他高中榜眼的事儿早就传遍了青州府地面，称赞声一片，都说这次真给青州人长大脸了。

让龚茂才没有想到的是，回到家时家里已经有人在张罗老娘的丧事了。扎灵棚、做孝衣什么的，都弄得井井有条。此人竟是宫家庄的大财主，宫氏家族的族长宫梦财。帮忙的也多，把个院子站了个满满当当。龚茂才正在疑惑，就见宫梦财几步到前，拱手说：“榜眼爷一路辛苦了。”

“一路辛苦，一路辛苦呀。”众人也纷纷附和。

“你们这是……？哎呀，大伙儿辛苦了。茂才只有感谢大家了。”他慌忙还礼。

宫梦财说：“都是一个村子的老少爷们，我带来就是帮忙的，不用客气。”

这时，宫梦财把龚茂才叫到一边，面带难色地说：“老太太的丧礼上就你一个孝子，孤零零的太单了，就让咱宫家庄我族的人来陪你一起送老太太吧。”

“这个，不合适吧？”龚茂才连忙摆手。

“什么不合适？咱龚姓和宫姓可真是一家呢。”宫梦财拍了拍龚茂才的肩头说。

“可我记得我爹曾说过…… 。”龚茂才张了张嘴，又停下了。

“都怨我，那是我弄错了。后来我查了不少资料，发现咱祖上都姓龚，是近族呢。可后来我们这支不知哪个猪脑子的把姓给写成宫了，这不，一错就错了一百多年呢。”宫梦财尴尬地笑了笑。

“这…… 不大可能吧？”龚茂才还是有点儿不信。

“可能，绝对可能。过后我给你一本古族谱看看，你就信了。这样吧，大殡那天，就让族里那些年轻的全来，就是孝子孝孙了。这事我做主！”宫梦财看了看龚茂才，又说，“我已经让管家送了五千两银子来，让柜上先支着，不够我再出。”

“多谢了。”龚茂才慌忙作了一揖。

丧礼这天，宅院里外都是人，帮忙的、看热闹的，真是人山人海。响器班子的喇叭和唢呐依旧凄婉悲哀，龚茂才披麻戴孝依然痛哭流涕，紧紧跟在灵柩后面。他的身后是一支百十号人的孝子孝孙，也是重孝在身，嘴里“呜呜”地干号着，倒也感人。令龚茂才感动的是，一路上竟然有数十家自搭祭棚等候拜祭的“朋友”，都是青州府地面堂堂的官员和掌柜富绅。一路上走走停停，等到了祖坟，龚茂才累得腿都迈不动了，但他很知足，觉得老娘能有今天的场面，也该瞑目了。

老太太灵柩下葬后，宫梦财指挥着大伙儿堆了个很大的坟头，坟前立了早就刻好的大墓碑，供桌啥的也一并修好。龚茂才自然高兴，说：“多谢呀。茂才会铭记在心的。”

宫梦财说：“应该的。过些日子我让人再把大老爷和少太太的墓重新修整一下，墓碑我已安排给刻碑的工匠了。还有，这里面也应该栽上一些松树的，万古长青嘛。”宫梦财边说边抬手指了指墓地周围的麦田，“这些地都要收回来做墓地，以后我们那边的墓地也要迁过来的。到时，咱们龚氏墓地就大了。”

龚茂才闻听，嘴角一咧，笑了。

接下来的日子，龚茂才也让人在墓地搭了一个棚子，把锅碗瓢盆也弄了过去，准备给老娘守坟三年，以尽孝道。可他毕竟无法清闲，因为总有人跑到墓地和他聊天。先是宫梦财，隔三岔五就以龚家人的身份来墓地看看，每次都让管家带着酒菜来和龚茂才喝上一壶，谈些田地、粮食啥的杂事。再后来，钟乐觉得稀奇，也来过墓地几次，和龚茂才聊不上几句就够了，临走非拖着他去城里逍遥一下。龚茂才先是推脱，可后来钟乐一再要求，自己的心就痒痒了。挨到天黑，换上干净的绸缎长衫，挤在钟乐的马车里就去了。酒楼戏院的豪华雅间里，美酒佳肴，自然舒适无比。有时，龚茂才一去两三天不回。这样，墓地那边的棚子就成了空设，宫梦财看在眼里，就悄悄安排了两个下人日夜在那里守坟。渐渐地，龚茂才知道有人在替自己守坟，心也安然了，干脆偷偷住在城里不回来了。

天天美酒香茗，日日笙歌燕语，日子就过得格外快。不觉三年就到了。

10

这天，龚茂才精心打扮一番，备了厚礼，有钟乐的父亲引荐才得以拜见衡王。这么些年，衡王就住在自己身边，相隔也不过数里，却一直无缘得见。龚茂才当然知道自己身份太低，连想也不敢想。自己中了榜眼后，本可以见见衡王，套套近乎，日后也好有个照应，但老母病逝，重孝在身，更不能去府上拜见了。现在三年已过，见衡王自是常理之中了。

一见衡王，龚茂才赶紧跪倒叩头，说："下官拜见王爷来晚，还望恕罪。"

衡王呵呵一笑，说："起来吧，旁边落座说话。"

龚茂才坐好才看清，这衡王朱由棷，四十左右的年纪，很瘦，说话也有气无力的，但还算随和。衡王问了一下当年京城赴考的事儿，自己的皇弟崇祯身体状况等等，龚茂才一一回答，又说了许多衡王在青州如何心系百姓，又如何深得民心的拍马话，最后也没忘了让衡王多多照应。

衡王捻着下巴上的稀疏胡须，看着龚茂才，点头说："好说，好说。"

见衡王没有一口拒绝，龚茂才再次叩谢，说："在下愿为王爷鞍前马后效力，在所不辞。"

衡王呵呵笑起来，笑完，他瞪着两只小眼问："听说你挺有钱财的？"

"哪里，哪里。以前大多是岳父接济的。"

"哦。"衡王应了一声，又点了点头。

又聊了几句，龚茂才告辞退出。

过了不多时，龚茂才倾其家底，备了一份重礼，再次托钟乐的父亲递给了衡王。几天后回话，说青州知县刘养浩最近身体不爽，刚刚奏请告官养病。衡王已快马京城上书，为你争取接任青州知县一职。龚茂才听了，大喜，他感到自己的好事不远了。

果然，皇上准奏。在崇祯十三年夏天，龚茂才成了堂堂的青州知县。

一时间，家里慕名拜见的、朋友祝贺的、巴结逢迎的人来人往，好不热闹。不多日，家里就多了不少礼金和礼物。宫梦财更是盯着他不离，一再要求把族谱重新编编，免得以后再出了差错，弄得亲人反目。

龚茂才只得说："随你的便吧。"

宫梦财高兴得不行，找了几个家族里的笔杆子，专心修起谱来。他们把龚茂才排在了最高辈，下面的还按他们原来的排序，只是把“宫”改成“龚”，照抄下来就行。这样，龚茂才就成了宫梦财的小叔叔。弄完，让龚茂才过目后，就把原来的“宫氏族谱”在院子里一把火烧了。望着片片纸灰打着卷儿在空中飘舞，宫梦财哈哈大笑：“弄清了，终于弄清了。”

宫家庄也正式更名龚家庄。原来的村碑砸碎，换上了新刻得村碑，宫字彻底消失了。

这下，龚氏家族人多势众，又有官府撑腰，的确威风了。

成了父母官的龚茂才更忙了。可他还是热衷应酬，疏于政务。当然要巴结的还是衡王和知府卫一凤，这两个人伺候好了，自己的事儿也就好办了。每次给衡王送礼，多少金银他也收下，很心安理得，竟没有一丝谢意。而卫一凤就不同了，这人比较清正廉明，不但不收，每次还少不了训斥龚茂才一顿。如此三番，龚茂才就不敢再去卫知府那里了。

龚茂才很明白，自己要想稳住根基，就必须抱稳衡王这棵大树。可衡王是个很贪财的人，要想让他处处为自己说话，没有大把的钱财是不行的。可眼下自己已经囊中羞涩了。他把这想法说给宫梦财时，宫梦财眼睛一眨，说：“这事好办。叔叔您不是还缺一房夫人吗？只要您张口，哪家的小姐不争着嫁您呀。这样一来，只是这贺礼就够您花一阵子了。娶了夫人又赚了银子，可是双喜临门呀。”

龚茂才一听，不禁对这个老侄子佩服得不行。自己也确实应该有个夫人了，就说：“这事你看着张罗吧。”

不久，龚知县的夫人敲定。是青州府最大的粮行掌柜张一行的千金，年方十八，模样自是娇美无比。张掌柜说了，不要聘礼，除了陪送女儿大量嫁妆，还有现银一万两。

“这世上还有不要聘礼，甘愿倒贴钱财嫁女儿的？”龚茂才一时理不出个头绪来。

宫梦财说：“别忘了叔叔您是知县呀，就是这样他张家也高攀咱们了。”

“嗯。”龚茂才想想也是，不由得意起来。

长话短说。龚茂才的婚礼办得的确热闹喜庆，也的确赚了个钵满盆满。

这下，龚茂才应该不缺钱了，可他搂着娇妻睡觉时，想的还是钱。他也不知道自己怎么了，反正见了钱财就两眼放光，心情愉悦，恨不得天底下的财富都是自己的。当然，为了让叔叔高兴，宫梦财又出了不少主意。譬如以自己的名义和青州府那些各行各业的大掌柜合伙做买卖，当然就嘴一说，一两银子的本钱不用出，哪个掌柜不赶着巴结呀。到了年底，各家买卖都财源茂盛，给的“红利”更是滚滚而来，大笔的银子用马车拉一点也不夸张。

“谢谢各位。呵呵，明年咱们继续合作。”宫梦财拱手打着呵呵。

到底是叔叔赚的还是老侄子赚的，谁也不说，谁也明白。但暗地里骂龚茂才的还是不少，辛辛苦苦一年，让他捞走了大半！

龚知县是真的富了。

11

龚茂才行有轿，食有肉，走到哪都有人前呼后拥，巴结逢迎，他的确有些找不着北了。他觉得自己能有今天，完全得益于自家的祖坟风水好。龚知县就安排宫梦财找了一个很有名气的风水先生到祖坟指点一下，希望自己以后更大富大贵。这先生在墓地看了一圈，又顺着龚家墓地向南走了数里，来到小黄山东坡的一处地方停下了。这里有山有水，从远山流来的溪水在这里绕了一个大圈，形成了一个天然水潭，然后才一路逶迤北去。

先生连连点头，说："好地方，好地方呀。"

宫梦财赶紧走过来，问："您的意思是，这地方做龚家的祖坟好？"

"嗯。如果可能的话，龚家将出大人物。"

"大人物？好，太好了！"宫梦财赶紧附和。

这话转到龚茂才耳朵时，他自然高兴，想都没想，就对宫梦财说："你去安排一下，咱择吉日迁坟吧。"

"可……可那地方我让人打听了，是刘家峪刘氏的地产，怕你岳父那关不好过呀。"宫梦财挠了挠头皮，又说，"这几天我去看时，发现山东坡那里立着几个大青砖，上面都刻着'刘氏家庙'，看来刘家对这事觉晓了。"

龚茂才听了，也一时没了主意。

那时，各宗族的家庙很是盛行，是祭拜祖宗的地方，很严肃，也是至高无上的。有些家庙虽然没建，但只要刻有"家庙"字样的砖石在此，也能代表一切。有家庙的地方绝对不能和墓地在一起，并且再大的事儿也要先给家庙让路。

这个龚知县当然明白，他也不敢强行占有。本来这事就过去了，但他隐隐觉得刘家是故意在和自己作对。他心里嘿嘿一笑，有了自己的打算。

第二天，县衙的一些衙役来到刘家峪刘员外的大片田地上，此时庄稼已经收割，等待下种的土地黑油油地泛着亮泽。班头一声喊，衙役们用抬来的几大桶石灰水在田里洒了一条长长的白线，足有十里长，贯穿田地南北。

班头对闻讯赶来的刘员外说："知县大老爷说了，这条白线两侧各五十步内不能种田。"

"为啥？"刘员外急了。

"最近战事混乱，反贼李自成和关外的满族人都盯着京城，朝廷要修一条直达京城的大路，准备到时从内地紧急调兵和运送粮草用，十万火急的事儿，不得有误。"

刘员外有些心虚，试探着问："那朝廷总有些补偿吧？"

"补偿？国家有难，你不一心想着社稷，还算计起金钱来了。这要让皇上知道了，就等着砍头吧！"班头一番言语，把刘员外吓得再也不敢吭声了。

秋去春来，一晃又是三年。刘员外的田地里始终有一条数百亩的"大道"，繁繁茂茂地长着杂草，很是显眼。刘员外心疼得厉害，这么大的土地被圈闲置，自己这几年损失大了。他知道里面的是非曲直，他也知道这条朝廷"大道"永远也不会修，可又能怎样呢？现在龚茂才有钱有势，自己告到京城也未必能赢，说不定还惹一身祸。刘员外只能在心里一遍遍地骂着：造孽呀，造孽！

随着龚茂才在青州的日益威武，他的族人们更是嚣张至极。出言不逊，动手打人的事儿随处可见，一些游手好闲之徒更是周旋在城里很多商铺中巧取豪夺。其实，这还是小事，更有荒唐的事情呢。譬如，只要龚氏家族有了丧事，不管是从东关的宅子发丧还是从龚家庄发丧，龚家人的灵柩都是直奔墓地，中间不走一点弯路，遇沟铺路，沿途的庄稼不管是幼苗还是即将收获，庄稼的主人都要割出一条十步宽的大路供送殡人使用。还有就是龚家夏秋两季打粮收仓的日子，这一天赶巧哪家也打粮了，就会被龚家一并收走入仓。也就是说，不管龚家哪天打粮入仓，其他人家是不能和龚家一天的。

龚家的这些举动，的确很霸道。但老百姓都知道有龚知县在后面撑着，敢怒不敢言。也有大胆的，受了委屈去卫知府的衙门告状。但此时，龚知县已经和衡王搅成了一锅粥，不分你我了，卫知府哪里还敢理论龚家的事儿。

看着自己身为知府，却夹在衡王和知县之间尴尬，又加之朝廷动荡腐朽，总觉得自己的远大抱负无法实现。不久，卫知府也辞官告退了。

12

崇祯十六年，天下局势大变，可谓内忧外患。李自成的农民军已攻下半壁江山，先锋部队正向京城进发。关外的满族铁骑更是蠢蠢欲动，似有大举进攻之势。崇祯满腹忧郁，忧国忧民，夜夜秉烛批阅奏折到深夜。而京城以南千里之处的青州府，却夜夜笙歌艳舞，纸醉金迷，龚知县正陪着衡王玩得不亦乐乎。看到王府里金碧辉煌，丫鬟侍女成群，吃穿可谓锦衣玉食。龚茂才心里就有些痒痒，自己是有钱，可毕竟只是七品官，出了青州谁能看得起呢。一个衡王的起居就这么奢华，那皇帝该是如何呢？龚茂才这些年的私欲已经膨胀到了极点，可他觉得还不够，应该再往高处冲一冲。

此时，龚茂才的脑子里想到了崇祯和他的那把龙椅。

回到家，夫人张氏和几个小妾的房间里都还亮着灯。龚茂才知道是在等自己，可他现在哪还顾得上儿女情长呀。他觉得自己要啥有啥，心想事成，趁着乱世说不定能弄个皇帝当当。他来到书房，待夜深人静，用狐毫大笔写下了“皇帝”二字。前三次他写完后就睡觉，事情都会在以后的日子里实现，也就是时间长短的问题。可这次刚写完，竟凭空旋起了一股银色的怪风，裹着寒气，耀得龚茂才睁不开眼。风止，龚茂才睁开眼，不见了那支大笔，桌上却留下了“欲壑深，天必遣”几个模糊字样。龚茂才看了大怒，心想一定是白狐所为。这几年在青州地面，还没有一个敢对自己不敬的，你不就是一只老狐狸嘛，竟敢取笑我，诅咒我！我要让你知道我龚知县的厉害！

没等到天亮，龚知县就纠集了一大班衙役，打着火把，扛着镢头，直奔龚家庄南的大黄山。凭着梦中的记忆，龚知县令人到处寻找一棵千年歪脖子松树。待到天明，终于在一处陡峭的山岩边发现了歪脖子松树，树旁是一个洞口，黑黝黝的深不见底。

龚知县哈哈大笑，指着洞口说：“给我挖！”

镢头抡下去，人人震得虎口发麻，洞口边的土石却纹丝不动。

龚知县再喊：“用水灌！”

衙役不够用，又喊来了龚家庄的老百姓，用水桶挑的挑，抬的抬，把水灌到了洞里。灌了半天，也没见有狐狸跑出来，龚知县他们正纳闷呢，见东关宅子里的管家气喘吁吁地跑到跟前，说：“老爷，不好了，咱院子里不知怎么突然满了水，正向厅堂里溢呢。”

这下龚知县慌了，赶忙下令不要再灌水了。但他还不甘心，越发觉得白狐是在戏弄他，和他较劲。

龚茂才想了一会，咬着牙说：“抱些干柴和辣椒来，用烟熏！”

看着浓烟裹着呛人的辣味儿一股脑地向洞里涌去，龚茂才忍不住大笑起来。

突然，洞口蹿出一道银光，疾如闪电，众人还没看清是什么东西，就不见了。等一大捆干柴烧完，也没见有狐狸出来。

龚知县说：“再挖洞口。”

这次镢头下去，洞口居然松动了。几十个衙役轮番上阵，终于把狐狸洞撅了个底朝天。洞里的情况一览无余，尽管曲曲折折，很隐蔽，但终究不是人的对手。在洞的最里面发现了一大堆死的狐狸，有大有小，皆通体洁白光亮，竟有一百零三只。龚知县让人查了两遍，也没发现自己当年放生的那只银狐。他心里不禁一惊，又马上变得镇定起来。

他踢了一脚死狐狸，说：“和我作对，这就是下场！”现场的人都听得一惊一乍的。

龚知县又说：“把狐狸弄回去扒了皮，敬献衡王。”

13

突然一夜之间，崇祯的案头多了好几份报青州知县龚茂才蓄意谋反的奏折，竟然都没有署上书人的名字。崇祯有些疑惑，问上书房是怎么回事，上书房也弄不明白这些奏折是怎么传上去的。但事关谋反，又是在自己的皇兄衡王驻藩的青州，崇祯很是重视。本应把龚茂才押解到京，细细审讯，但此时崇祯面对内忧外患的局势已经心力交瘁，无暇顾及此事，便派钦差李大人直接带锦衣卫快马赶赴青州，如查实谋反，直接砍掉龚茂才和主要人员的项上人头，其他杂事交衡王府具体查办。

李大人来到青州，说明来意，龚知县当场就吓瘫了。这事儿，虽然自己心里有些私念，可没有一点举动呀，谋反可不是小事，要祸灭九族的。他找到衡王希望出面为自己澄清，衡王也吃了一惊，觉得龚知县是骄奢跋扈了些，可也不至于到谋反，这里面一定有人在捣鬼。李大人经过几天的调查，也觉得龚知县没有谋反的条件。他一个小小的知县，手下就有几十个衙役，又没有大批兵马，也没有刀枪，说谋反不是笑话嘛。

李大人正准备回京复命，晚上却做了一个奇怪的梦。他在一个深山沟里看到了一个很大的演兵场，将士如林，战马嘶鸣，旌旗招展，旗上都写着斗大的“龚”字。他正看得出神，又被一阵儿“叮叮当当”的声音吸引，循声找去，竟是一个很大的兵器锻造厂，打造好的刀枪剑戟满地都是，堆得老高。熊熊的炉火映照着一面大大的“龚”字旗，在风中猎猎作响。

李大人被梦折腾了一夜，天明起床后，身子像被什么引领着，迈步一直向前走去。他走到了一个深山里，竟看到了和梦境中一样的事情。李大人暗暗吃惊，莫非龚茂才真的私自招兵买马并建了兵器锻造厂，想谋反不成？回到驿馆，他琢磨了半天，也没弄清事情的真假。

犹豫中，又是一夜天明。

这天夜里，从南京（在青州南300公里）到北京的官路上发生了一件大事。沿途的关隘、村庄以及一些树干上贴满了白纸布告，一直贴到了紫禁城。上面写着："南京到北京，都是龚家兵，倒了朱皇帝，扶起龚茂才。"

这还了得！崇祯闻听大惊，立即又派钦差带锦衣卫火速赶往青州，抓捕龚茂才，斩立决，灭九族。龚知县死时，妻妾四五个，竟没人给他留下一丝骨血。可怜昔日的大财主宫梦财等"龚氏"家族三百余口无一人幸免。暴尸三日后，被当地百姓就地草草掩埋。

转年，崇祯十七年，即1644年，李自成军队攻陷北京，崇祯吊死煤山，明朝灭亡。随着吴三桂引清兵入关，逐步统治中原。衡王朱由椒为保全性命，只好降清。此时的大清王朝，为了稳固江山和安抚百姓之心，认定龚茂才一族是为反明而死，应大力褒扬。于是，龚茂才又被官复原职，"龚氏"三百多具尸骨重新厚葬，墓地的规模和规格也非同一般。

一天大雨后，有人发现龚氏墓地有银光闪现，觉得奇怪，就大着胆子去看。去了倒没见什么，却发现龚茂才的坟墓大开，墓碑倒地，棺椁翻倒，腐烂的尸骨丢得到处都是。怪的是，其他坟墓都完好无损。

后记

撕碎给你看 把美好一点点

冯伟山的中篇小说《卢村往事》我是分几次读完的，不是小说写得不好，不足以引人入胜，而是……怎么说呢？用个成语来说就是不忍卒读！真的，尤其是小说的前半部分，卢六猫捉老鼠似的戏弄威逼张春花一家一步步就范的描述，读起来让人感到窒息。

20世纪70年代，知识青年上山下乡期间，我在农村住了近两年，见识了广阔天地中形形色色的人物。其中有这么一个大队支部书记，当时以“工作能力强”在全公社遐迩闻名，他到别的大队去办事，因为人家没有找酒量大的人陪他把酒喝尽兴，他竟然把所有的酒统统摔到了人家大队部的墙上后，骂骂咧咧地扬长而去。须知，这是在别人的地盘上，是跟和他平起平坐的村干部一起，他都会如此肆无忌惮，蛮横无理，若在他们村里，他能跋扈到什么地步，真是不敢想象！

《卢村往事》呈现给我们的是一段渐渐远去的岁月里的故事，卢六是那个年代里日子过得最滋润，活得最惬意的人，天高皇帝远，虽然只是一个小队之长，可气焰熏天，失控的权利不受任何监督，他可以任性胡为，独霸一方，俨然是一个生活在新中国成立后的黄世仁，更确切点说就是一个戴了红帽子的恶霸！他手下的村民都是他砧板上的鱼肉，张春花一家是外地人，是弱者中的弱者，被欺辱似乎成了他们的宿命。《卢村往事》读起来之所以让人有种窒息感，就因为它的内在张力——张春花一家处于一个愚昧封闭的政治环境中，被一个已经泯灭了天良的无赖玩弄于股掌之间，故事的女主人公，正如她的名字一样正值人生最美好的青春年华，却不幸被恶魔邪淫的目光死死地盯着，她每天无时无刻不被恐怖的阴霾所笼罩，却无力反抗且在劫难逃！

为了达到邪恶的目的，卢六处心积虑地设置了一个拙劣的圈套，贼喊捉贼地制造了一起队里丢了麻的假案，借此为抓手把张春花一家硬往圈套里面推。厄运如同梦魇一般掌控了这个可怜的家庭，卢六死缠烂打，软硬兼施，一步步把像怯懦的羔羊一样的张家驱赶进了死胡同里，最终，卢六借张春花的哥哥张春山进城就业的契机，凭借手中的权力和在村里横行霸道的淫威，逼迫张家不得不将自己如花的女儿主动地送上了门去，成就了恶魔的盛宴。

纯洁无瑕的张春花从极力守贞到被逼失贞，可以说是一直在孤军奋战，痛苦地煎熬着，自从被卢六盯上后她每天都是在战战兢兢地过日子，如临深渊，如履薄冰。她扎上几条裤腰带，每条裤腰带都打成死结以防不测，在遭遇暴力侵害时她极力反抗，誓死不从！她在为男友也是为自己坚守着童贞。我们很难想象一个花一样的女孩子，被一个丑陋的男人威逼着献身的过程中，她心里的屈辱与煎熬有多么深多么烈，她的心里定然在滴血；可是，这还不够，当她的亲哥哥张春山为了能进城工作，默默地跪在她脚下时，她的心里滴血的伤口上更是被重重地补了一刀；为了能让张春山进城，一直疼她护她的父母此刻也退到了一旁，对儿子的行为给予了默许，张春花的心顷刻之间碎了，死了！

如玉的童贞，被里应外合地推向了毁灭，一母同胞间的亲情，在既得利益面前被弃若敝屣，曾经的美好一瞬间轰然倒塌，张春花陷入了完全无助的境地，她除了眼睁睁地走向深渊别无选择。在为了哥哥的前程而去献身之前，临出门张春花特意照了照镜子，拢了拢头发，我第一次看到这个细节的时候大惑不解，因为这毕竟不是要去谈恋爱会朋友，照镜子拢头发的修饰打扮符合那特定的情景吗？然而若往深里想想，会猛然醒悟，这一举动的潜台词是何等的悲凉，张春花这是在向自己的花季，向自己的纯真，向自己的童贞，向自己往日曾有的一切美好告别！

张春山无疑是穷怕了，苦怕了，如果不离开卢村，他的人生结局是显而易见的，而去供销社上班是他摆脱老死穷乡僻壤的唯一出路，他就像溺水的人看见了一根稻草，他不顾一切了，哪怕是妹妹的贞操和她滴血的心！让妹妹去被一个混蛋糟践和自己转瞬即逝的命运转折相比较，他在天平上为自己加了码。他走了，却从此毁掉了妹妹的一生。

很久没有读到《卢村往事》这样的作品了，这些年来，全社会都在向钱看，文化，包括文学被金钱绑架，自觉不自觉地匍匐在赵公元帅脚下充当了仆役。风花雪月，无病呻吟，矫揉造作，血腥暴力的文字充斥在各种报纸杂志上，老百姓真实的生活，喘息在社会最底层的草民的疾苦渐渐退出了文学的视野，有的刊物甚至在约稿时直接明确提出不收农村题材的作品，描写大众疾苦的文章几乎到了发表无门的地步。在文艺步入迷途，为迎合低俗几近走火入魔的大背景下，幸好，青州的文友中有人仍秉承着文学的原旨，把关注的目光执着地投向社会底层，自觉地担当起了反映社会现实的义务，创作出了不少描写平民百姓生存状态的好作品，《卢村往事》当是其中之佼佼者。

虽然小说的背景有点久远了，但那些年月我们不应该忘记。一个生产队的小队长就可以口含天宪，拉大旗作虎皮，随心所欲地把坏事干尽而无人过问，这种反人性反文明的恶人恶行理当公之于众，使其成为过街老鼠，人人喊打，让它不再鱼肉乡民，祸害善良。尽管卢六被抓起来已经几十年了，但卢六的阴魂没有散，卢六现象也没有绝迹，散落在张村李村王村的卢六们仍在为非作歹，欺压良善！所以，《卢村往事》以文学的形式还原了的那段令人心悸的历史，我们不能把它当成纯为闲聊讲古的往事看，它同时亦在映射着当今！

小说作者用细腻传神之笔把张春花在炼狱里挣扎的苦痛一点点展现给读者，这正应了我们熟知的那句话：悲剧是把美好的东西一点点撕碎给人看。悲剧或许是沉重的，但正因为沉重才让人印象深刻，才能引起人们的警醒，发人深思。人之初，性本善，尽管人有许多劣根性，某些个体的人会做出种种恶行，但从整体上看，人心还是向善的，还是本能地会同情弱者，因而，悲剧在把美好一点点撕碎给人看的同时，也把同情和爱心一点点累加给了不幸者。所以，《卢村往事》除了会让读者对张春花的不幸遭遇深感痛心、深表同情外，同时会把这个鲜活的文学形象牢牢地铭记在心底。

两三千字的一篇小文用来品评一篇容量颇大的中篇小说，必定是挂一漏万，力不从心的。《卢村往事》的成功与精彩之处在此不一一细述了。最后如果要说一点煞风景的话，我个人觉得小说的尾巴有点长，卢六被抓后，作品内在的张力没有了，二爷爷的“戏份”有点多，涣散了作品的紧实程度。随便一说，姑妄言之，姑妄听之，不足为训。

据文讯报道，冯伟山的文学创作再创佳绩，取得了累累硕果，祝贺他！在文学尚处于低谷，小说仍不为世所重的当下，守住自己心中的一方净土，爱我所爱，坚持耕耘，于物欲横流的喧嚣中追求一种精神的富有，是定力，也是境界。

沙长科

—End—